MARIA DRIES

DER KOMMISSAR UND DER TOTE VON GONNEVILLE

atb aufbau taschenbuch

MARIA DRIES wurde in Erlangen geboren und hat dort Sozialpädagogik und Betriebswirtschaftslehre studiert. Heute lebt sie mit ihrer Familie in einem Bauernhaus in der Fränkischen Schweiz. Schon seit vielen Jahren verbringt sie die Sommer in der Normandie.

Im Aufbau Taschenbuch sind bisher ihre erfolgreichen Krimis »Der Kommissar von Barfleur«, »Die schöne Tote von Barfleur«, »Der Kommissar und der Orden von Mont-Saint-Michel« und zuletzt »Der Kommissar und der Mörder vom Cap de la Hague« erschienen.

Philippe Lagarde genießt den Ruhestand mit seiner Freundin Odette. Die beiden verbringen unbeschwerte Tage am Meer und in kleinen Restaurants am Hafen. Die französische Sommeridylle wird jedoch von einem ehemaligen Kollegen unterbrochen, der Lagarde bei einem Fall um Hilfe bittet. Im Wald von Gonneville hat sich ein grausamer Mord ereignet. Ein Paar wurde in einem Hochsitz mit mehreren Schüssen hingerichtet.

Schnell finden Lagarde und seine Assistentin heraus, dass es sich bei dem Toten um den Großindustriellen Mirbeau handelt, der viele Feinde hatte – darunter alte Geschäftsfreunde und zahlreiche Exfrauen.

Während der Ermittlungen begegnet Lagarde ein rätselhaftes Mädchen, das mit ihrem Pferd im Wald auftaucht und etwas zu wissen scheint. Hat sie etwas beobachtet?

MARIA DRIES

DER KOMMISSAR UND DER TOTE VON GONNEVILLE

EIN KRIMINALROMAN AUS DER NORMANDIE

atb aufbau taschenbuch

MIX
Papier aus verantwortungsvollen Quellen
FSC® C083411

ISBN 978-3-7466-3260-5

Aufbau Taschenbuch ist eine Marke der
Aufbau Verlag GmbH & Co. KG

1. Auflage 2017

Umschlaggestaltung © Mediabureau Di Stefano, Berlin
unter Verwendung eines Bildes von
© Sylvain Oliveira und © Diana Walters / Getty Images
Satz Greiner & Reichel, Köln
Druck und Binden CPI books GmbH, Leck, Germany
Printed in Germany

www.aufbau-verlag.de

Für
Patric

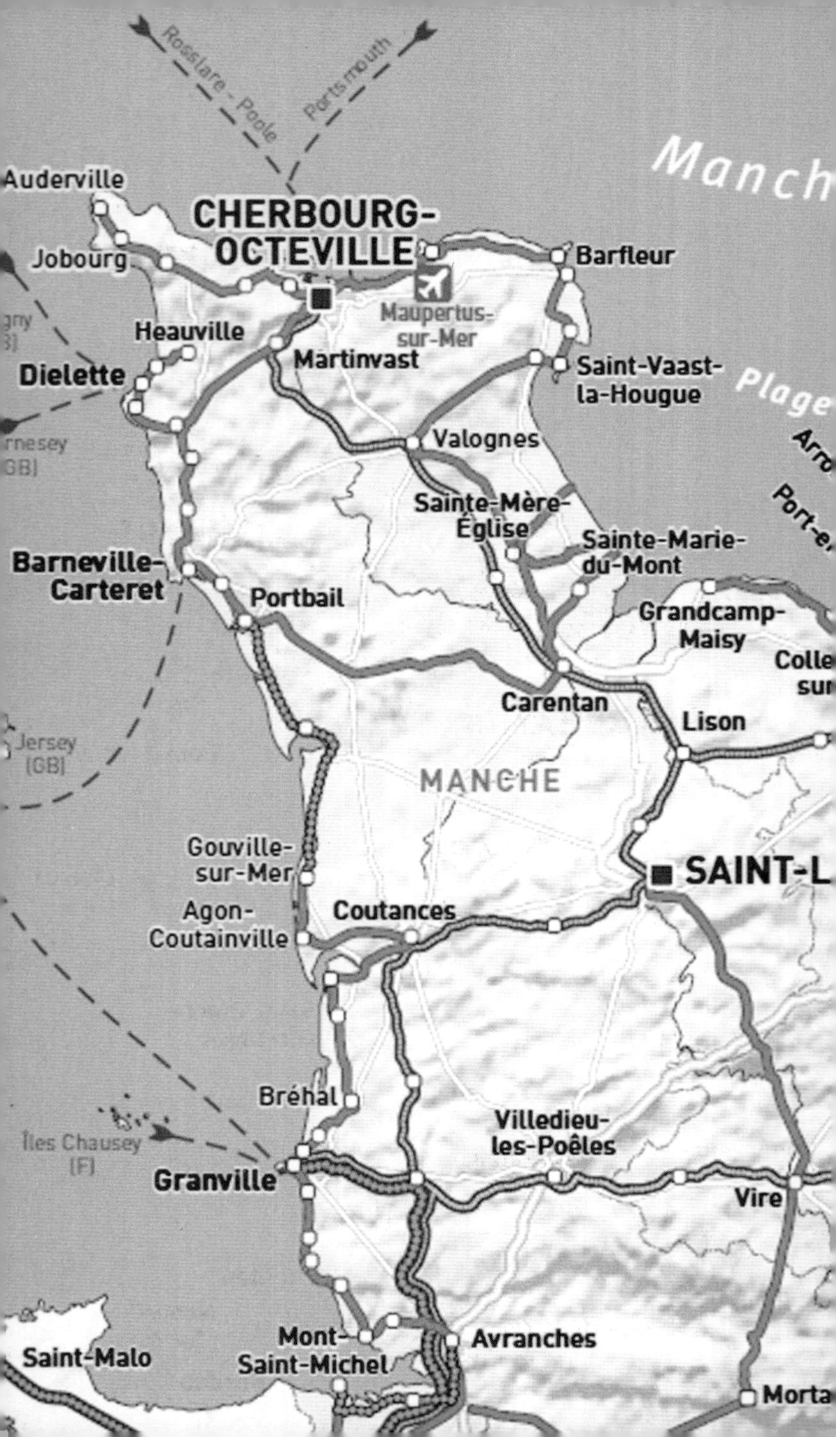
Rosslare - Poole
Portsmouth
Manch
Auderville
CHERBOURG-
OCTEVILLE
Jobourg
Barfleur
Maupertus-
sur-Mer
Heauville
Martinvast
Dielette
Saint-Vaast-
la-Hougue
Plage
Valognes
Sainte-Mère-
Église
Sainte-Marie-
du-Mont
Barneville-
Carteret
Portbail
Grandcamp-
Maisy
Carentan
Lison
Jersey
(GB)
MANCHE
Gouville-
sur-Mer
SAINT-L
Agon-
Coutainville
Coutances
Bréhal
Villedieu-
les-Poêles
Îles Chausey
(F)
Granville
Vire
Mont-
Saint-Michel
Avranches
Saint-Malo

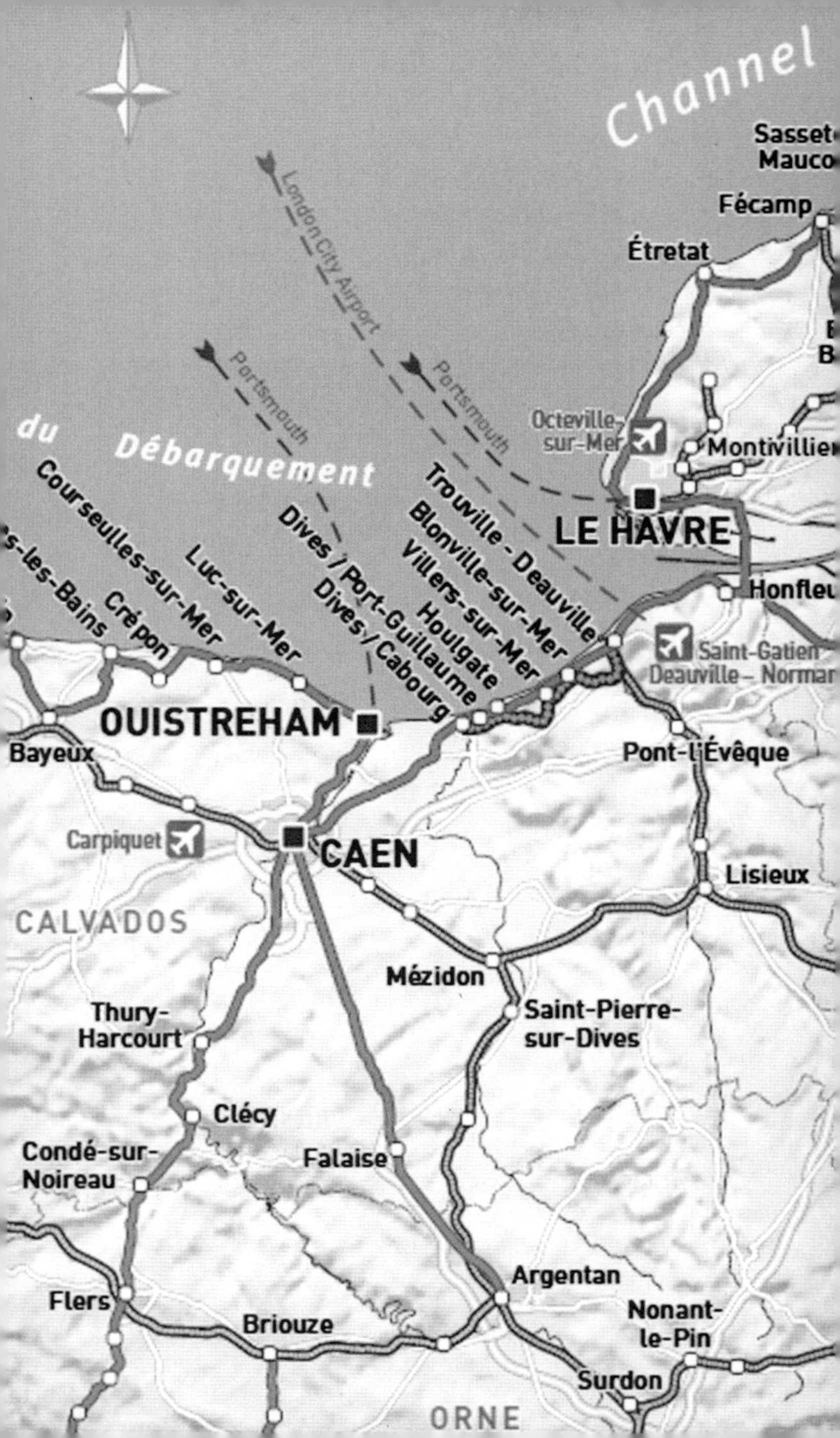
Channel
du Débarquement
Sasset
Mauco
Fécamp
Étretat
London City Airport
Portsmouth
Portsmouth
Octeville-sur-Mer
Montivillie
LE HAVRE
Honfleu
Trouville-Deauville
Blonville-sur-Mer
Villers-sur-Mer
Houlgate
Dives / Port-Guillaume
Dives / Cabourg
Luc-sur-Mer
Courseulles-sur-Mer
Crépon
s-les-Bains
Saint-Gatien-Deauville-Normar
OUISTREHAM
Bayeux
Pont-l'Évêque
Carpiquet
CAEN
Lisieux
CALVADOS
Mézidon
Saint-Pierre-sur-Dives
Thury-Harcourt
Clécy
Condé-sur-Noireau
Falaise
Argentan
Flers
Briouze
Nonant-le-Pin
Surdon
ORNE

DIE EULEN

Im Schutz von schwarzen Eibenbäumen
In Reihen sitzt der Eulen Schar,
Wie Götter fremd und sonderbar,
Ihr rotes Auge glüht. Sie träumen.

Sie sitzen starr und ohne Laut,
Bis zu den schwermutvollen Stunden,
Da schräg der letzte Strahl entschwunden,
Und Finsternis ihr Reich sich baut.

Den Weisen lehrt ihr still Gebaren,
Wie er sich hüte vor Gefahren,
Die Hast und Lärmen bringt zu Tag.

Dem Menschen, toll von Schein und Schimmer,
Ward es zum Fluche, dass er nimmer
An einem Platze rasten mag.

Charles Baudelaire,
»Die Blumen des Bösen«
(»Les Fleurs Du Mal«)

DER WALD VON GONNEVILLE

Freitag, 31. Mai
Der Blutmond stand riesig über dem Horizont. Fast berührte er ihn. Die Dunkelheit im Jagdforst war von seinem glutroten Schein geprägt. Der Wald lag in der Nähe von Valognes in der nördlichen Normandie, eingebettet in eine sanfte Hügellandschaft. Zwischen den imponierenden alten Baumbeständen aus Eichen, Buchen und Eschen stieg Nebel auf und verfing sich in den Zweigen. Durch das Hirschtal, das inmitten der weitläufigen Parzelle lag, wand sich ein Bach über glattgeschliffene Steine und eine grüne Moosdecke. Leises Plätschern war zu vernehmen. Auf einem Hang erhob sich düster ein Hochsitz. Ein farbenprächtig gefiederter Fasan ruhte auf seinem Schlafbaum. Er wurde von einem plötzlichen Rascheln geweckt. Hinter einem Mehlbeerstrauch trat eine Person hervor. Langsam und zielstrebig bewegte sie sich durch das Unterholz. Sie trug lodengrüne Kleidung und hatte einen Hut auf, dessen Zierfeder bei jedem Schritt wippte. An ihrem Gürtel, die Füße verschnürt, baumelten kopfüber zwei braunweiß gesprenkelte Rebhühner.

Aimée saß auf dem Beifahrersitz des großen schwarzen Geländewagens und starrte gelangweilt auf die Landschaft, die an ihr vorbeizog. Unter einem hohen, azurblauen, wolkenlosen Himmel erstreckten sich von Hecken umgrenzte Weiden, Gemüseäcker und Marschland. Ab und zu tauchte in der Ferne eine granitsteinerne Ansiedlung mit einem Kirchturm auf. Seit ihrer Abreise in Paris waren bereits mehr als vier Stunden vergangen. Charles hatte nur einmal an einer Autobahnraststätte kurz vor Caen eine Pause eingelegt, um zu tanken und rasch zwei Kaffee aus dem Automaten zu holen. Als sich bei Bayeux der Verkehr wegen eines Unfalls staute, hatte er gereizt reagiert. Er wollte am späten Nachmittag in seiner Jagdhütte eintreffen. Sie lag irgendwo in der Nähe von Valognes mitten im Wald. Aimée hatte bei seiner begeisterten Schilderung des einsam gelegenen Hauses, des ausgedehnten Jagdreviers und der stillen Friedlichkeit nicht richtig zugehört. Es interessierte sie nicht. Nur ihm zuliebe war sie mitgekommen. Sie würde an diesem Wochenende einen glamourösen Sektempfang, eine wilde Party auf einem Hausboot auf der Seine und eine Vernissage in einer angesagten Galerie im Künstlerviertel Belleville verpassen. Stattdessen würde sie in der Pampa festsitzen. Sie unterdrückte einen tiefen Seufzer. Ihr war heiß. Genervt schlüpfte sie aus den hochhackigen goldenen Sandalen und stemmte die bloßen Füße gegen das Armaturenbrett.

Charles, der den Wagen lässig mit einer Hand steuerte, drehte kurz den Kopf und blickte voller Besitzerstolz auf seine jüngste Eroberung. Seit drei Wochen waren sie verlobt. Seine Anwälte regelten die Scheidung von seiner dritten Ehefrau Caroline, die aufgrund beiderseitigen Einvernehmens in einigen Monaten rechtskräftig werden würde. Die fünfundzwanzigjährige Aimée war eine Schönheit, die vollkommen seinem Beuteschema entsprach. Sie hatte glatte rötliche Haare, die im Licht golden schimmerten. Auf seinen Wunsch hin trug sie die volle Mähne jetzt kinnlang geschnitten. Ihre Nase war fein, gerade und ein wenig breit. Die Augen groß und bernsteinfarben. Die vollen Lippen verlockend. An ihrem Finger funkelte der Ring, den er ihr zur Verlobung geschenkt hatte. Er war aus Platin gefertigt, mit fünf Diamanten besetzt und hatte ein kleines Vermögen gekostet. Aimée trug ein kurzes salbeigrünes Sommerkleid, dessen Ausschnitt ihre großen Brüste betonte. Die schlanken langen Beine schienen kein Ende zu nehmen.

»Wir sind bald da, mein Liebling«, sagte er. »Du wirst staunen, wie schön es an der Nordküste der Halbinsel Cotentin ist. Freust du dich auf unser Wochenende?«

Seine Verlobte strahlte ihn an. »Ja, sehr, Charles. Es wird bestimmt wunderschön.«

»Das glaube ich auch. Die Woche war anstrengend. Ich hatte viel Stress in der Firma. Wir machen es uns richtig gemütlich und entspannen uns.«

»Das machen wir, Chéri.«

Charles fuhr von der Nationalstraße, die über Quettehou nach Barfleur führte, ab und bog links in eine schmale Landstraße ein. Sie folgten ihr einige Kilometer durch Wiesen und Lauchfelder. Dann begann das große Waldgebiet von Gonneville. Auf einem Forstweg fuhren sie durch einen dichter werdenden Laubwald über lichte Anhöhen und durch dunkle Täler. Aimée wähnte sich am Ende der Welt. Die einsame düstere Landschaft kam ihr unheimlich vor. Warum hatte sie sich nur auf diesen Ausflug eingelassen? Endlich gelangten sie auf eine Lichtung. Auf einer saftig grünen Wiese stand eine Blockhütte, umsäumt von hohen Ahornbäumen und Kastanien. Davor gab es einen alten Brunnen mit einer Pumpe. Sonnenstrahlen drangen durch das Laub und tauchten die malerische Kulisse in warmes gelbes Licht. Charles parkte den Mercedes Benz GL 350 direkt vor dem Haus, stellte den Motor ab und zeigte stolz auf die Behausung.

»Das ist sie«, erklärte er. »Meine Jagdhütte. Mein Refugium. Ist es nicht bezaubernd?«

Aimée versuchte verzweifelt, sich ihr Entsetzen nicht anmerken zu lassen. Sie wollte ihren enthusiastischen Verlobten nicht enttäuschen. Allerdings wusste sie nicht, was sie sagen sollte. Sie hatte ein nobles Jagdschlösschen erwartet, das über jeden Komfort verfügte. Keine Blockhütte mit geschnitzten Herzen in den Fensterläden. Keinen Bretterverhau ohne beflissenes

Dienstpersonal. Keine hölzerne Behausung mit einem roten Tongockel auf dem Kamin. Charles sprang aus dem Wagen, baute sich vor der Hütte auf und streckte die Arme aus.

»Willkommen, Aimée.«

Langsam stieg seine Verlobte aus dem Wagen und lief lächelnd auf ihn zu. Zum ersten Mal fragte sie sich, ob sie die richtige Entscheidung getroffen hatte. Er umarmte sie mit einem strahlenden Lächeln und küsste sie auf den Mund. Seine haselnussbraunen Augen blitzten.

»Gefällt es dir hier?« fragte er.

»Ja, Charles. Es ist wirklich schön hier. So still und … grün.«

»Genau so ist es. Und es ist ein Liebesnest. Wir werden viel Spaß haben.«

»Ja, bestimmt. Gibt es hier Strom, Charles?«

»Natürlich gibt es Strom. Ich habe extra eine Leitung legen lassen. Ins Internet kann man auch.«

Er zog einen Schlüsselbund aus der Hosentasche und sperrte die Eingangstür auf.

»Sieh dich schon mal um. Ich hole unser Gepäck aus dem Wagen.«

Voller Elan machte er sich an die Arbeit. Aimée stand unschlüssig auf der hölzernen überdachten Veranda und musste achtgeben, dass keiner ihrer hohen Absätze in einem Dielenspalt versank. Sie roch nicht den erdigen Duft des Waldes, sie hörte nicht den fröhlichen Gesang eines Pirols und sie nahm die Schönheit der Landschaft nicht wahr. Missmutig verscheuchte sie eine aufdringliche Biene und musterte ihren Verlobten, der gerade ihren überdimensionalen Koffer aus dem Laderaum hievte. Munter rief er ihr die Frage zu, ob sie plane, vier Wochen zu bleiben. Gott bewahre. Charles war einen Kopf kleiner als sie. Über dem Jeansbund wölbte sich ein dicker Bauch. Die enge Hose betonte seine o-förmigen Beine. Aus dem Sporthemdausschnitt kräuselten sich weiße borstige Brusthaare. Sein Gesicht war rund und von Lachfältchen durchzogen. Er hatte eine Knollennase wie ein Gnom. Die beginnende Glatze glänzte vom Schweiß. Am liebsten mochte sie seine lustigen warmen Augen. Sie hatten sich vor zwei Monaten an dem Crêpesstand kennengelernt, wo sie als Verkäuferin angestellt gewesen war. Sie hatte ihren Job gehasst. Die eintönige, schlecht bezahlte Arbeit war ihr zuwider gewesen. Dann war er plötzlich aufgetaucht. Am meisten hatten sein charmantes, unaufdringliches Werben und sein Humor sie beeindruckt. Und vor allem seine Großzügigkeit und sein offensichtlicher Reichtum. Ihr neuer Liebhaber war als erfolgreicher Unternehmer tätig und führte eine Firma, die Autoreifen herstellte.

Charles trug das Gepäck in das Jagdhaus und stellte es mitten im Salon ab. Einen Korridor gab es nicht. Das Wohnzimmer wurde von einem großen gemauerten Kamin dominiert. Auf den Holzdielen lagen bunte Läufer. Die rau verputzten weißen Wände waren mit Jagdtrophäen geschmückt. Wildschweinköpfe, die dicken Rüssel vorgeschoben, glotzten mit Glasaugen in den Raum. Hirschgeweihe prangten dazwischen. Ein ausgestopfter Fasan sah aus, als lebe er noch und würde Aimée beobachten. Es gab einen Essplatz mit grob geschreinerten Eichenmöbeln und eine Sitzecke. Sie bestand aus einem ausladenden braunen Ledersofa und zwei Sesseln. Ein halbierter Baumstamm diente als Tisch. Zwischen zwei Fenstern reichte ein Regal bis zur Decke. Darin standen aufgereiht französische Klassiker, Sachbücher über die Jagd, Reiseberichte und Kriminalromane. Bildbände, Landkarten und Yachtbroschüren stapelten sich auf den Buchreihen. Einen Fernseher konnte Aimée nirgends entdecken. Sie hoffte, dass wenigstens ein Apparat im Schlafzimmer stand.

»Es gibt in der Hütte noch zwei Schlafzimmer, eine kleine Küche und ein Bad«, erklärte Charles eifrig. »Im Anbau befindet sich die Waschküche. Dort wird auch das erlegte Wild ausgenommen. Ich zeige ihn dir später. Schauen wir doch mal, ob Beatrice für unser leibliches Wohl gesorgt hat.«

Beatrice war seine erste Ehefrau gewesen und genauso alt wie er. Sechzig Jahre. Sie wohnte nicht weit vom Jagdhaus entfernt in einem kleinen Schloss auf den Klippen. Mit unbeirrbarer Fürsorge kümmerte sie sich darum, dass der Kühlschrank und die Vorratskammer gut gefüllt waren, wenn Charles sich ankündigte.

Er öffnete den Kühlschrank und spähte hinein.

»Frische Goldbrassen, Steaks, Salat, verschiedene normannische Käse, Mousse au Chocolat, Wein und Champagner. Perfekt. Auf Beatrice ist Verlass. Was hältst du von einem kleinen Nickerchen? Vorher trinken wir ein Glas kühlen weißen Bordeaux und kuscheln. Nach der Siesta koche ich uns ein wunderbares Abendessen.«

Aimée nickte. »Das hört sich großartig an.«

»Ich bringe unser Gepäck ins Schlafzimmer«, erklärte Charles. »Anschließend hole ich den Wein.«

Aimée inspizierte währenddessen das Badezimmer. Es war mit schwarzen Marmorplatten gefliest, die matt glänzten. Erleichtert stellte sie fest, dass es ein Bidet gab. Die große, mit Glastrennwänden verkleidete Dusche war begehbar. Sie hatte schon befürchtet, sich am Brunnen waschen zu müssen. Über dem ausladenden schwarzen Waschbecken hing ein goldgerahmter Spiegel. Aimée betrachtete sich kritisch und war mit dem Ergebnis zufrieden.

Langsam schlenderte sie in das Schlafzimmer, während sie Charles in der Küche werkeln hörte. Der Raum war geschmackvoll eingerichtet und ganz in Cremeweiß gehalten. Weiße Vorhänge flatterten vor den beiden kleinen Fenstern in der Sommerbrise. Über das riesige französische Bett war eine helle Tagesdecke gebreitet. Perlweiße gespannte Stoffbahnen bildeten den Himmel. Dicke Schafswollteppiche lagen auf dem lasierten Holzboden. Auf einer kleinen Kommode in der Ecke stand eine Vase mit elfenbeinfarbenen Hortensien. Auf dem Bett entdeckte sie eine silbern glänzende Schachtel mit einer grünen Schleife. Aimée lächelte. Charles hatte ein Geschenk für sie bereitgelegt.

»Mach es auf«, sagte er, als er den Raum betrat. Er balancierte ein Tablett mit zwei Kristallgläsern und einem Sektkübel, aus dem ein grüner Flaschenhals ragte. Aimée löste die Schleife und hob den Deckel von der Schachtel. Auf schwarzen Spitzendessous glitzerten ein Paar Ohrringe. Platin und Diamanten, perfekt passend zum Verlobungsring. Aimée freute sich und fiel Charles um den Hals.

»So eine schöne Überraschung. Ich danke dir, Chéri.«

»Magst du in das schwarze Teilchen schlüpfen?«, raunte er in ihr Ohr. »Ich schenke den Wein ein.«

Als sie nebeneinander auf dem Bett lagen, küsste er zärtlich ihre Halsbeuge.

»Ich bin so glücklich, dass du bei mir bist«, sagte er.

Als Aimée zwei Stunden später aufwachte, war die Sonne bereits hinter den Laubkronen verschwunden. Die Dämmerung senkte sich über die Lichtung. Auf der Wiese standen reglos zwei Rehe. Aus der Küche erklang das Klappern von Töpfen und Pfannen. Sie stieg aus dem Bett, zog das Negligé aus und schlüpfte in ihr Kleid. Barfuß tappte sie in die Küche. Charles stand am Herd und briet die Fische.

»Das Essen ist gleich fertig«, verkündete er. »Ich habe auf der Veranda gedeckt. Es ist ein wunderbarer lauer Sommerabend. Nimm doch schon mal Platz. Ich bin gleich bei dir.«

Als sie auf die Terrasse trat, erschraken die Rehe und stoben davon. Mit eleganten weiten Sprüngen verschwanden sie im Wald. Charles hatte ein weißes Tischtuch über den Holztisch gebreitet. Darauf standen Porzellanteller, daneben lag Silberbesteck auf Stoffservietten aufgereiht. Die Weingläser waren mit weißem Bordeaux gefüllt. Kerzen in Glasschalen flackerten im Wind. Aimée setzte sich, trank einen Schluck Wein und war erstaunt über die Stille, die sie umgab. In Paris war es nie still. Nur das leise Rauschen der Blätter war zu vernehmen. Glühwürmchen schwirrten wie kleine rote Laternen im dunklen Wald. Äste knarzten. Dann meinte sie ein scharrendes Geräusch und ein sonderbares Kratzen zu hören. Schlich da ein wildes Tier durch das Gebüsch? Als ihr bewusst wurde, dass sich außer ihr und Charles vermutlich niemand in dieser Gegend aufhielt, schauderte sie. Alleine würde sie sich hier zu Tode fürchten. Ihr Verlobter trat mit einem Tablett auf die Terrasse und riss sie aus ihren Überlegungen.

»Gibt es hier wilde Tiere, Charles?«

Er lachte. »Aber nein, keine Angst, mein Engel. Die wildesten Tiere, die es hier gibt, sind Wildschweine. Wenn sie auf Menschen treffen, flüchten sie. Allerdings soll seit einiger Zeit ein Bär hier sein Unwesen treiben. Wenn du ihm begegnest, klettere bloß nicht auf einen Baum. Das kann er nämlich besser als du.«

Als er den erschrockenen Gesichtsausdruck seiner Verlobten bemerkte, konnte er sich ein breites Grinsen nicht verkneifen. »Das war ein Scherz.«

Er stellte eine Platte mit den gebratenen Goldbrassen, eine Schüssel Salat und ein Körbchen mit aufgeschnittenem Baguette auf den Tisch und setzte sich ihr gegenüber.

»Greif zu, Aimée. Ich hoffe, es schmeckt dir.«

Er griff nach dem Weinglas und stieß mit ihr an.

»Auf unser schönes Wochenende.«

»Auf unser schönes Wochenende. Guten Appetit. Das Dîner duftet herrlich.«

Das Essen schmeckte Aimée sehr gut. Sie mochte Fisch. Charles konnte wirklich ausgezeichnet kochen. Sie nahm sich noch eine Portion Salat und sah ihn lächelnd an.

»Was wollen wir morgen unternehmen?«, fragte sie.

»Wir stehen im Morgengrauen auf und gehen auf die Jagd«, antwortete er. »Darauf freue ich mich schon seit Wochen. Anfang Juni beginnt die Jagdsaison.«

Seine Verlobte sah ihn entsetzt an. »Ich kann überhaupt nicht schießen, und ich will auch keine Tiere töten.«

Charles winkte ungeduldig ab. »Du sollst auch nicht schießen. Ich schieße und du begleitest mich.« Er legte den Kopf schief und lächelte sie nachsichtig an. »Aimée! Jagen ist meine große Leidenschaft. Deshalb bin ich hier. Aber weißt du was? Morgen Nachmittag fahren wir an den Strand und gehen schwimmen. Wenn du willst, können wir auch mit meinem Boot rausfahren. Danach kaufen wir auf dem Markt frische Langusten und Miesmuscheln für morgen Abend. Ich dämpfe sie in Cidresauce und Schalotten. Einverstanden?«

Sie nickte zögerlich.

»Einverstanden.«

Nachdem sie die rosa gebratenen Steaks als Hauptgang, einen sahnigen, würzigen Livarot mit der roten Rinde und das Dessert verspeist hatten, servierte Charles den Mokka.

»Es hat dir geschmeckt und du hast ordentlich zugelangt«, meinte er zufrieden. »Ich mag es nicht, wenn Frauen sich beim Essen so zieren. Trink bitte deinen Kaffee aus, ich habe eine Überraschung für dich.«

Er führte sie in die Küche. Dort gab es eine schmale Hintertür, die Aimée bisher gar nicht bemerkt hatte. Charles holte eine Flasche Champagner aus dem Kühlschrank und nahm zwei Kristallgläser aus einem Sideboard. Dann öffnete er den Ausgang mit dem

Ellbogen. »Komm mit«, forderte er sie auf. Sie stiegen eine steile Holztreppe hinauf und gelangten auf eine Dachterrasse. In der Mitte stand ein abgedeckter Whirlpool. Charles hatte ihn gleich nach ihrer Ankunft in Betrieb gesetzt. Jetzt zog er die Plane weg. Das warme Wasser blubberte und schäumte. Dampfschwaden stiegen auf. In der Luft hing betörender Lavendelduft. Aimée war begeistert. »Ein Whirlpool«, hauchte sie. »Mitten in der Wildnis. Damit hätte ich hier überhaupt nicht gerechnet. Toll.«

»Wenn du mit mir zusammen bist, musst du mit allem rechnen, mein Liebling. Zieh dich doch aus. Wir nehmen ein entspannendes Bad direkt unter dem Sternenzelt.«

Aimée sah sich unsicher um. Sie konnte den Wald in der Dunkelheit nur ahnen. Düstere Schemen zeichneten sich ab und schienen sich zu bewegen.

»Und wenn uns jemand beobachtet?«

Charles lachte. »Hier ist kein Mensch, mein Schatz. Nur wir beide.«

Sie ließen ihre Kleider auf den Boden fallen, stiegen über zwei Trittstufen in den Pool und glitten in das warme, seidige Wasser. Dabei ließ Charles seine Blicke bewundernd über ihren Körper streifen. »Du bist wunderschön, Aimée.«

Er reichte ihr ein Glas Champagner. »Stoßen wir auf unsere baldige Hochzeit an. Ich werde die schönste Frau der Welt heiraten. Dann gehörst du mir.«

Still lagen sie im Whirlpool. Aimée bewunderte das tintenblaue Firmament, das sich hoch über ihnen wölbte. Hunderte von Sternen funkelten wie Edelsteine. Der Wind wisperte in den Baumwipfeln. Ein Waldkauz stieß einen lauten Lockruf aus. Sie erschrak. Plötzlich schossen Gedanken durch ihren Kopf, die die friedliche Idylle störten. Das Telefonat, das sie vor einigen Tagen geführt hatte, kam ihr in den Sinn. War sie zu voreilig gewesen? Zu unüberlegt? Zu gierig? Hatte sie einen Fehler gemacht? Was, wenn Charles davon erfuhr? Rasch wischte sie ihre Zweifel beiseite und betrachtete den weißen Vollmond, der noch immer riesig war.

HÖLLENOTTERN

Samstag, 1. Juni
Aimée wurde durch ein sanftes Rütteln an der Schulter geweckt. Die Berührung riss sie aus einem wirren Traum. Sie drehte sich auf den Rücken und rieb sich verschlafen die Augen. Die Lampe auf dem Nachttisch war eingeschaltet. Draußen war es stockfinster.

»Aufwachen, mein Liebling«, flüsterte Charles zärtlich. »Wir gehen auf die Jagd. Ich habe dir Kaffee gebracht.«

Aimée blinzelte und setzte sich auf. Sie gähnte. Charles saß auf der Bettkante und hielt ihr eine Tasse hin. »Guten Morgen. Hast du gut geschlafen?«

»Guten Morgen, Charles. Ich habe ein wenig unruhig geschlafen. Die Einsamkeit und die Stille hier bin ich nicht gewohnt. Warum weckst du mich mitten in der Nacht? Ich möchte weiterschlafen.« Sie wollte sich wieder auf die Seite drehen und sich in die Bettdecke rollen.

»Jetzt wird aufgestanden!«, verkündete Charles mit munterer Stimme. »Wenn wir nicht bald aufbrechen, hat sich das Wild verzogen. Jäger schießen gerne in der

Morgendämmerung. Das ist die beste Zeit. In diesem Revier gibt es Schwarzwild, Rotwild und Rehe in großer Zahl. Vielleicht schieße ich auch einige Fasanen und Rebhühner mit der Schrotflinte, mal sehen.« Er drückte ihr die Tasse mit dem dampfenden Kaffee in die Hand. »Ziehe dir bequeme warme Kleidung und festes Schuhwerk an. Morgens ist es noch kühl. Frühstück ist fertig, beeil dich! Mich hat das Jagdfieber gepackt.« Schon war er verschwunden. Benommen trank Aimée einen Schluck Kaffee. Sie war hundemüde und wollte einfach nur weiterschlafen. Doch dann würde Charles ärgerlich werden. Das konnte sie nicht riskieren. Mühsam kroch sie aus dem Bett und ging ins Badezimmer. Rasch putzte sie sich die Zähne, wusch das Gesicht mit kaltem Wasser und bürstete ihre Haare. Zurück im Schlafzimmer, wühlte sie in ihrem Koffer, bis sie eine bequeme Jeans gefunden hatte. Sie zog Socken über die kalten Füße. Zum Glück hatte sie Lederschuhe mit flachen Absätzen eingepackt. Sie schlüpfte in ein T-Shirt und einen dicken Wollpullover. Mit der Regenjacke über der Schulter lief sie zur Essecke. Dabei trank sie die Tasse leer. Sie brauchte dringend Koffein. Charles saß am Tisch und wartete auf sie.

»Setz dich, mein Liebling. Ich habe Baguette aufgebacken. Dazu gibt es Butter, Marmelade und Käse. Wir essen nur eine Kleinigkeit, nach der Jagd machen wir ordentlich Brotzeit.«

Er aß mit großem Appetit drei Baguettehälften mit Camembert und Brombeermarmelade. Aimée knabberte an einem Butterbrot und trank noch eine Tasse Kaffee. Charles nahm noch einen großen Schluck von seinem Tee, dann erhob er sich. »Wir brechen auf.« Er schulterte zwei seiner Jagdgewehre und setzte einen breitkrempigen Hut mit einer Feder auf. Gemeinsam traten sie auf die Veranda. Charles verschloss die Tür. »Wir machen jetzt einen halbstündigen Fußmarsch zu meinem Hochsitz«, erläuterte er. »Du hältst dich dicht hinter mir. Wir reden nicht und versuchen, so leise wie möglich zu marschieren. Auf geht's!«

Im Gänsemarsch überquerten sie die Lichtung. Es nieselte. Ein frischer Wind fegte über die Lichtung. Das Gras war feucht, die Erde aufgeweicht. In der Morgendämmerung traten die ersten Umrisse der Bäume hervor. Der Wald wirkte abweisend und bedrohlich. Aimée starrte wütend auf den breiten Rücken ihres Verlobten und zog sich die Kapuze der Regenjacke über den Kopf. Er legte ein flottes Tempo vor. Sie hatte Mühe, Schritt zu halten. Ihr Atem ging schnell. Im Wald war es noch dunkler als auf der Lichtung. Aimée konzentrierte sich auf den Weg. Es war ein schmaler gewundener Pfad, über den dicke Wurzeln krochen und der steil bergauf führte. Sie musste aufpassen, dass sie auf dem glitschigen Laub nicht ausrutschte. Der Weg führte sie über einen Kamm, dann ging es bergab. Plötzlich tauchte im Nebel ein Jägerstand auf. Er erhob sich zwischen alten knorrigen Ebereschen, deren Blätter vom Regen dunkelgrün glänzten. Um seine hohen schlanken Holzstützen schwebten Dunstschleier. Eine steile Sprossenleiter führte auf den überdachten Sitzplatz. Unten im Tal, verborgen vom Bodennebel, plätscherte ein Bach. Aimées Fuß rutschte auf einer Erdscholle weg und sie fiel in ein Himbeergebüsch.

»Pass doch auf!«, ermahnte Charles sie mit gedämpfter Stimme. »Wenn du so weitermachst, wird das Wild aufgescheucht und flüchtet.«

Aimée versuchte sich aufzurappeln. Eine Hand versank im Morast. Als sie endlich wieder auf den Füßen stand, keuchte sie verhalten. Wut brodelte in ihr. Charles hatte ihr nicht aufgeholfen. Er hatte nur noch seine blöden Wildschweine im Kopf. Am liebsten hätte sie ihm eine gescheuert. Da bemerkte sie eine Bewegung auf dem Waldboden, wo sich eine Kuhle befand. Sie kniff die Augen zusammen und sah genauer hin. Da waren Dutzende von kleinen schwarzen Schlangen, die sich in einem Nest wanden. Aimée musste sich auf die Lippe beißen, um nicht laut aufzuschreien. Charles sah sie irritiert an. »Was ist denn mir dir?«, fragte er flüsternd. Mit zitternden Fingern zeigte sie auf ihre Entdeckung.

»Ein Schlangennest«, hauchte sie entsetzt. »Sind die giftig? Ich glaube, eine hat mich gebissen.«

»Schwarze Kreuzottern heißen Höllenottern«, belehrte Charles sie. »Ihre Giftigkeit wird maßlos übertrieben. Ein gesunder Mensch wie du überlebt den Biss ohne weiteres. Das sind aber keine Höllenottern, sondern Blindschleichen. Völlig harmlos. Du brauchst keine Angst zu haben. Komm, mein Schatz. Wir steigen auf den Hochsitz. Sei vorsichtig! Die Tritte sind rutschig. Sonst fällst du mir noch in das Schlangennest.«

Aimée folgte ihm mit wackligen Beinen auf den Jägerstand. Sie klammerte sich so fest an die kalten, nassen Sprossen, dass ihre Fingerknöchel weiß hervortraten. Als sie die Plattform endlich erreicht hatte, ließ sie sich vorsichtig neben ihrem Verlobten nieder. Sie fror erbärmlich und fürchtete sich vor dem kriechenden Getier, das im Wald lauerte. Wenigstens schützte sie das leicht schräge Holzdach vor dem Nieselregen. Sie kuschelte sich an Charles. Er zog einen silbernen Flachmann aus seiner Jackentasche, schraubte ihn auf und hielt ihr die Flasche hin. »Trink einen Schluck Calvados. Das beruhigt die Nerven. Und du musst jetzt bitte still sein.«

Aimée nahm einen winzigen Schluck. Ein Brennen jagte durch ihren Magen. Charles spähte durch den Feldstecher. »Da unten«, flüsterte er. »Auf der Wiese vor dem Bach. Da äst ein kapitaler Rehbock. Ein Sechserbock mit ausgeprägten Rosen, die Lauscher halb gegen das Geweih. Auf so einen Prachtkerl habe ich schon lange gewartet.« Er griff nach seinem schussbereiten Jagdgewehr, legte an und nahm sein Ziel ins Visier. Aimée konnte das schöne Tier mit dem rötlich braunen Fell und dem prächtigen Geweih nun ebenfalls sehen und hätte es am liebsten mit einem Schrei verscheucht. Es tat ihr von Herzen leid. Sie wollte nicht, dass es starb. »Lass ihn leben«, bat sie.

»Spinnst du? Ich bin Jäger. So ein gewaltiges Tier habe ich schon lange nicht mehr geschossen. Es ist ein Prachtexemplar.«

Aimée hielt sich die Ohren zu und wartete auf den unvermeidlichen Schuss.

Doch nicht nur der Rehbock war in das Tal gekommen. Auch jemand anderes hatte sich bereits vor ihnen dorthin geschlichen und lauerte verborgen hinter dichtem Gestrüpp auf einer Kuppe gegenüber dem Jägerstand. Ein Schuss hallte durch den Forst. Aimée kreischte auf. Charles erstarrte. »Was war das?«

Ein zweiter Schuss knallte und das Projektil traf Charles mitten in die Stirn. Bevor seine Verlobte reagieren konnte, ertönte ein dritter Schuss. Auch Aimée wurde von einer Kugel exakt in die Stirnmitte getroffen. Beide waren sofort tot und sackten zusammen. Charles kippte nach vorne. Das Geländer hielt ihn aufrecht. Hoch zufrieden mit ihrem grausamen Werk, trat die verborgene Person leise den Rückzug an. Es war ihr jedoch entgangen, dass sich noch jemand im Hirschtal aufhielt. Hinter einem dornigen Schlehendickicht kauerte ein Schatten, der die Szene genau beobachtet hatte.

PICKNICK AM MEER

Montag, 3. Juni

Das weiße Motorboot mit den rosa Fendern ankerte vor der Nordostküste der Halbinsel Cotentin. Es handelte sich um einen robusten Dreikieler, der für Rauwasser besonders gut geeignet war und bei Ebbe nicht in den Schlick kippte. Das tiefblaue Meer glitzerte in der Sonne. Wellen rollten gemächlich auf das Ufer zu. Dort erhob sich der fünfundsiebzig Meter hohe Leuchtturm von Gatteville auf einer weiten, von Strandgras und stacheligen Dünenrosen überwachsenen Ebene. Daneben stand das alte Signalfeuer mit bescheidenen zwanzig Metern Höhe. Die aufkommende Flut hatte die felsige zerklüftete Küste bis auf einen schmalen Streifen überschwemmt. Dort, zwischen dunkelgrauen abgeschliffenen Gesteinsquadern, suchten *Pêcheurs à pied*, Fischer zu Fuß, vor allem nach Wellhornschnecken. Diese Meeresfrüchte waren in feuchten Ritzen und Spalten in großer Zahl zu finden. Im kleinen Hafen von Gatteville-le-Phare schaukelten grüne und blaue Fischerboote auf dem hereinströmenden Wasser. Hinter der Kaimauer wuchsen silbergrüne Zedern und hohes Schlickgras. Von dem pittoresken Weiler waren nur das Steinkreuz auf dem First der Seefahrerkirche und einige Kamine zu sehen.

Philippe Lagarde stand auf dem Deck seines Bootes und blinzelte in die Sonne. Für Anfang Juni war es ein erstaunlich heißer Tag. Deshalb hatten Amélie und Odette vorgeschlagen, am Nachmittag einen Ausflug zu machen. Sie wollten mit dem Schiff hinausfahren und im Meer schwimmen. Anschließend war ein Picknick geplant. Lagarde hatte zwei Angelruten in die dafür vorgesehenen Halterungen gesteckt und beobachtete die hüpfenden Schwimmer. Drei Heringe und zwei Seeteufel hatten bereits angebissen. Inzwischen waren sie ausgenommen, geputzt, mariniert und auf Eis gelagert. Später würde er die Fische über einem Lagerfeuer grillen.

Der Kommissar war aufgrund einer Schussverletzung frühzeitig in den Ruhestand gegangen. Bei einer Geiselnahme hatte ihn der amoklaufende Einzeltäter in die linke Schulter geschossen und schwer verletzt. In der Zwischenzeit war die Schussverletzung gut verheilt und er konnte seinen Arm und das Schultergelenk fast ohne Einschränkungen bewegen. Jetzt genoss er die freie Zeit, die ihm zur Verfügung stand. Er fuhr zum Angeln auf das Meer hinaus, werkelte an seinem alten Granitsteinhaus und unternahm ausgiebige Touren mit dem Rennrad. Da er jedoch seinen Beruf geliebt hatte, konnte er nicht ganz loslassen. Deshalb unterrichtete er Polizeianwärter, die auf der Akademie von Rennes ihre Ausbildung absolvierten. Immer wieder wurde er europaweit zu Tagungen eingeladen, um über für die Polizei relevante aktuelle Themen zu referieren. Außerdem wurde er manchmal bei komplizierten Kriminalfällen und schier unlösbaren, grausamen Verbrechen als Berater hinzugezogen.

Kommissar Philippe Lagarde war von mittelgroßer kräftiger Statur, durchtrainiert und muskulös. Über den Badeshorts straffte sich ein flacher Waschbrettbauch ohne ein Gramm Fett. Die dichten dunklen Haare trug er kurz geschnitten. Sein Gesicht war ebenmäßig, markant und wirkte besonders auf Frauen ansprechend. Die saphirblauen Augen mit den Lachfältchen bildeten zu der sonnengebräunten Haut einen attraktiven Kontrast.

Seine Lebensgefährtin Odette de Crézy und Amélie, die Tochter einer Freundin, saßen beide im Schneidersitz auf einem Badetuch, das sie auf dem Bootsdeck ausgebreitet hatten. Ein Sonnenschirm spendete Schatten. Zwischen ihnen lag ein aufgeklapptes Spielbrett mit jeweils zwölf schwarzen und roten Dreiecken. Odette brachte dem Mädchen Backgammon bei. Amélie begriff die Regeln für eine Erstklässlerin erstaunlich schnell. Sie rüttelte die beiden Würfel in den kleinen Händen, warf sie erwartungsvoll auf das Brett und platzierte anschließend die runden weißen Steine. Dabei kommentierte sie pausenlos den Spielverlauf und wollte unbedingt gewinnen. Wenn es ihr gelang, einen schwarzen Stein zu schlagen, klatschte sie begeistert in die Hände. Lagarde lehnte an der Reling und beobachtete amüsiert das Gefecht, das sich die beiden lieferten. Auch Odette war in das schneller werdende Spiel vertieft. Er betrachtete sie liebevoll. Die sandfarbene Baseballkappe hatte sie lässig in die Stirn gezogen. Ihre langen dunklen Haare fielen weich über den gebräunten Rücken. An den Ohren baumelten goldene Kreolen. Der bronzefarbene Bikini betonte ihre schlanke Figur. Sie würfelte und setzte unter den wachsamen Blicken von Amélie konzentriert die schwarzen Steine. Lagarde fand seine Freundin wunderschön und sehr sexy. Sie war eine warmherzige, humorvolle Frau, mit der man lachen und Spaß haben konnte.

»Gewonnen.« Amélie riss die Arme zur Siegerpose in die Luft. »Jetzt habe ich Durst«, verkündete sie. Auf der hölzernen Sitzbank standen drei große Gläser mit Fruchtsaftcocktail, den Odette gemixt hatte. Das Mädchen sprang auf und griff nach ihrem Glas, aus dem ein langer Strohhalm ragte. Zum Knabbern hatte Odette gesalzene Pistazien in eine Schale gefüllt. Sie knackte einige grüne Nüsse für Amélie. Anschließend cremte sie das Mädchen von Kopf bis Fuß mit Sonnenöl ein und wollte ihr eine Kappe aufsetzen.

»Jetzt nicht, Odette. Wir wollen doch schwimmen gehen. Ich möchte ins Meer springen. Mit euch.«

»In Ordnung.« Lagarde lachte sie an. »Aber nur mit Schwimmflügeln, Prinzessin Pipinette.« Diesen Kosenamen hatte er sich für sie ausgedacht.

»Aber, Onkel Philippe«, setzte sie zum Protest an.

»Keine Diskussion. Auf dem Meer werden Schwimmflügel getragen. Ich weiß, dass du schwimmen kannst. Am Strand ist das etwas anderes. Aber hier draußen gehe ich kein Risiko ein. Und bitte kühle dich unter der Dusche kurz ab.«

»Also gut. Wenn du meinst.« Sie gab erstaunlich schnell nach. Er hatte schon öfter die Erfahrung gemacht, dass sie sich am schnellsten einigten, wenn er eine klare Ansage machte. Mit gerümpfter Nase zog sie mit Hilfe von Odette die Flügel über die Arme. Dann spritzte sie sich unter der Dusche mit Meerwasser ab. Lagarde ging währenddessen zum Heck des Bootes und klappte den Metallsteg aus. »Von hier aus kannst du springen. Aber ich bin der Erste im Wasser. Dann bist du an der Reihe.«

Lagarde rannte über den Steg und sprang kopfüber in das kühle Nass. Prustend tauchte er wieder auf.

»Los geht's«, rief er.

Amélie balancierte über die schmale Plattform. An ihrem Ende blieb sie zögernd stehen und sah nach unten.

»Das ist ganz schön tief«, meinte sie.

»Du kannst auch über die Leiter ins Wasser steigen.«

»Nein, ich will auch springen, so wie du.«

Entschlossen hielt sie sich die Nase zu und hüpfte vom Steg. Die Schwimmflügel trugen sie und hielten sie über Wasser. Das Mädchen ruderte mit Armen und Beinen und strahlte ihren großen Freund an.

»Ich habe es geschafft.«

»Toll hast du das gemacht«, lobte er sie.

Odette saß auf der Reling und winkte den beiden zu. Dann stieß sie sich ab und hechtete mit dem Kopf voraus in den Ozean. Gemeinsam schwammen sie eine Runde um das Schiff, ließen sich auf den Wellen treiben, beobachteten eine Möwenschar und sahen den Wolken nach. Als es ihnen zu kalt wurde, kletterten sie über die Leiter zurück an Deck. Lagarde hüllte das Mädchen in ein Handtuch.

»Wenn wir noch ein Picknick am Strand machen wollen, sollten wir jetzt starten«, meinte er. »Wir ziehen uns um und dann fahren wir zurück.«

Nach einer halben Stunde ankerte er in einer kleinen einsamen Bucht, die nur vom Meer her zugänglich war. Sie wurde von schroff abfallenden grauen Felsen begrenzt. Die See hatte sich im Laufe der Jahrhunderte durch die steilen Klippen hindurchgefressen, so dass imposante steinerne Bögen entstanden waren, durch die das Wasser schäumend gurgelte. Über einer mit Macchia und rosarot blühenden Grasnelken dicht bewachsenen Anhöhe erhob sich ein Pinienwäldchen. Sie wateten durch das flache türkise

Wasser zum Strand. Der feine weiße Sand fühlte sich unter den Fußsohlen warm an. Während Amélie und Odette mit Hilfe von zwei flachen Kieselsteinen eine Mulde gruben, sammelte Lagarde in dem Wäldchen dürre Zweige, Äste und Pinienzapfen. Er schichtete sie in der Feuerstelle auf mitgebrachtes Zeitungspapier, schüttete Holzkohle dazu und verteilte einige Grillanzünder. Amélie durfte das Papier mit einem langen Streichholz anzünden. Als das Feuer kräftig loderte, spießten sie die Fische auf Äste und brieten sie über den Flammen. Odette zauberte aus ihrem Rucksack Teller, Besteck, Servietten, ein frisches Baguette und eine Schüssel mit Tomaten-Paprika-Salat. Amélie und sie tranken stilles Wasser, für Lagarde gab es eine Flasche Bier. Der frische gegrillte Fisch schmeckte köstlich. Anschließend saßen sie um das Lagerfeuer und sangen Seemannslieder. Wenn ihnen der Text nicht einfiel, dachten sie sich selbst einen aus. Sie lachten und amüsierten sich großartig, bis es Zeit war aufzubrechen. Amélie hatte am nächsten Tag Schule und sollte nicht zu spät nach Hause kommen.

Als sie den Hafen von Barfleur erreichten, dämmerte es bereits. Lagarde schipperte durch die Hafeneinfahrt, vorbei an der alten Werft und der Kirche Saint-Nicolas, und steuerte auf die breite Treppe an der Mole zu. Er stellte den Motor ab und verließ den Steuerstand. Dann griff er nach einem Eisenring und hielt das Boot dicht an der Kaimauer, so dass Odette und Amélie bequem aussteigen konnten. Schließlich vertäute er sein Schiff an einer Boje und paddelte mit dem Ruderboot zum Kai zurück. Über steile, mit Tang überzogene Steinstufen erreichten sie die Promenade. Spaziergänger flanierten in der lauen Abendluft auf der Mole. Die Tische vor den Restaurants und Cafés waren fast alle besetzt. Hand in Hand liefen sie den kurzen Weg zu dem Haus, in dem Amélie mit ihrer Mutter Camille wohnte. Sie arbeitete als Lehrerin für Französisch und Deutsch am Gymnasium von Saint-Vaast-la-Hougue. An diesem Nachmittag hatte sie einen kranken Kollegen vertreten müssen, so dass Odette und Philippe gerne als Babysitter eingesprungen waren. Als sie das Haus erreichten, stieg Camille gerade aus ihrem Auto und winkte ihnen zu.

»Hallo ihr drei, da seid ihr ja. Braungebrannt, wie die Seeräuber.«

Amélie fiel ihrer Mutter um den Hals.

»Ich bin vom Steg aus ins Meer gesprungen«, fing sie an zu erzählen. »Das war ganz schön hoch, aber ich habe mich getraut.«

»Deine Tochter ist sehr mutig«, bestätigte Lagarde. »Und ich glaube, inzwischen ist sie auch sehr müde von den Abenteuern, die sie erlebt hat.«

Camille lächelte ihn an. »Das glaube ich auch. Wir holen Lali und dann geht es ab ins Bett, mein Schatz.«

Lali war Amélies Hund, der ihr normalerweise nicht von der Seite wich. Aber Bootfahren mochte sie nicht. Dabei wurde ihr übel. Deshalb hatte das Tier den Nachmittag bei einem freundlichen Nachbarn verbracht.

Odette und Philippe verabschiedeten sich herzlich von Amélie und Camille, die sich für die Betreuung ihrer Tochter bedankte. Nach dem langen Arbeitstag wirkte sie erschöpft. Arm in Arm schlenderten Lagarde und seine Lebensgefährtin zur Hafenpromenade zurück.

»Was hältst du davon, wenn wir den schönen Tag mit einem Glas Wein im ›Im Wind der Inseln‹ beschließen«, schlug Lagarde vor. Das Bistro, direkt an der Hafenmole gelegen, war seine Stammkneipe.

»Gute Idee, das machen wir. Lassen wir den Abend dort ausklingen. Morgen wartet viel Arbeit auf mich. Für den Abend liegen bereits sechs größere Reservierungen vor.«

Odette war die Eigentümerin eines exklusiven Feinschmeckerrestaurants, dem »Mirabelle«, das sie mit viel Charme und Geschäftssinn führte. Es lag nicht weit von Barfleur entfernt in einem romantischen Apfelgarten. Am Montag war Ruhetag und sie hatte sich den Tag ausnahmsweise freigenommen. Ansonsten gab es auch, wenn das Restaurant geschlossen hatte, viel zu erledigen. Das Paar fand einen freien Tisch vor dem Bistro unter der weiß-rot gestreiften Markise.

Daneben erhob sich eine alte Platane, deren Stamm glatt und marmoriert war. Sie setzten sich und Odette streckte die langen Beine aus. Schon eilte Gaston, der Wirt, herbei.

»Guten Abend, ihr beiden. Wie geht es euch?«

»Wir haben einen kleinen Ausflug gemacht«, erzählte Lagarde. »Und jetzt haben wir Durst.«

»Was darf ich euch bringen?«

»Was möchtest du trinken, Odette?«

Sie überlegte kurz. »Einen roten Landwein, bitte.«

»Eine Karaffe vom Hauswein, Gaston«, bat Lagarde. »Und eine Flasche Mineralwasser.«

»Ich habe eine Tomaten-Mangold-Zwiebel-Quiche«, informierte der Wirt seine Gäste. »Falls ihr möchtet?«

»Gerne«, antwortete Odette. Sie war immer neugierig auf die kulinarischen Kreationen von Kollegen.

»Kommt sofort.«

Kurz darauf brachte Gaston die Bestellung. Lagarde bedankte sich und füllte die Gläser.

»Zum Wohl, mein Liebling. Auf unseren schönen Nachmittag.«

»Zum Wohl, Philippe. Es hat Spaß gemacht, mit der Kleinen einen Ausflug zu unternehmen.«

In einträchtigem Schweigen genossen sie den trockenen fruchtigen Wein sowie die Aussicht auf die beleuchtete Promenade und die dunklen Silhouetten der Boote, die im Hafen lagen. Es roch nach Fisch, Salz und Tang. Gerade als Gaston die Quiche servierte, klingelte Lagardes Handy. Er entschuldigte sich bei Odette und drückte auf Empfang. Die Nummer kannte er.

»Bonsoir, Ludovic.«

Ludovic Cleroc war Hauptkommissar bei der Kriminalpolizei von Cherbourg. Sie hatten schon öfter bei komplizierten Fällen zusammengearbeitet.

»Bonsoir, Philippe.« Er hielt sich nicht mit Höflichkeitsfloskeln auf, sondern kam sofort zur Sache. »Ich brauche deine Hilfe.« Seine Stimme klang angespannt und gehetzt. Normalerweise war der Polizist ein besonnener Mann, der bestimmt und ruhig agierte.

»Was ist denn los, Ludovic? Natürlich helfe ich dir. Aber erzähle erst einmal, was passiert ist.«

Odette trank einen Schluck von ihrem Wein und sah ihren Lebensgefährten fragend an.

»Wir haben einen Mordfall«, erklärte Ludovic. »Genauer gesagt einen Doppelmord. Zwei Leichen im Forst von Gonneville. Eine Frau und ein Mann. Auf einem Hochsitz erschossen. Man könnte denken, es war eine Hinrichtung.«

»Ich habe den Bericht in der Zeitung gelesen.«

»Es steht in allen Zeitungen. Die Presse überschlägt sich förmlich. Ein Wildhüter hat die Leichen gestern am frühen Morgen gefunden.«

»Wie kann ich dir helfen?«

»Der erschossene Mann, Charles Mirbeau, ist ein französischer Großindustrieller.«

Lagarde hatte schon von ihm gehört. Den Namen kannte in Frankreich jeder.

»Er hat in den obersten gesellschaftlichen Kreisen verkehrt«, fuhr der Hauptkommissar fort. »Mit dem Wirtschaftsminister hat er Golf gespielt. Das Innenministerium und die oberste Polizeibehörde in Paris haben sofort einen Druck aufgebaut, das kannst du dir nicht vorstellen.«

Doch, das konnte er sich sogar sehr gut vorstellen.

»Wir haben gerade erst angefangen zu ermitteln und einflussreiche Persönlichkeiten fordern bereits die schnelle Aufklärung dieses Falles.«

Lagarde überlegte. »Ich muss dir nicht sagen, dass es bei prominenten Leuten immer so abläuft. Das weißt du selbst. Am besten fährt man meiner Ansicht nach, wenn man alle Forderungen, so gut es geht, ignoriert und seine Arbeit macht.«

»Du hast natürlich recht. Aber ich habe ein Problem. Ich sage es jetzt freiheraus.«

»Selbstverständlich, sag mir, was los ist. Wir sind doch Freunde.«

Der Hauptkommissar seufzte schwer.

»Es geht um Suzanne«, sagte er schließlich. Lagarde erschrak. Suzanne war Clerocs Freundin. Nach einem langen, verheerenden Rosenkrieg mit seiner Exfrau hatte er sie kennengelernt und sich in sie verliebt. Das war vor etwa einem Jahr gewesen.

»Was ist denn mit Suzanne?«

»Sie ist schwanger. Es ist eine Risikoschwangerschaft. Wie du weißt, ist sie neununddreißig. Es geht ihr nicht gut. Ich muss mich um sie kümmern.«

Sein Freund klang völlig verzweifelt.

»Wir wünschen uns dieses Kind so sehr. Wir wollen eine Familie gründen. Philippe, ich will diese Beziehung auf keinen Fall gefährden. Ich habe schon eine gescheiterte Ehe hinter mir. Wir wollen einfach glücklich sein. Und jetzt wird von mir verlangt, dass ich mein Privatleben beiseiteschiebe und mich ausschließlich auf diesen Fall konzentriere. Er hat höchste Priorität. Ich denke, ich schaffe das nicht alleine mit meiner Truppe.«

»Hast du keine Vertretung?«

»Du kennst unsere Personalengpässe doch nur zu gut. Weißt du, wie viele Polizistenehen jährlich zerbrechen?«

Die niederschmetternde Statistik war Lagarde bekannt und er zögerte keine Sekunde.

»Natürlich unterstütze ich dich. Ich schlage vor, wir treffen uns morgen früh um zehn Uhr im Forst von Gonneville. Du zeigst mir den Tatort und berichtest, was du bisher herausgefunden hast. Dann legen wir eine Strategie fest. Wir arbeiten zusammen und ich halte dir den Rücken frei, wenn es erforderlich ist.« Er dachte nach. »Wir brauchen das Einverständnis von Frank Lanoux.«

Lanoux war der Polizeipräsident der Normandie.

»Ich habe gerade mit ihm telefoniert. Er ist einverstanden.«

Lagarde grinste. Ludovic hatte schon vorgesorgt. »Wunderbar. Dann treffen wir uns morgen früh. Wo soll ich hinkommen?«

»Zum großen Wanderparkplatz südlich des Manoir von Gonneville.«

»Alles klar. Mach dir keine Sorgen. Wir schaffen das.«

»Danke. Dann bis morgen.«

»Bis morgen, Ludovic.«

»Was ist denn los?«, wollte Odette wissen.

Er sah sie ernst an. »Ludovic braucht meine Hilfe. Im Wald von Gonneville ist ein Verbrechen geschehen. Ein prominenter Unternehmer, Charles Mirbeau, und seine Begleiterin wurden erschossen.«

»Der Charles Mirbeau?«

»Ja, genau der.«

»Und die Frau?«

»Das hat Ludovic nicht gesagt.«

Seine Freundin wurde blass und schauderte. »Ein zweifacher Mord, hier bei uns in der Nähe. Das ist ja entsetzlich.«

»DIE ROTE ZIEGE«

Dienstag, 4. Juni
Lagarde wachte kurz nach sieben auf. Hinter den Birken, die vor dem großen halbmondförmigen Schlafzimmerfenster von Odette wuchsen, stand die aufgehende Sonne als gelber Feuerball. Es würde wieder ein heißer Tag werden. Neben ihm lag Odette auf dem Bauch und schlief. Er hauchte ihr einen Kuss auf die Wange und stieg leise aus dem Bett. In der Küche setzte er Kaffee auf und nahm eine Tüte Milch aus dem Kühlschrank. Anschließend ging er in das Badezimmer. Frisch rasiert und geduscht, genoss er die erste Tasse Milchkaffee und beschloss, den Frühstückstisch im Garten zu decken. Er trug ein beladenes Tablett über die Galerie im ersten Stock und die Außentreppe hinunter. Auf der Terrasse unter den riesigen Kronen der Walnussbäume war die Luft noch frisch und kühl. Deshalb wählte er einen Tisch, der neben dem Fußweg in der Sonne stand. Hinter dem Restaurant befand sich der von einer Hecke umsäumte Gemüsegarten. Dort pflückte er frische Erdbeeren, säuberte sie unter einem Wasserhahn und gab sie in eine Porzellanschale. Das süße Aroma der reifen Früchte stieg ihm in

die Nase. Zufrieden mit seinen Vorbereitungen setzte er sich an den Tisch und schenkte sich eine zweite Tasse Kaffee ein. Er lauschte dem Gesang eines Rotkehlchens und bewunderte die großen runden Blumenrabatten, in denen orange Feuerlilien und blauvioletter Rittersporn üppig blühten.

Seine Gedanken wanderten zu dem Verbrechen im Jagdrevier. Aufgrund der Popularität von Charles Mirbeau mussten sie damit rechnen, dass Journalisten sich wie Kletten an sie heften würden. In solchen Fällen verhielten sie sich wie Hyänen. Sie bissen sich fest und ließen nicht mehr los. Täglich würden sie zweifelhafte Neuigkeiten und gewagte Spekulationen verbreiten. Als er Schritte auf der Treppe hörte, lächelte er seiner Freundin entgegen und goss Kaffee für sie ein. Sie war ungeschminkt, hatte die langen Haare zu einem losen Zopf geflochten und sah hinreißend aus.

Nach dem Frühstück machte er sich auf den Weg zum Wanderparkplatz im Wald von Gonneville. Er fuhr über die Nationalstraße nach Saint-Pierre-Église und noch einige Kilometer weiter bis zum Ort Gonneville. Auf der einzigen Kreuzung folgte er dem Hinweisschild auf das Herrenhaus und bog links ab. Der Renault Express holperte über das Kopfsteinpflaster der schmalen, von Granitsteinhäusern gesäumten Dorfstraße, vorbei an einer *Pâtisserie* und einer *Bar-Tabac*. Vor dem Lokal saßen vier ältere Männer um den einzigen Tisch. Sie tranken schon ihren ersten Rotwein, schauten in ihre Zeitungen und diskutierten mit aufgeregten Gesten. Kurz hinter dem Ortsausgang führte eine kerzengerade verlaufende, geschotterte Forststraße in den Wald. Auf der linken Seite verlief eine alte verwitterte Steinmauer, die den Park des Herrenhauses von Gonneville umgab. Das alte Schloss war in der Mitte des 16. Jahrhunderts von der Familie Pirou zerstört worden, die auf den Überresten einen neuen Adelssitz erbaute. Durch einen Seiteneingang konnte er einen kurzen Blick auf das Manoir werfen. Der Zugang bestand aus zwei gewaltigen runden Pfeilern, gekrönt von jeweils einer Steinkugel, und einem verrosteten schmiedeeisernen Tor, das schief in den Angeln hing. Dahinter lag eine wild wuchernde Wiese, die an eine Allee grenzte. Hoch gewachsene Kastanienbäume bildeten ein Spalier. Zwischen den Laubkronen schimmerte ein bleigraues Schieferdach, auf dem mittig ein imposanter Erker saß. Er wurde von zwei spitzen Türmchen flankiert, die sich über der grauweißen Fassade erhoben. Auf der anderen Seite des Forstweges erstreckte sich ein dichter Buchenwald. Efeu rankte sich um die glatten Stämme. Nach einem Kilometer erreichte Lagarde den Parkplatz. Ludovic hatte seinen Dienstwagen vor einer großen Tafel, auf der eine Wanderkarte abgebildet war, geparkt. Er stand neben dem Auto, die Hände in den Hosentaschen vergraben, und wartete. Als er seinen ehemaligen Kollegen wahrnahm, winkte er ihm kurz zu. Lagarde stellte sein Auto ebenfalls vor der Tafel ab.

Die Männer begrüßten sich. Cleroc sah übernächtigt aus. Die Wangen waren eingefallen, der Teint bleich, die grauen Augen trübe. Die schmale Nase wirkte noch spitzer als sonst. Wie immer im Dienst hatte er die langen Haare zu einem Pferdeschwanz gebunden und trug Anzug, Hemd und Schlips.

»Wir fahren mit meinem Dienstwagen«, entschied der Hauptkommissar. »Zu dem Hochsitz führt ein Forstweg für Holzfäller.«

Cleroc steuerte den Peugeot im Schritttempo über den unebenen Weg, mied tiefe Spurrillen, Schlaglöcher und wich Gesteinsbrocken aus. Durch das dichte Laub der Eichen und Buchen drang wenig Sonnenlicht in den Forst. Zwischen den Stämmen eng stehender, hoher Fichten breiteten sich dunkelgrüne Moosteppiche aus. Dorniges Gestrüpp überwucherte den Waldboden. Es herrschte eine düstere, unheilvolle Atmosphäre. Nach zehn Minuten holpriger Fahrt erreichten sie das Hirschtal und folgten auf einer Schlammpiste einem Bach bis zu einer kleinen Lichtung.

»Hier ist der Forstweg zu Ende«, verkündete Cleroc und stellte den Motor ab. »Ein Trampelpfad führt direkt bis zum Jägerstand. Es ist nicht weit.«

Hintereinander gingen die Männer auf dem gewundenen Weg, der stetig bergan führte, und gelangten nach wenigen Minuten an ihr Ziel. Das Gelände war weiträumig mit weißroten Polizeibändern abgesperrt, die in der lauen Brise flatterten.

»Das ist der Hochsitz.« Cleroc schaute in die Höhe. »Dort oben auf der Plattform fand ein Wildhüter vorgestern am frühen Morgen die beiden Leichen. Die Frau saß zusammengesunken auf dem Sitz. Der Mann hing mit dem Oberkörper über dem Holzgeländer. Der Wildhüter kletterte auf die Plattform und konnte nur noch ihren Tod feststellen. Völlig außer sich über den schrecklichen Fund, setzte er sofort einen Notruf ab.«

»Woher wisst ihr, dass es sich bei dem männlichen Opfer tatsächlich um Charles Mirbeau handelt?«, fragte Lagarde. »Hat ihn jemand identifiziert?«

»Ihm gehörte die Jagd. Der Wildhüter arbeitete für ihn und kümmerte sich um das Revier. Deshalb konnte er ihn identifizieren. Außerdem haben wir in der Jacke des Opfers seine Brieftasche mit den Ausweispapieren gefunden.«

»Und wer ist die Frau?«

»Der Forstangestellte hat sie noch nie gesehen. Aber wir wissen inzwischen, dass es sich um Mirbeaus neue Freundin handelt. Aimée Dupont. Er war noch nicht lange mit ihr zusammen. Die Affäre ging durch die gesamte Regenbogenpresse. Ein Glamour-Paar. Kürzlich kam es zu einem Eklat, als er seine Geliebte mit zu einem Empfang im Élysée-Palast nahm. Denn auch seine Frau Caroline Mirbeau, von der er sich getrennt hat, war eingeladen. Die Fotos dieses Zusammentreffens waren in allen Boulevardblättern abgebildet. Allerdings hatte Aimée Dupont auf dem Hochsitz weder Personalausweis noch Führerschein bei sich. Wahrscheinlich befinden sich die Dokumente in ihrem Gepäck.«

»Wie sind die beiden hierhergekommen? Ihr Wagen muss doch irgendwo stehen. Und wo ist ihr Gepäck?«

»Der Wildhüter berichtete von einem Blockhaus, das sich ungefähr eine halbe Stunde Fußmarsch von hier in südlicher Richtung befindet. Es gehörte ebenfalls Charles Mirbeau. Dort wohnte er immer, wenn er auf die Jagd ging. Er ließ sein Auto bei der Hütte stehen und durchstreifte das Revier zu Fuß.«

»Wir müssen herausfinden, wer wusste, dass er an diesem Wochenende jagen wollte.«

»Laut Aussage des Wildhüters wusste das so ziemlich jeder hier. Mirbeau hat immer Anfang Juni die Jagdsaison eröffnet.«

»Die Opfer wurden erschossen?«

»Ja, eine Kugel mitten in die Stirn. Sie waren sofort tot.«

»Von wo wurde geschossen?«

Cleroc deutete auf eine Anhöhe auf der anderen Seite des Tals. Sie war mit Gestrüpp und jungen Fichten überwachsen und lag vom Jägerstand schätzungsweise vierzig Meter entfernt.

»Vermutlich von dort aus. Das Dickicht und die Büsche wachsen dort so dicht, dass man sich gut verbergen kann. Merkwürdig ist, dass drei Schüsse abgegeben wurden. Wir haben in einem Baumstamm, der zwei Meter vom Hochsitz entfernt steht, ein Projektil gefunden. Es stammt höchstwahrscheinlich aus einem großkalibrigen Jagdgewehr. Auf den ballistischen Bericht warte ich noch.«

Lagarde überlegte. »Interessant ist die Frage, ob die drei Kugeln aus demselben Gewehr stammen.«

»Das werden wir bald wissen. Auf jeden Fall steckte das Projektil noch nicht lange im Baum. Die Splitter an der Rinde und im Holz waren ganz frisch.«

»Das wäre aber sonderbar. Jemand, der in der Lage ist, zwei Menschen eine Kugel präzise in die Stirnmitte zu platzieren, der trifft doch bei einem weiteren Schuss nicht zwei Meter daneben.«

»Das ist wirklich merkwürdig. Dafür habe ich noch keine Erklärung.«

»Habt ihr weitere Spuren gefunden? Fußabdrücke zum Beispiel?«

»Nein. Am Sonntag hat sich die Spurensicherung das Gelände um den Tatort vorgenommen. Sie fanden keine Fußabdrücke, keine Stofffasern, nichts. In der Nacht zuvor hatte es stundenlang genieselt. Falls es Fußabdrücke gab, hat der Regen sie unkenntlich gemacht. Der Waldboden ist mit Unterholz und Blättern bedeckt, was die Suche nicht gerade einfacher gestaltete. Am Montag haben Polizisten mit Spürhunden die gesamte Gegend durchkämmt. Der einzige Gegenstand, den sie gefunden haben, war ein Schmuckstein.«

»Ein Schmuckstein?«

»Ja. Er lag unter einem Pilzgeflecht auf der Anhöhe mit der Fichtenschonung. Der Stein war auf ein Lederbändchen gefädelt. Jemand hat ihn wohl als Kette oder Armband getragen und im Wald verloren.«

»Wie sieht er aus?«

»Das Schmuckstück ist von blaugrüner Farbe, oval und poliert. Der Stein und die Lederschnur werden im Labor auf Fingerabdrücke und DNA untersucht.«

»Immerhin, das könnte ein Hinweis sein«, meinte Lagarde zuversichtlich.

»Ja, durchaus.« Clerocs Handy klingelte. Genervt starrte er auf die Nummer und drückte das Gespräch weg. »Die rechte Hand des Innenministers«, erklärte er. »Der Wichtigtuer hat mich heute schon dreimal angerufen. Bisher habe ich mehr Zeit für diese Telefonate aufgewendet als für die Ermittlungsarbeit«

»Das glaube ich sofort. Hat Delphine die Leichen schon obduziert?«

»Sie untersucht sie gerade. Gestern war sie nicht da. Aber am Sonntagmorgen kam sie zum Tatort, hat sich die Opfer angesehen und eine vorläufige Untersuchung durchgeführt.«

»Okay.« Lagarde begann die Leiter zur Plattform des Hochsitzes hinaufzusteigen. Die Sprossen waren rutschig. Cleroc folgte ihm. Schweigend sahen sie auf die schmale hölzerne Sitzbank mit der Lehne im Neunziggradwinkel. Sie betrachteten die Kreidezeichnungen, die die Kollegen der Spurensicherung angefertigt hatten. Mirbeau hatte auf der rechten Seite gesessen, als der tödliche Schuss ihn traf, und war nach vorne gekippt. Die Umrisse des Körpers von Aimée Dupont, dicht links davon, zeigten auf, dass sich ihre Position, nachdem der Tod eingetreten war, nicht verändert hatte. Lagarde fragte sich, wer zuerst erschossen worden war. Wie hatte das zweite Opfer reagiert? Hatte es in Panik geschrien? Hatte den Schrei jemand gehört? Hatte es überhaupt noch Zeit gehabt zu reagieren? Oder folgte der zweite Schuss unmittelbar auf den ersten? Wenn die zweite Person mehr Zeit gehabt hätte, hätte sie sicherlich versucht zu flüchten. Oder war sie durch das erlebte Grauen paralysiert gewesen? Hatte ein Täter geschossen oder mehrere? Er sah in die Richtung, aus der die Schüsse aller Wahrscheinlichkeit nach abgefeuert worden sein mussten. Ludovic hatte recht. Eigentlich kam nur die gegenüberliegende Kuppe in Frage. Eindringlich studierte er das Gelände. Im Moment gab es hier nichts mehr zu tun.

»Welcher Punkt steht als Nächstes auf dem Programm, Ludovic?«

»Ich will mir die Jagdhütte von Mirbeau ansehen. Wir haben dafür noch keinen Durchsuchungsbeschluss, weil der Hochsitz der Tatort ist. Der Wildhüter hat sich bereit erklärt, sich mit uns bei dem Gebäude zu treffen und die Tür aufzuschließen. Ich rufe ihn jetzt an und sage ihm Bescheid, dass wir unterwegs sind.«

»In Ordnung.«

Sie stapften über den schlammigen Grund des Hirschtales zu der Forststraße, wo ihr Auto stand. Plötzlich hörten sie Hufgetrappel, das durch den stillen Wald tönte und rasch näher kam. Auf einem Wanderpfad, der ihren Weg kreuzte, galoppierte ein Pferd auf sie zu. Das Mädchen, das das Tier ritt, saß nach vorne gebeugt auf dem Sattel und duckte sich geschickt unter den Fichtenzweigen. Kurz bevor sie die Männer erreicht hatte, stoppte sie das Pferd mit einem knappen Zuruf. Es bäumte sich auf und schnaubte. Die weiße Mähne umwehte den großen Kopf. Dann stand es still.

»Salut!«, rief das Mädchen. Es blickte mit einem bezaubernden Lächeln auf die Kommissare herab. »Ein schöner Tag, um spazieren zu gehen oder auszureiten, nicht wahr?«

»Salut. Du bist ja flott unterwegs«, meinte Lagarde. »Zum Glück ist dein Pferd gut erzogen.«

Sie lachte. »Apollo gehorcht aufs Wort, keine Bange. Sein Name stammt aus der griechischen Mythologie. Er bedeutet Gott des Lichtes. Das finde ich sehr schön.«

»Ja, ein schöner Name«, erwiderte Lagarde. »Und er passt auch gut. Dein Haflinger hat die Farbe von einem hellen Lichtfuchs. Ein prachtvolles Tier.«

»Danke, Monsieur.« Sie freute sich sichtlich über das Lob und strahlte ihn an.

Das Mädchen trug eine Reithose, ein kurzärmliges kariertes Hemd und hohe dunkelbraune Lederstiefel. Keinen Helm. Aus einer Satteltasche ragte der Lauf einer Schrotflinte. Lagarde schätzte sie auf ungefähr sechzehn Jahre. Sie war groß, schlank und wirkte sportlich. Das lange schwarze Haar fiel in wilden dicken Locken auf ihre Schultern und umrahmte ihr hübsches herzförmiges Gesicht mit einer kecken Stupsnase und riesigen veilchenblauen Augen.

»Wie heißt du denn?«, erkundigte sich Cleroc.

»Mariella. Eigentlich heiße ich Mireille, aber der Name gefällt mir nicht so gut. Und wer sind Sie?«

»Wir sind von der Polizei«, antwortete Lagarde und zeigte ihr seinen Dienstausweis. Er überlegte, ob er ihr den Grund für ihre Anwesenheit im Wald sagen sollte. Er wollte sie nicht erschrecken, aber vielleicht hatte sie etwas gesehen. Sie schien sich im Wald wie zu Hause zu fühlen. Außerdem ging er davon aus, dass sich die Nachricht über das Verbrechen hier in der Gegend wie ein Lauffeuer verbreitet hatte. »Dort drüben auf dem Hochsitz sind zwei Menschen erschossen worden«, fuhr er fort. »Wir ermitteln in dem Fall.«

Mariella nickte. »Ja, ich weiß. Jeder weiß das hier.

Charles Mirbeau und seine Freundin wurden getötet. Sein Wildhüter hat sie gefunden.«

Cleroc hatte den Eindruck, dass sie nicht besonders betroffen wirkte. »Kanntest du Mirbeau persönlich?«

»Ja. Ihm gehört das Jagdrevier. Wir sind uns manchmal im Wald begegnet, wenn ich mit Apollo einen Ausritt gemacht habe.«

»Und seine Freundin? Hast du sie auch gekannt?«

»Nein. Das letzte Mal, als ich Charles gesehen habe, war er mit Caroline unterwegs.«

»Hast du keine Angst, alleine durch den Wald zu reiten, nachdem hier ein Verbrechen geschehen ist?«

Das Mädchen schüttelte den Kopf. »Ich habe keine Angst. Niemals. Außerdem habe ich immer mein Gewehr dabei. Ich kann gut schießen.«

Daran hatte Lagarde nicht den geringsten Zweifel. »Sag mal, Mariella. Hast du vielleicht irgendetwas gesehen oder gehört, das dir merkwürdig vorkam?«

»Nein. Gar nichts. Tut mir leid. Dann hätte ich mich selbstverständlich sofort gemeldet. Aber wenn Sie mich jetzt entschuldigen würden. Ich muss weiter.« Sie schnalzte mit der Zunge und der Haflinger setzte sich in Bewegung. Langsam trabte er an den Kommissaren vorbei. Lagarde griff nach dem Halfter von Apollo.

»Eine Frage noch, Mariella. Wo können wir dich finden, wenn wir mit dir reden wollen?«

»Ich wohne in dem Weiler Brillevast, ganz in der

Nähe.« Lagarde ließ das Halfter los. Das Mädchen winkte zum Abschied. »Au revoir, Messieurs.«

Dann preschte sie davon und verschwand zwischen den Bäumen.

Cleroc sah ihr nach. »Sie hat eine Schrotflinte.«

»Ab sechzehn darf sie mit Erlaubnis der Eltern solch eine Waffe besitzen. Ich bezweifle, dass das eine gute Idee ist, aber es ist legal. Ob ihr wirklich nichts aufgefallen ist? Ich glaube, sie kennt den Forst so gut wie ihre Westentasche und hält sich oft hier auf.«

»Wenn wir genauere Informationen über den Todeszeitpunkt haben, können wir ja noch einmal mit ihr reden«, entgegnete Cleroc. »Jetzt schauen wir uns erst einmal die Jagdhütte an.«

»Gut.«

Nachdem sie den Wanderparkplatz erreicht hatten, fuhr Hauptkommissar Cleroc voraus. Lagarde folgte ihm. Sie brauchten zwanzig Minuten, bis sie das Blockhaus von Charles Mirbeau erreicht hatten. Der Wildhüter wartete bereits auf der Veranda auf sie. Sein Jeep parkte neben einem schwarzen Benz. »Das ist der Wagen von Mirbeau«, sagte Cleroc. »Der Fahrzeugschein befand sich in seiner Brieftasche.«

Der kernige Hüne in grüner Jagdkleidung drückte ihnen kräftig die Hand, studierte die Dienstausweise genau und schloss schließlich die Eingangstür auf.

»Ich warte auf der Terrasse auf Sie. Lassen Sie sich ruhig Zeit.«

Die Kommissare betraten den Salon und ließen ihre Blicke durch den Raum schweifen.

»Mirbeau hat es sich hier gemütlich eingerichtet«, stellte Lagarde fest. »Er hatte Geschmack. Rustikal, viele Bücher, warme Farben, ein offener Kamin, Jagdtrophäen. Schön. Wer die Ruhe und die Jagd liebt, muss sich hier sehr wohl fühlen.« Auf einem kleinen antiken Schreibtisch unter dem Wildschweinkopf stand ein Laptop. Lagarde klappte ihn auf und schaltete ihn ein. Als das Gerät hochgefahren war, erschien ein Feld für das Passwort. »Das ist ein Fall für unsere Computerspezialisten«, entschied er. »Wir nehmen ihn mit.«

Auf dem Esstisch standen ein Brotkorb und eine Teekanne. »Laut der Aussage des Wildhüters wollte Mirbeau am Freitagnachmittag hier eintreffen«, erläuterte Cleroc. »Das Paar hat in der Hütte übernachtet. Am Samstagmorgen sind sie zeitig aufgestanden und haben gefrühstückt. Anschließend sind sie aufgebrochen, um auf die Jagd zu gehen. Delphine hat bei der vorläufigen Untersuchung am Tatort festgestellt, dass die Opfer bereits ungefähr vierundzwanzig Stunden tot waren.«

»Das heißt, sie sind am Samstagmorgen erschossen worden, nicht am Sonntag, als der Wildhüter sie gefunden hat.«

»Ja.« Cleroc ging in die Küche und schaute in die Spülmaschine. »Hier drin ist das Geschirr vom Abendessen und vom Frühstück.«

Lagarde inspizierte den Kühlschrank. »Champagner, Wein. Wenige Vorräte. Wahrscheinlich wollten sie am Samstag nach dem Jagdausflug einkaufen gehen.«

Cleroc lehnte sich an die Küchenzeile und verschränkte nachdenklich die langen Arme. »Ich glaube, dass dort am Hochsitz jemand auf die beiden gewartet hat. Der Täter hat gewusst, dass sie kommen werden. Und dann hat er geschossen, wie ein Scharfschütze. Es war ein Profi. Jemand, der sehr gut mit einem Gewehr umgehen kann.«

Lagarde stimmte ihm zu. »Ich denke auch, dass es so war. Es ist höchst unwahrscheinlich, dass jemand zufällig mit einer Waffe durch den Wald spaziert, Mirbeau und seine Freundin auf dem Jägerstand entdeckt und beide kaltblütig erschießt. Und es könnte nicht nur ein Täter gewesen sein.«

»Auf Mirbeaus Geld hatte es der Schütze jedenfalls nicht abgesehen«, sagte Cleroc. »In seiner Brieftasche befanden sich fünfzehnhundert Euro.«

Sie warfen einen Blick in das Badezimmer, wo sie keine Auffälligkeiten entdecken konnten, und gingen weiter in das Schlafzimmer. Sie staunten über die luxuriöse Ausstattung des Raumes. Die Bettwäsche war zerwühlt und auf dem cremefarbenen Seidenlaken lagen Dessous. Auf der Kommode in der Ecke stand eine schwarze Damenhandtasche mit hellbraunem Muster, die eher wie ein kleiner Koffer aussah. Es war eine Louis-Vuitton-Tasche. Cleroc öffnete sie und breitete den Inhalt auf der Marmorplatte des Schränkchens aus.

»Ein Lippenstift, Parfum, Taschentücher, eine Haarbürste, Kirschbonbons und eine Geldbörse.« Er zog den Personalausweis heraus und schaute ihn sich an. »Aimée Dupont, fünfundzwanzig Jahre alt, wohnhaft in Paris. Le Quai de Bourbon 3.«

»Die Straße befindet sich auf der Île Saint-Louis«, wusste Lagarde. »In der Nähe der Kathedrale Notre Dame. Es ist ein sehr teures Viertel mit wunderschönen Stadtpalais.«

»In den Papieren von Charles Mirbeau steht dieselbe Adresse«, informierte Cleroc ihn. »Das Haus gehörte ihm, wir haben das überprüft. Aimée Dupont ist bei ihm eingezogen und hat sich umgemeldet. Das war vor etwa einem Monat. Vorher lebte sie in einer kleinen Mansardenwohnung in einem Außenbezirk.«

Lagarde nickte nachdenklich. Wer sich ein Stadtpalais mitten in Paris leisten konnte, musste über ein sehr großes Vermögen verfügen. Oder es handelte sich um eine Erbschaft.

Die Kommissare gingen in die Küche zurück und verließen sie durch die Hintertür, die ihnen bereits vorher aufgefallen war. Über eine Stiege gelangten sie auf die Dachterrasse. Der Whirlpool lag einladend im Sonnenschein. Er war nicht abgedeckt und das Wasser schimmerte wie ein runder Türkis. In der Luft lag ein leichter Hauch von Lavendel. Auf dem Rand des Pools standen eine Flasche Champagner und zwei Kristallkelche. Davor, auf den Dielen, lagen verstreut Kleidungsstücke und Handtücher.

»Eine Jagdhütte mit einer Dachterrasse und einem Whirlpool«, staunte Cleroc. »Nicht schlecht.«

Die Männer konnten auf der Aussichtsplattform nichts entdecken, was ihnen verdächtig erschien, und sie stiegen wieder hinunter zur hinteren Küchentür. Der Anbau, dessen Eisentür der Wildhüter ebenfalls aufgesperrt hatte, beherbergte zwei Räume. Die linke Kammer sah aus wie eine Waschküche. Der Boden und die Wände waren weiß gekachelt. Es gab einen tiefer liegenden Abfluss und aufgereiht an der Stirnseite mehrere große Waschbecken aus Porzellan. Der grelle Schein einer Neonröhre leuchtete den Raum bis in den letzten Winkel aus. Er war blitzblank geschrubbt. Kein einziger Blutstropfen eines erlegten Wildes war zu entdecken. In einer Schiene an der Decke hingen leere Haken wie Fragezeichen in unterschiedlichen Größen. Auf einer Metallablage befanden sich blitzende Messer und weitere Gerätschaften, die man benötigte, um einem Tier das Fell abzuziehen, es auszuweiden und fachgerecht zu zerlegen. Die Kammer auf der rechten Seite diente als Werkstatt und Holzlager. Buchenscheite waren bis zur Decke gestapelt. Gegenüber befand sich ein ordentlich eingeräumtes Regal mit Werkzeug. Der Betonboden war gefegt.

Nachdem die Kommissare den Anbau verlassen hatten, nahmen sie sich das Grundstück vor. Hinter dem Blockhaus erstreckte sich eine Bauernwiese bis zum Waldrand. Linker Hand begrenzten hohe Sträucher von sonnengelb blühendem Besenginster das Anwesen. Im Norden, auf einer steilen Böschung unterhalb der Baumgrenze, breitete sich ein blauer Teppich aus Wiesensalbei und Traubenhyazinthen aus. Lagarde folgte dem Kiesweg, kletterte die Anhöhe hinauf und gelangte zu einer knorrigen Lärche, deren Äste den Boden wie ein aufgeschlagener Fächer überschatteten. Zwischen den Nadeln, die den feuchten Grund bedeckten, gab es freie, weiche, erdige Stellen. Dort entdeckte er zwei sich deutlich abzeichnende Fußabdrücke. Er rief nach seinem Kollegen. »Kommst du mal bitte? Ich habe etwas entdeckt.« Als der Hauptkommissar den Hang erklommen hatte, zeigte er ihm seinen Fund. »Da hat jemand gestanden.«

»Was könnte diese Person hier gemacht haben?«, überlegte Cleroc. »Die Fußspitzen zeigen auf die Jagdhütte.« Dann begriff er. »Von diesem Standpunkt aus kann man auf die Dachterrasse schauen.«

Lagarde nickte. »Es wäre möglich, dass jemand Mirbeau und seine Freundin beim Bad im Whirlpool beobachtet hat.«

»Weshalb?«

»Das müssen wir herausfinden. Vielleicht war es ein Spanner? Oder der Mörder? Auf jeden Fall brauchen wir die Spurensicherung. Die Kollegen sollen sich das Haus und die Umgebung gründlich vornehmen. Von den Fußspuren brauchen wir Abdrücke.«

»Wir behalten die Schlüssel des Wildhüters für das Blockhaus, damit die Spurensicherung Zugang hat«, entschied Cleroc. »Solange wir keinen Durchsuchungsbeschluss haben, ist es besser, wenn der Mann bei der Untersuchung anwesend ist.«

Clerocs Handy klingelte. Genervt schaute er auf das Display, dann entspannten sich seine Gesichtszüge. »Es ist Delphine«, erklärte er erleichtert, nahm das Gespräch an und begrüßte die Rechtsmedizinerin. Er hörte ihr eine Weile zu. »Gut. Wenn du einverstanden bist, kommen wir jetzt zu dir in die Gerichtsmedizin. Ich bringe Philippe mit. In etwa einer halben Stunde sind wir da. Bis gleich. Ich danke dir.« Er sah Lagarde an. »Sie hat Neuigkeiten für uns.«

Das Rechtsmedizinische Institut von Cherbourg befand sich in den Kellerräumen des Polizeigebäudes. Der moderne funktionale Bau stand auf einer Anhöhe. Von dort aus hatte man eine schöne Aussicht auf die Reede von Cherbourg mit ihren halbkreisförmigen Molen, die den Hafen vor den tückischen Stürmen des Ärmelkanals schützten. Vor der Militärbasis bildete der botanische Garten eine grüne Oase im Straßengewirr.

Die Kommissare steuerten einen der Hintereingänge an, durch den man über eine Treppe direkt in die Arbeitsräume von Delphine Moreau gelangte. Die Rechtsmedizinerin lehnte zwischen der Tür und einem Standaschenbecher an der Wand und rauchte. Ein eifriger junger Mann, wahrscheinlich einer ihrer Praktikanten, brachte ihr gerade einen Pappbecher mit Kaffee. Stark und schwarz, so trank sie ihn immer. Sie nickte kurz zum Dank und der Student verschwand wieder im Inneren des Gebäudes. Dr. Dr. Delphine Moreau war tief in ihre komplexe Gedankenwelt versunken und bemerkte die Polizisten erst, als sie direkt vor ihr stehenblieben und sie begrüßten. Die Frau hatte einen Studienabschluss sowohl in Medizin als auch in Rechtswissenschaften und galt in ihrem Fachgebiet als absolute Kapazität. Der Umgang mit ihr war nicht ganz einfach. Cleroc hatte es jedoch im Laufe der Jahre geschafft, dass sie ihn akzeptierte und sogar gerne mit ihm zusammenarbeitete. Die Pathologin war Mitte vierzig, klein und korpulent. Ihre Haare trug sie streichholzkurz geschnitten, die Farbe wechselte häufig. Zurzeit waren sie semmelblond. Moreau hatte eine ausgeprägte Vorliebe für enganliegende Kleider, deren Saum knapp über den Knien endete und die ihre strammen makellosen Beine betonten. Heute spitzte unter dem gestärkten, gebügelten, schneeweißen Arztkittel ein kornblumenblaues Kleid hervor, auf dem blassgelbe Sonnenblumen in voller Blüte standen. Melonengelbe, hochhackige Sandalen komplettierten das Ensemble. Delphine drückte die filterlose Gitanes im Aschenbecher aus und heftete die dunkelbraunen Knopfaugen, denen niemals etwas entging, auf ihren Besuch.

»Salut«, sagte sie. »Was für eine Hitze heute. Gehen wir in mein Büro, dort ist es kühl.«

Sie liefen gemeinsam die Steintreppe hinunter in das weitläufig verzweigte Kellergewölbe.

»Wollt ihr die beiden Toten sehen?«, fragte Delphine. »Sie befinden sich noch im Obduktionssaal. Ich habe die Untersuchung erst vor wenigen Minuten beendet, weil mir noch etwas aufgefallen war.«

Lagarde und Cleroc sahen sich an und nickten dann. Sie wollten einen letzten Blick auf die Opfer werfen. Die Rechtsmedizinerin führte sie in den hohen, hell erleuchteten Raum zu zwei Bahren aus Stahl. Die Körper, die darauf lagen, waren mit einer dünnen, undurchsichtigen Kunststoffplane zugedeckt. Behutsam schlug sie die Decken zurück, so dass die Köpfe und Schultern der Toten zu sehen waren. Ihre Augen waren geschlossen, die Gesichtshaut wachsweiß. In der Stirnmitte klafften dunkelrot die Einschusslöcher, aus denen die Kugeln entfernt worden waren. Der Tod hatte der Schönheit von Aimée Dupont nichts anhaben können. Charles Mirbeau wirkte im unbarmherzigen Licht der Neonröhren alt. Moreau betrachtete die Toten mit ernstem Gesichtsausdruck.

»Sie wurden erschossen, mit einer großkalibrigen Waffe. Auf mich wirkt die Tat wie eine Hinrichtung. Die Projektile drangen in den Hirnstamm ein, die Folge war der sofortige Tod. Ob beide gleichzeitig oder hintereinander getötet wurden, kann ich nicht sagen. Das ist unmöglich. In den Mägen habe ich Überreste von ihrem Frühstück gefunden. Nachdem der Tod eingetreten war, stoppte der Verdauungsprozess. Ich gehe davon aus, dass sie höchstens eine Stunde nach dieser Mahlzeit erschossen wurden. Gegen sechs Uhr am Samstagmorgen. Als der Wildhüter sie fand, waren sie bereits vierundzwanzig Stunden tot.«

Mit einer unbewussten Geste fuhr sie sich durch die Stoppelhaare.

»Die Geschosse befinden sich in der Ballistik und werden untersucht. Dort werden sie auch mit dem Projektil verglichen, das im Baumstamm gefunden wurde.«

Nachdenklich blickte sie auf Aimée Dupont.

»Die Frau war absolut gesund«, führte sie ihre Untersuchungsergebnisse weiter aus. »Wenige Stunden vor ihrem Tod hatte sie ungeschützten Geschlechtsverkehr. Charles Mirbeau war für sein Alter auch fit. Ich konnte nur leichte Abnutzungen an den Kniegelenken und den Hüften feststellen. Beginnende Arthrose, das ist normal in seinem Alter. Kann sein, dass er früher viel Sport getrieben hat, Fußball beispielsweise. Er hat gerne gegessen und getrunken, deshalb das Übergewicht.«

»Danke, Delphine«, sagte Cleroc. »Jetzt wissen wir den Todeszeitpunkt bis auf einige Minuten hin oder her. Das hilft uns weiter. Jetzt stellt sich die Frage, wer sich in diesem Zeitraum im Forst von Gonneville aufgehalten hat. Philippe und ich gehen davon aus, dass der Todesschütze im Wald auf Mirbeau und seine Freundin gewartet hat.«

»Ein zufällig vorbeikommender morgendlicher Spaziergänger oder Jäger wird es wohl kaum gewesen sein«, stimmte sie ihm zu. »Eine Sache habe ich noch. Das wird euch interessieren.«

Ihre Kollegen waren ganz Ohr.

»Die junge Frau war schwanger. In der sechsten Woche.«

»Das ist in der Tat hochinteressant«, meinte Lagarde. »Die entscheidende Frage lautet, war das Kind von Mirbeau?«

»Genau«, bestätigte Delphine. »Die DNA des Embryos wird bereits mit der von Charles Mirbeau verglichen. Ich habe im Labor Druck gemacht.« Wenn die Rechtsmedizinerin auf schnelle Laborarbeit beharrte, wagte niemand sich dieser Anweisung zu widersetzen. »Ich gehe davon aus, dass das Resultat morgen vorliegt. Und jetzt kommt mit in mein Büro. Der neue Praktikant ist tatsächlich in der Lage, guten starken Kaffee zu kochen.«

Nach der Kaffeepause bedankten sich die Ermittler bei Delphine und verabschiedeten sich. Auf dem

Parkplatz vor dem Polizeigebäude fragte Lagarde: »Wie wollen wir jetzt weiter vorgehen?«

»Ich möchte jetzt zu Suzanne. Treffen wir uns doch morgen um zehn Uhr in meinem Büro, um die Ermittlungsstrategie zu besprechen. Ich gehe davon aus, dass erste Untersuchungsergebnisse vorliegen werden.«

»Einverstanden.«

»Ach, noch etwas. Wir haben seit einigen Wochen eine Praktikantin. Eine Kommissaranwärterin, die auf der Polizeihochschule von Lille studiert. Karima Azmi. Sie ist eine intelligente, ehrgeizige junge Frau. Bisher hat sie nur Kaffee für die Belegschaft gekocht und alte Akten gewälzt. Sie könnte uns bei manchen Aufgaben unterstützen. Was meinst du?«

»Natürlich, wir können jede Hilfe gebrauchen.«

»Gut. Dann bringe ich sie zu unserer Besprechung mit.«

»Liebe Grüße an Suzanne.«

»Danke! Bis Morgen.«

Lagarde wollte nach Barfleur zurückfahren und entschied sich für die landschaftlich reizvolle Küstenstraße. An einem Aussichtspunkt in der Nähe von Cap Levi stellte er sein Auto ab und setzte sich auf einen flachen Stein, der im Schatten einer Seekiefer lag. Strahlenbündel der Sonne fielen golden durch die Nadelfächer. Er wollte alleine sein und nachdenken. Unter ihm erstreckte sich eine weite Sandbucht, umgeben von sanften grünen Hügeln. Auf einer schroffen Felsnase stand eine verlassene Fischerkate. Der Ozean lag weit und ruhig vor ihm und glitzerte türkis im Sonnenlicht. Jenseits der Bucht ging seine Farbe in ein sattes Blau über. Dort jagten Windsurfer über die Wasseroberfläche. Ihre bunten Segel blähten sich im Wind.

Der Kommissar beschloss, zunächst den privaten und geschäftlichen Hintergrund von Charles Mirbeau zu durchleuchten. Irgendwo dort musste sich das Motiv verbergen. Wo sonst? Oder hatte der Anschlag in erster Linie Aimée Dupont gegolten? War ihr Verlobter ein Kollateralschaden? Bei diesen Recherchen konnte Karima Azmi ihn unterstützen. Erfahrungsgemäß nahmen sie viel Zeit in Anspruch. Auf diese Weise würden sie beginnen, den Fall aufzurollen.

Er merkte, dass er durstig war und Lust auf einen Milchkaffee hatte. Der Weiler Brillevast kam ihm in den Sinn. Dort lebte Mariella. Er hatte das sichere Gefühl, dass er sich dort einmal umschauen sollte. Vielleicht gab es in dem Dorf auch eine Kneipe, wo er seinen Durst stillen konnte. Außerdem hatte er seit dem Frühstück nichts mehr gegessen. Er startete seinen Renault Express und fuhr an der Küste weiter bis Fermanville. Dann bog er nach Süden ab. Durch das Hinterland schlängelten sich schmale asphaltierte Bänder. Die Gegend war von Äckern, Weiden und Obstgärten geprägt, die durch dichte Hecken vor dem

Seewind geschützt wurden. Einsam gelegene, winzige Weiler bildeten kleine Inseln, umgeben von alten Maronenbäumen. Am Rand von dunklen Teichen standen reglos Graureiher und lauerten auf Beute. Nach etwa zehn Kilometern erreichte er Brillevast. Auf dem Weg dorthin war ihm nur ein einziger Traktor begegnet sowie eine Ziegenherde mit ihrem Hirten. Der Weiler bestand aus etwa zwei Dutzend alten verwitterten Granitsteinhäusern, die sich gedrängt um den Marktplatz scharten. Die meist einstöckigen Gebäude verfügten über weiße Sprossenfenster, Faltläden und in kräftigen Farben lackierte Türen. Einige wirkten verlassen. Vor den Fassaden blühten blaue, weiße und lila Hortensien in üppiger Pracht. Rote Rosen rankten sich über das Mauerwerk. Auf einer umfriedeten Rasenfläche erhob sich stolz eine schlichte Seefahrerkapelle mit einer Madonna aus weißem Marmor in einer Nische über dem alten Eichenportal. Den Mittelpunkt des Dorfes bildete das Bistro »La Chèvre Rouge«, die Rote Ziege, das am Marktplatz lag. Es war im Erdgeschoss eines Hauses untergebracht, das aus grauen und schwarzen geschichteten Granitsteinen erbaut war. Die winzigen blutroten Sprossenfenster lagen tief in den Laibungen aus rohen Steinquadern. An einem schmiedeeisernen Bügel war das Wirtshausschild mit Ketten befestigt. Darauf war eine rote Ziege mit dünnen Beinen, einem dicken Bauch und spitzen Hörnern abgebildet, die die Zähne bleckte und den

Betrachter anzulachen schien. Vor der blutrot eingerahmten Glasfront saßen unter der Markise zwei ältere Männer mit Schiebermützen vor einem Glas Rotwein. Ein Hund schlief unter dem Bistrotisch. An den einfachen dunkelbraunen Holztischen im Gastraum saß kein Mensch. Eine rothaarige Frau thronte auf einem Barhocker am Tresen, trank ein großes Bier vom Fass und unterhielt sich mit dem Wirt. Gegenüber, in einer Nische, stand ein Billardtisch. Drei junge Männer stießen gelangweilt die Kugeln über den grünen Filzbelag und tranken ab und zu einen Schluck von ihrem Kristallweizen. Über der Spielfläche rotierte ächzend ein altersschwacher Ventilator. In diesem abgelegenen Weiler war die Zeit offensichtlich stehengeblieben. Der Kommissar grüßte, nahm auf einem Hocker an der Theke Platz und bestellte einen Milchkaffee, ein Mineralwasser und drei Madeleines. Durch eine offenstehende Tür konnte er in ein Nebenzimmer schauen. Um einen großen quadratischen Tisch saßen einige Männer, die heftig diskutierten. Vor der hinteren Wand stand eine Tafel auf Stützen, die fast die gesamte Fläche ausfüllte. Darauf waren Pläne, Projektskizzen, Computerausdrucke, Animationen und Farbfotografien geheftet. Darüber stand mit dickem rotem Filzstift »Le Paradis des Pirates« geschrieben. Das Seeräuberparadies.

Ein älterer Mann, bekleidet mit einem Fischerhemd und einer karierten Kappe auf dem Kopf, polterte:

»Wenn ich diese Pläne sehe, bekomme ich einen Wutanfall. Wie kann man nur unsere schöne Küste so verunstalten.«

»Beruhige dich, Alphonse«, versuchte ein Mann mit dichten grauen, militärisch kurz geschnittenen Haaren ihn zu besänftigen.

»Mirbeau ist tot. Das weißt du doch. Er war Hauptinvestor und treibende Kraft dieses absurden Projektes. Vielleicht hat sich die ganze unerfreuliche Angelegenheit damit erledigt.«

»Charles wurde erschossen«, bestätigte ein dritter Mann mit feinen Gesichtszügen, der einen schwarzen breitrandigen Hut trug und sich trotz der Hitze einen weißen Seidenschal lässig um den Hals geschlungen hatte. Er lächelte zufrieden. »Jemand hat uns die Arbeit abgenommen. Vermutlich können wir unsere Protestaktionen einstellen. Andere Investoren haben sich bereits zurückgezogen, weil unser Widerstand so gewaltig war. Ohne Charles wird sich dieses unsägliche Projekt in Luft auflösen. Denkt an meine Worte.«

»Hoffentlich hast du recht, Frédéric«, sagte der Mann mit den grauen Haaren, der Luc hieß. »Er hat sogar einigen Grundbesitzern mit Enteignungsverfahren gedroht, wenn sie nicht verkaufen wollen.«

»Mir auch«, schnaubte Alphonse. »Er wollte mit allen Mitteln meine Eichenwaldparzelle und eine Wiese an den Klippen in seinen Besitz bringen. Dass er damit meine Existenzgrundlage zerstören würde, hat ihn nicht im mindesten interessiert. Ich habe ihm Prügel angedroht und vom Hof gejagt.«

»Du hast ihn aber nicht erschossen, nehme ich an«, erwiderte Luc.

»Natürlich nicht.« Alphonse trank einen großen Schluck von seinem Wein. »Und die Frau auch nicht.«

»Und wennschon. Der Zweck heiligt die Mittel.« Diese rabiate Aussage traf ein Mann mit einem derben wettergegerbten Gesicht, dessen kräftiger Körper in einem schmutzigen Arbeitsoverall steckte. Dabei handelte es sich um den Landwirt Hugo, einen einfach gestrickten Menschen, der um seine Apfelplantagen fürchtete.

Lagarde konnte den Wirt nirgends entdecken und wandte sich an die rothaarige Frau. »Worum geht es denn bei dieser Diskussion?«

Eine Furche erschien zwischen ihren Augenbrauen. »Charles Mirbeau, dieser arrogante, großspurige Milliardär, wollte unsere Heimat zerstören. Mit seinem irren Seeräuberparadies-Projekt. Er suchte Investoren dafür und fand sie auch. Einige ankern schon mit ihren protzigen Yachten im Hafen von Cosqueville. Lassen Sie sich von Luc die Pläne zeigen. Dann werden Sie unseren Zorn verstehen.«

»Danke, Madame.« Er schlenderte in das Hinterzimmer.

»Guten Tag, die Herren«, sagte er. »Ich habe gehört, wie Sie über dieses Seeräuberparadies debattierten.

Es würde mich sehr interessieren, was das für ein Projekt ist.«

»Haben Sie davon noch nie etwas gehört?«, fragte der grauhaarige Luc. »Es stand schon öfter in den Lokalnachrichten.«

»Nein, ich glaube nicht. Ich wohne ein Stück weiter weg, in Barfleur.«

»Und was wollen Sie hier?«, wollte Hugo wissen.

Lagarde zückte seinen Dienstausweis und legte ihn auf den Tisch. »Philippe Lagarde, Kommissar. Ich ermittle im Mordfall Charles Mirbeau und Aimée Dupont. Sie wurden erschossen auf einem Hochsitz im Forst von Gonneville aufgefunden. Aber das wissen Sie ja bereits.«

Stille trat ein. Luc fing sich als Erster wieder und stand auf. »Trinken Sie ein Glas Wein mit uns, Monsieur le Commissaire, und wir erklären Ihnen, was hinter dem Seeräuberparadies-Projekt steckt. Ich heiße übrigens Luc Duchamps.«

»Gerne.« Lagarde setzte sich zu den Männern an den Tisch. Der Wirt brachte ein Glas für ihn und eine Karaffe mit burgunderrotem Wein.

»Und glauben Sie mir«, versicherte Duchamps, »wir haben Charles und diese junge Frau nicht auf dem Gewissen. Schließlich sind wir keine Mörderbande. Unsere Gruppe setzt auf legalen Widerstand und Protestaktionen. Wir werden auch vor Gericht ziehen, wenn es notwendig ist.« Er schenkte Wein ein und fuhr fort.

»Cosqueville ist ein wunderschöner kleiner Ort an der Nordküste. Vielleicht kennen Sie ihn?«

»Ja, ich habe dort einmal am Hafen Kaffee getrunken, als ich mit dem Fahrrad unterwegs war. Es ist wirklich ein malerisches Fischerdorf.«

»Dann wissen Sie also, wovon wir reden. Es ist ein ursprüngliches, unberührtes Fischerdorf. Dort gibt es feinsandige Strände, einsame Buchten, ein Vogelschutzgebiet auf den Klippen, guten Fischbestand, eine Infrastruktur für Einheimische, Individualtouristen und Surfer. Es ist ein Paradies. Charles Mirbeau plante, es zu zerstören. Aus lauter Geldgier. Vor einiger Zeit hat er ein Konsortium gegründet und weitere Investoren gesucht. Er selbst ist als Hauptinvestor aufgetreten und wollte die meisten Häuser im Dorf kaufen und abreißen. Dort sollte eine Luxusurlaubsresidenz für reiche Leute entstehen, ausgestattet mit einer gigantischen Marina für Yachten. Unsere Strände und Buchten wären ihr zum Opfer gefallen. In die Felsen der Steilküste wollte er Apartments mit riesigen Glasfronten bauen lassen. Auf einer Klippe im Naturschutzgebiet sollte ein Glaswürfel entstehen, der ein Feinschmeckerrestaurant beherbergen würde. Als Zugang existiert der Entwurf einer gigantischen Hängebrücke, die über einen Meeresarm führt. Mirbeau beabsichtigte, den Fischern und Bauern für einen Spottpreis ihr Land abzukaufen. Alle Wälder und Felder sollten vernichtet werden, weil er auf diesem

Hochplateau einen Golfplatz errichten wollte, erreichbar über einen Aufzug durch die Klippen.«

Luc Duchamps musste Luft holen, so empört war er. Dann berichtete er weiter. »Die Menschen hier hätten ihre Existenzgrundlage verloren. Die Bauern, die Fischer, der Bäcker, der Metzger und der Dorfwirt. Alle. Mirbeau hat versucht, den Einheimischen das Projekt schmackhaft zu machen. Er hat von Aufschwung gesprochen und ihnen Arbeit in der Anlage angeboten. Als ob ein selbständiger Landwirt den Rasen auf einem Golfplatz sprengen und mähen würde. Die Menschen hier haben ihren eigenen Kopf. Mirbeau war das egal. Schauen Sie sich die Pläne an. Und die Bilder. Kaum einer hat ihm geglaubt.«

Lagarde ging zur Tafel und studierte die Projektskizzen sowie die Computeranimationen. Er war tatsächlich schockiert. Was er sah, war ein einziges Zerstörungswerk. Ein Golfplatz statt der Buchenwälder, Gemüseäcker und Apfelgärten.

»Das ist ja scheußlich«, stellte er fest. »Die schöne Ärmelkanalküste wäre nicht wiederzuerkennen.«

Die Männer nickten zufrieden. Dieser Kommissar aus Barfleur hatte verstanden, worum es ging. Frédéric rief nach dem Wirt. »Eine Runde Calvados.«

Lagarde blickte die Männer an, einen nach dem anderen. »Und Sie vermuten jetzt, dass das Projekt scheitern wird, weil der Hauptinvestor tot ist?«

»Wir hoffen es«, antwortete der Mann mit dem Hut,

der sich als Frédéric Delavigne vorgestellt hatte. »Es war hauptsächlich Charles' Projekt. Das wäre für uns die einfachste Lösung.«

Lagarde trank sein Glas Wein aus und erhob sich. »Ich danke Ihnen für dieses aufschlussreiche Gespräch. Und ich hoffe in Ihrem Sinne, dass dieses Seeräuberparadies nicht realisiert wird. Meiner Meinung nach sollte man die Küste so belassen, wie sie ist. Wild, unberührt und schön. Ich muss jetzt weiter. Wenn ich noch Fragen habe, komme ich auf Sie zu. Auf Wiedersehen. Und danke für den Wein.«

Die Mitglieder der Protestbewegung blickten ihm mit unbewegten Mienen nach. Keiner sagte etwas. Als der Kommissar in den Gastraum zurückkehrte, bemerkte er Mariella, die auf einem Barhocker an der Theke saß. Die rothaarige Frau war anscheinend gegangen. Das Mädchen stritt gerade mit dem Wirt, weil er ihr kein Bier ausschenken wollte.

»Du bist erst sechzehn, Mariella«, beharrte er. »Ich gebe dir eine Zitronenlimonade aus.« Ohne auf eine Antwort zu warten, schenkte er ihr ein Glas ein und stellte es auf den Tresen vor das Mädchen. Missmutig trank sie es in einem Zug leer. Schließlich kramte sie aus ihrer Hosentasche einige Münzen hervor und warf sie auf die Theke. Dann stieg sie vom Hocker, verabschiedete sich knapp und marschierte verärgert auf den Ausgang zu. Lagarde hatte bemerkt, dass die drei jungen Billardspieler das Bistro während dieser

Auseinandersetzung verlassen hatten. Sie waren nirgends zu sehen. Ihn beschlich ein ungutes Gefühl. Rasch bezahlte er seine Zeche und folgte dem Mädchen.

»Hallo, Mariella«, begrüßte er sie. »So sieht man sich wieder.« Jetzt erst bemerkte sie ihn. »Hallo. Sie sind der Polizist aus dem Wald. Was machen Sie denn hier in diesem verschlafenen Nest?«

»Ich wollte wissen, wo du wohnst und mich ein wenig umschauen. Darf ich dich nach Hause begleiten?«

Sie zuckte mit den Schultern. »Von mir aus. Wenn Sie wollen. Ich wohne mit meinem Vater etwas außerhalb des Ortes.«

Lagarde ließ sein Auto stehen, er wollte länger mit dem Mädchen sprechen und mehr über sie erfahren. Sie gingen nebeneinander auf einem Feldweg, der von einer Hecke gesäumt war und aus dem Weiler auf den Wald zuführte. Auf der anderen Seite befand sich eine Wiese, dahinter schimmerte dunkel ein Weiher, auf dem eine Entenschar schwamm. Vögel zwitscherten in den Laubkronen. Hummeln umsummten Klatschmohnblüten. In der Luft lag der schwere süße Duft von Jasmin.

»Deine Mutter wohnt nicht bei euch?«, erkundigte sich Lagarde.

»Sie ist gestorben, als ich vier Jahre alt war.«

»Das tut mir sehr leid, Mariella. Es muss schwer sein, ohne Mutter aufzuwachsen.«

»Mein Vater hat mich großgezogen. An Maman kann ich mich gar nicht mehr erinnern.«

»Gehst du noch zur Schule?«

»Nein, nicht mehr. Nach der zehnten Klasse bin ich abgegangen. Ich muss mich um meinen Vater kümmern. Er ist krank.«

»Wovon lebt ihr beiden?«

»Mein Vater ist Fischer. Wir haben bisher vom Verkauf des Fangs gelebt. Im Moment geht das nicht. Aber wir haben Ziegen, Gänse und Hühner. Und einen großen Apfelgarten. Was wir nicht zum Leben brauchen, verkaufe ich auf dem Wochenmarkt. Mein selbstgebackenes Brot ist bei den Kunden sehr beliebt. Und sie mögen meinen Ziegenkäse. Wir kommen schon klar.«

»Du trägst viel Verantwortung, Mariella.«

Unwirsch winkte sie ab. »Das ist kein Problem für mich.«

Plötzlich drang ein Rascheln aus dem Gebüsch. Mariella wurde blass. Ihre großen Augen verdunkelten sich.

»Die Burschen machen das nicht zum ersten Mal, nicht wahr?«, fragte Lagarde.

Das Mädchen nickte. Die Zweige von Klettergehölzen teilten sich und knackten. Die drei jungen Männer aus der Dorfkneipe sprangen aus dem Dickicht und versperrten ihnen den Weg.

»Möchtest du uns nicht ein wenig Gesellschaft leisten, schöne Jella?«, fragte der eine und grinste anzüglich. »Wir haben auch Bier und Zigaretten.«

Mariella funkelte ihn wütend an.

»Lasst das Mädchen in Ruhe und verschwindet«, forderte Lagarde sie auf.

»Und wenn nicht?« Der Halbstarke wandte sich amüsiert an seine Kumpels. »Lassen wir uns von einem alten Mann herumkommandieren?«

Forsch ging er auf Lagarde zu und schubste ihn.

»Mach dich vom Acker, du Penner. Wir wollen nur ein Bier mit ihr trinken. Weiter nichts. Du störst.«

»Lasst uns sofort vorbei.« Der Kommissar war inzwischen ziemlich verärgert.

»Wir denken nicht daran. Wenn du nicht abhaust, setzt es Prügel.« Der junge Mann holte zu einem Faustschlag aus.

»Hör auf, Didier«, schrie Mariella ihn an. »Du bist wirklich ein Vollidiot.«

Lagarde hatte endgültig genug. Blitzschnell stoppte er die Faust des jungen Mannes mit der hohlen Hand und umklammerte sie wie ein Schraubstock. Mit dem Fuß trat er ihm die Beine weg. Er schlug auf den Boden wie ein gefällter Baum. Lagarde packte ihn, schleppte ihn zum Weiher und warf ihn hinein. Enten flatterten erschrocken auf und quakten im Chor. Der zweite junge Mann stürzte sich in unbändigem Zorn auf Lagarde. Ehe er wusste, wie ihm geschah, landete er neben seinem Kumpel im trüben Teichwasser.

Frösche quakten empört und verschwanden im Schilf. Der dritte Halbstarke zögerte kurz, dann entschied er sich für die Flucht und rannte, als sei der Teufel hinter ihm her, in den Wald. Seine beiden Freunde standen im Wasser und starrten Lagarde ängstlich an.

»Ihr lasst das Mädchen in Zukunft in Ruhe. Sonst bekommt ihr mächtigen Ärger mit mir«, erklärte Lagarde mit ruhiger Stimme. »Habt ihr das verstanden?« Er bekam keine Antwort. »Und eine Anzeige wegen Belästigung eines minderjährigen Mädchens.«

»Es war doch nur Spaß«, tönte es aus dem Weiher.

»Das ist kein Spaß.«

»Okay, okay, es tut uns leid. Dürfen wir jetzt rauskommen?«

»Meinetwegen. Und dann verschwindet. Ich will euch nicht mehr sehen.«

Die Burschen wateten zum Ufer und erklommen die Böschung auf allen vieren. Lagarde ließen sie keine Sekunde aus den Augen. Als sie den Damm erreicht hatten, nahmen sie die Beine in die Hand und machten, dass sie fortkamen. Mariella stieß einen anerkennenden Pfiff aus. »Eine beeindruckende Vorstellung. Die Jungs werden mir bestimmt nicht mehr auflauern. Dazu sind sie zu feige. Allerdings kann ich mich auch selbst wehren. Trotzdem vielen Dank.«

»Keine Ursache. Komm, ich bringe dich nach Hause.«

In einträchtigem Schweigen folgten sie dem Weg,

bis sie ein kleines Granitsteinhaus erreichten, das am Waldrand lag. Daneben erstreckte sich ein ansehnlicher Gemüsegarten. Aus einem Pferch ertönte das Gemecker von Ziegen, die das Mädchen begrüßten. Liebevoll kraulte sie einen Bock zwischen den Hörnern.

»Hier wohne ich«, sagte Mariella. »Danke fürs Heimbringen.«

»Darf ich dich mal wieder besuchen?« Er war sich sicher, dass sie mehr wusste, als sie bisher erzählt hatte.

»Warum nicht? Sie sind nett.« Sie winkte ihm zum Abschied und verschwand im Haus.

Lagarde beschloss, dem Bauernmarkt von Barfleur auf dem Heimweg einen Besuch abzustatten und für sein Abendessen einzukaufen. Er entschied sich für die Strecke über schmale, gewundene Straßen durch die wellige Heckenlandschaft und erreichte das malerische Fischerdorf nach zwanzig Minuten. Vor der Kaimauer am Hafen fand er einen Parkplatz und stellte sein Auto ab. Gemächlich schlenderte er über die Promenade bis zum Ende des Quai Henri Chardon. Dort, auf der freien Fläche zwischen dem Tourismusbüro und dem Platz, wo sich das Monument von Wilhelm dem Eroberer erhob, war am Dienstag Markttag. Die Restaurants und Cafés, die sich entlang der Mole reihten, waren gut besucht. Unter den bunten Markisen war kaum noch ein freier Tisch zu entdecken.

Gutgelaunte Gäste genossen das schöne Wetter und den Aperitif mit Freunden vor dem Abendessen. Eine Spezialität, die in allen Lokalen in verschiedenen Variationen angeboten wurde, waren die Miesmuscheln von Barfleur mit den golden schimmernden Schalen. Sie wurden in schwarzen gusseisernen Töpfen in ihrem Sud serviert. Dazu aß man Baguette oder Pommes Frites und trank gekühlten Muscadet.

Zielstrebig näherte Lagarde sich dem Marktstand von Madame Florence. Er war mit der Bäuerin gut befreundet. Sie war eine pragmatische, freundliche Frau, die das Herz auf dem rechten Fleck trug. Florence und Roselin, der Chef der Gendarmerie von Barfleur, waren verlobt. Vor drei Monaten hatte sie ihren fünfzigsten Geburtstag gefeiert. Gerade sortierte sie geschäftig ihr Gemüse und arrangierte es neu auf der Auslage. Die meisten Kisten waren bereits leer, der Markttag bald zu Ende. Die Bäuerin trug einen langen braunen Glockenrock, eine geblümte Bluse und Schnürstiefel. Um ihren dichten Haarschopf hatte sie ein rotes Piratentuch gebunden. Als sie Lagarde entdeckte, strahlte sie über das ganze rosige Gesicht. »Hallo, Philippe. Brauchst du Gemüse für dein Abendessen? Ich habe wunderbare bretonische Artischocken, ganz frisch.«

»Hallo, Florence. Ja, ich will heute Abend kochen. Dann nehme ich doch drei Artischocken. Hast du auch Kräuter für die Remoulade?«

»Aber ja, schau mal. Frische Petersilie, Pimpernelle, Schnittlauch und Sauerampfer, für den perfekten Dip.«

»Machst du mir ein Bouquet garni?«

»Gerne.«

Sie stellte einen Kräuterstrauß zusammen und legte ihn zu dem hellgrünen Gemüse in eine Tüte. Wie immer wollte sie kein Geld von ihm nehmen, aber er beharrte darauf. »Wir sollten bald mal wieder zusammen essen«, schlug er vor.

»Das machen wir, Philippe. Einen schönen Abend. Und lass die Artischocken nicht zu lange kochen. Ein wenig bissfest sollten sie schon sein.«

Lagarde kaufte in der Bäckerei ein Baguette. Beim Metzger entschied er sich für ein dickes Rindersteak. Anschließend fuhr er am Meer entlang nach Hause und freute sich auf ein gutes Abendessen. Sein Haus lag etwas außerhalb, nördlich von Barfleur. Es war ein altes Granitgebäude, erbaut aus grauen, schwarzen und orangen Steinen, mit rotbraunen Fensterläden und Kaminen sowie einem bleigrauen Schieferdach. Es saß geduckt auf einem Dünensattel, der dicht mit Seegras und Strandhafer überwachsen war. Hinter dem Haus erstreckte sich ein Garten bis zum Saum der sandigen Hügel. Von dort aus führte ein Pfad durch ein Seekiefernwäldchen zu einer kleinen sichelförmigen Bucht. Lagarde hatte das Haus von seiner Großmutter geerbt und liebte es. Er konnte sich überhaupt nicht vorstellen, woanders zu wohnen. Kurz überlegte er, ob er zur Bucht laufen und eine Runde schwimmen sollte. Er entschied sich jedoch dagegen. Sein Magen knurrte und es wurde langsam dunkel. Er trug seine Einkäufe in die Küche, wusch die Artischocken und setzte Wasser auf. Als es köchelte, legte er das Gemüse hinein. Dann schenkte er sich ein Glas Rotwein ein, nahm einen Schreibblock sowie einen Stift und ging auf die Terrasse. Er zündete Kerzen an und setzte sich an den großen rechteckigen Holztisch. Die Aussicht war überwältigend. Der Ozean wechselte die Farbe von einem intensiven Tintenblau zu einem glänzenden Nachtblau. Sein archaisches Rauschen ertönte aus der Bucht. Weit draußen zog ein Frachter vorbei. Zikaden klackerten in den Nadelbäumen. Am Firmament funkelten die ersten Sterne. Die Lichterkette, die sich an der Küste entlangzog, glitzerte wie eine weiße Girlande. Lagarde trank einen Schluck Wein und begann, sich Notizen zu machen. Plötzlich landete Alexandre mit einem satten Plumps auf der Tischplatte nahe dem Block. Er war ein großer Wildkater mit dickem Kopf und einem buschigen geringelten Schwanz, der Lagarde vor längerer Zeit zugelaufen war. Er war sehr scheu und ließ sich nicht streicheln. Seine gelben Augen fixierten Lagarde. Der Kommissar sah ihn nachdenklich an. »Was meinst du, Alexandre? Sind die Umweltaktivisten verantwortlich für den Tod von Mirbeau? Ein starkes Motiv hätten sie. Und wer ist der Vater von Aimée Duponts Kind?« Der Kater starrte ihn unverwandt an.

Mariella ging auf leisen Sohlen zum Schlafzimmer ihres Vaters, öffnete die angelehnte Tür und spähte hinein. Er schlief. Sein Atem rasselte und er wälzte sich unruhig im Bett hin und her. Am Vormittag war der Hausarzt, der alte Doktor Anglès, dagewesen und hatte nach ihm gesehen. Das Fieber war noch immer beunruhigend hoch. Dennoch hatte er sich geweigert, ins Krankenhaus zu gehen. Nachdem der Arzt sich verabschiedet hatte, war es Mariella gelungen, dem schwachen Patienten einige Löffel Nudelsuppe und ein fiebersenkendes Medikament einzuflößen.

In der Gewissheit, dass er ihre Abwesenheit nicht bemerken würde, lief das Mädchen zum Stall. Es holte Apollo aus der Box und führte ihn auf die Wiese vor dem Haus. Sanft und liebevoll striegelte sie das Pferd, kämmte seine weiße Mähne und redete mit ihm. Als die Dunkelheit hereinbrach, legte sie ihm ein Halfter an, stemmte sich hoch und schwang sich auf seinen Rücken. Langsam ritt sie auf die düstere Silhouette des Forstes zu und warf einen kurzen Blick über die Schulter. Niemand beobachtete sie. Beinahe geräuschlos verschwand sie mit ihrem Pferd im Wald. Sie wählte abgeschiedene Pfade, einsame Feldwege und verlassene Schotterpisten und kam zügig voran. Auf der weiten Hochebene vor den Klippen von Cosqueville verfiel Apollo in einen schnellen Galopp. Verschmolzen zu einem schwarzen Schemen, ritten sie im Mondschein über das Plateau. Als sie schließlich ein Buchenwäldchen erreichten, sprang Mariella vom Pferd und band es an einem Baum fest.

»Ich bin gleich wieder da, Apollo«, flüsterte sie und fütterte ihn mit einer Karotte aus ihrer Jackentasche. Bis zum Fischereihafen von Cosqueville waren es nur ein paar hundert Meter. Im Schutz der Dunkelheit lief Mariella zielstrebig darauf zu. Sie hielt sich nahe dem Gebüsch, das die schmale Uferstraße säumte. Hinter dem kleinen roten Leuchtturm auf der Mole fand sie Deckung und betrachtete aufmerksam die Szenerie, die vor ihr lag. Die Boote der Fischer lagen, an Bojen festgebunden, in der Bucht und schaukelten auf den Wellen. Weiter draußen, im tieferen Wasser, waren zwei große Luxusyachten an der mächtigen Kaimauer vertäut. Eventuell wollten sich ihre wohlhabenden Besitzer ein Bild von dem zukünftigen Nobelressort machen und über eine Investition in das vielversprechende Projekt oder den Kauf eines schicken Apartments in den Felswänden nachdenken. Das ging schon seit Wochen so. Diese unerwünschten Besucher wurden von den Dorfbewohnern misstrauisch beäugt und waren nicht gern gesehen. Da sich die Anlage noch in der Planungsphase befand, blieb den betuchten Eindringlingen nichts anderes übrig, als in dem schlichten Hafenbistro zu Abend zu essen. Es sei denn, sie zogen es vor, auf ihren Schiffen selbst zu kochen. Jetzt saßen die Eigentümer der Yachten, zwei ältere Paare in eleganter Kleidung, vor dem Lokal und studierten die Speisekarte. Aus einem Kühler ragte der grüne Hals einer Champagnerflasche. Mariella zog die dunkle Kleidung aus, unter der sie einen schwarzen Badeanzug trug. Um die Taille band sie eine wasserdichte flache Tasche. Über die Treppe lief sie zum Strand. Auf einem breiten steinernen Absatz stand eine Bank. Dort saßen einige Fischer und teilten sich eine Flasche Wein zum Feierabend. Mariella winkte ihnen kurz zu, glitt im Schutz der Mauer bis zum Wasser und watete einige Meter durch die Brandung. Als ihr das Wasser bis zu den Hüften reichte, hechtete sie hinein. Zügig kraulte sie bis zu den Luxusyachten. Dann holte sie tief Luft und tauchte. Sie orientierte sich am hell schimmernden Rumpf des Bootes. Ein dunkler, platter Fisch flüchtete mit hin- und herschlagenden Flossen. Sie hatte einen Stachelrochen aufgescheucht. Das Mädchen schwamm bis zum dicken Tau der Yacht, holte ein Messer mit einer scharfen Klinge aus der Tasche, packte das Seil und schnitt es kurzerhand durch. Kurz tauchte sie auf, schöpfte Atem und nahm sich die zweite Yacht vor. Dabei wurde sie von einem riesigen Seeteufel beobachtet, dessen Schuppen durch einen einfallenden Mondstrahl neongrün aufleuchteten. Als sie ihr Werk vollendet hatte, schwamm sie in ruhigen Zügen zum Strand zurück. Im Schutz des Leuchtturmes zog sie den nassen Badeanzug aus und schlüpfte in ihre Kleider. Dann setzte sie sich, lehnte sich an die noch warme Wand des Leuchtfeuers und wartete. Zufrieden stellte sie fest, dass die Yachten gemächlich, aber stetig, von der Kaimauer wegtrieben. Schließlich wurden sie von einer Strömung gepackt und entfernten sich rasch vom Ufer, immer weiter auf das Meer hinaus. Nach einiger Zeit bildeten sie nur noch verwischte weiße Flecken. Vom Dorfbistro her ertönte ein Schrei. Dann sprangen zwei Männer auf und rannten zum Strand. Entsetzt blickten sie auf die verwaisten Liegeplätze und auf die hellen Punkte auf dem Ozean, die immer kleiner wurden.

»Unsere Schiffe sind abgetrieben!«, rief der eine. »Das gibt es doch nicht! Sie waren fest vertäut.«

»Wir müssen die Seerettung alarmieren«, schrie der andere. »Die können uns helfen. Hoffentlich treiben sie nicht auf ein Riff oder zerschellen an einer Steilküste.«

Jetzt entdeckte er die Fischer auf der Bank, die die Aufregung der Freizeitkapitäne mit ausdruckslosen Mienen beobachteten.

»Jemand muss die Taue gelöst haben. Männer, habt ihr etwas gesehen? Da schwimmen Millionen ungesteuert davon. Ich biete fünfhundert Euro für einen Hinweis.«

»Hier war außer uns kein Mensch, Monsieur. Wir saßen die ganze Zeit hier, das hätten wir doch bemerkt.«

Der Fischer Auguste fügte mit einem Gesichtsausdruck, der Anteilnahme ausdrücken sollte, hinzu: »Wahrscheinlich haben Sie die Yachten nicht ordentlich festgebunden. Die Strömung ist hier sehr stark, da passiert so ein Malheur ganz schnell.«

Die Skipper sahen sich fassungslos an. Inzwischen hatte der Wirt des Hafenbistros die Seerettung alarmiert.

ETWA 10 000 KM VON FRANKREICH ENTFERNT

Im tiefsten Dschungel Boliviens, in der Nähe der Drogenhauptstadt Santa Cruz, hatten sich dunkelhäutige stämmige Männer mit Schnurrbärten und grimmigen Mienen versammelt. Ihr Treffpunkt war das stattliche Haus des Chefs der Kartellmiliz. Dort tagten sie im Keller, bewacht von bewaffneten Guerillas. Im Geäst der Laubbäume, die das Gebäude beschatteten, zeterte eine Herde von Totenkopfaffen und verscheuchte Kolibris und einen Schwarzohrpapagei. Nicht weit davon lag ein Dorf mit runden Lehmhütten, die mit Stroh gedeckt waren. Es grenzte an ein Sumpfgebiet, an dessen Ufern Krokodile reglos im Schlamm lagen und auf Beute lauerten. Auf den Schilfrohren schaukelten gelbe Pfeilgiftfrösche.

Der südamerikanische Drogenhandel florierte. Die Geschäfte liefen bestens. Das Kartell machte erheblich mehr Umsatz als so mancher Großkonzern. In den abgelegenen armen Regionen der Anden lebten geschätzte siebzigtausend Bauern vom illegalen Koka-Anbau. Die Sträucher gediehen besonders gut an den Osthängen und in Hochtälern. In zehntausend Urwaldlabors wurde aus den grünen Blättern Kokain hergestellt.

Nun hatte Charles Mirbeau dem Drogenkartell unbeabsichtigt erheblichen Schaden zugefügt. Er hatte den Befehl gegeben, Urwald mit Feuerrodung abzubrennen, um Weideland für seine Rinderherden zu schaffen. In diesen Dschungelgebieten waren Kokafelder und Drogenlabors gelegen, die durch das Feuer zerstört worden waren. Der Brand war außer Kontrolle geraten. Diese Aktion hatte ihn weit oben auf die Liste der Todeskandidaten katapultiert. Der Drogenboss, Diego Taylor Escobar, genannt El Diego, ein gewissenloser Bolivianer, der über Leichen ging, geriet immer noch in Rage und wurde fuchsteufelswild, wenn der interne Kreis sich mit diesem unerfreulichen Thema beschäftigte. Die horrenden Schadensersatzforderungen des Kartells hatte Mirbeau unbeeindruckt abgelehnt. Für Rauschgiftplantagen würde er keinen Cent und schon gar keinen Dollar bezahlen. Diese Botschaft hatte er von einem Mittelsmann überbringen lassen. Mirbeau sprach von einem Geschäftsrisiko. Bebend vor Zorn hatte El Diego den Unterhändler erschossen. Seine Leiche würde man im Sumpf von Santa Cruz de la Sierra niemals finden. Dafür hatten die Krokodile gesorgt. Diese Schmach würde El Diego nicht auf sich sitzen lassen. Der Kartellboss hatte einen in der Branche sehr renommierten und effektiv arbeitenden Auftragskiller mit dem Decknamen Ramon El Maquina Asesino engagiert. Für eine Million Dollar sollte diese Tötungsmaschine Charles Mirbeau eliminieren.

Der Chef der Kartellmiliz, Carl-Miguel, grinste zufrieden in die Runde. »Ramon hat sich gemeldet. Mirbeau hat diese Welt verlassen. Er hat ihn exekutiert.«

El Diego musterte ihn misstrauisch. »Gibt es Beweise?«

»Allerdings. Die französischen Zeitungen sind voll mit Meldungen und Berichterstattungen über dessen Tod. Der Dreckskerl wurde in der Nähe seines Jagdhauses erschossen. Seine Geliebte hat Ramon gleich mit getötet. Wahrscheinlich wollte er keinen Zeugen.«

»Egal«, antwortete El Diego. »Gute Arbeit. Du kannst Ramon die Million auf das Nummernkonto auf den Caymans anweisen. Hole jetzt den Zuckerrohrschnaps. Und lass Mädchen aus dem Dorf kommen. Wir wollen feiern, dass der Bastard endlich tot ist.« Er griff nach seinem Gewehr und feuerte drei Freudenschüsse ab. Die Totenkopfaffen flüchteten schreiend.

»Wird gemacht, Boss.«

DAS SCHLOSS AM KAP

Mittwoch, 5. Juni

Als Lagarde am nächsten Morgen nach Cherbourg fuhr, lag über dem Ärmelkanal ein dicker grauer Nebelteppich, der alle Geräusche verschluckte. Eine alte Mühle an einem Teich zeichnete sich als dunkler Schemen im Marschland ab. Feiner Sprühregen hatte eingesetzt. Er fand im Radio einen Sender, der alte französische Chansons spielte. Charles Trenet interpretierte eines seiner berühmtesten Lieder, »La Mer«. Lagarde sang leise mit. Jeder Franzose liebte dieses Chanson. Es war eine Hymne an die Schönheit und die Unendlichkeit des Meeres.

Pünktlich klopfte er an die Tür von Clerocs Büro. Am Besprechungstisch saßen der Hauptkommissar und eine junge Frau in Uniform, die ihr Gespräch unterbrachen und aufstanden, um ihn zu begrüßen.

»Guten Morgen, Philippe. Darf ich dir Karima Azmi vorstellen? Sie hat vier Semester an der Polizeihochschule von Lille studiert und absolviert jetzt ein halbjähriges Praktikum bei uns.«

Lagarde reichte ihr die Hand. »Ich freue mich, Sie kennenzulernen.«

»Ich mich auch.« Die Studentin lächelte ihn schüchtern an. Sie erreichte knapp die Größe, die man für die Kommissarlaufbahn aufweisen musste, und sie war ein wenig pummelig. Das ovale Gesicht wurde von kohlschwarzen großen Augen, über die sich kräftige Brauen wölbten, dominiert. Ihr Teint war olivfarben. Die Zähne klein und schneeweiß. Ihre dicken schwarzen Haare hatte sie zu einem seitlichen Zopf geflochten, der ihr über die Schulter fiel. Der Knoten der Krawatte zwischen den hellblauen Hemdkragenspitzen war tadellos gebunden.

»Fangen wir an«, sagte Cleroc. »Bedient euch bitte mit Kaffee und Croissants. Es gibt inzwischen einige neue Informationen. Außerdem habe ich Karima gebeten, Recherchen über den privaten und beruflichen Hintergrund von Charles Mirbeau anzustellen, damit wir ihn besser kennenlernen. Ich schlage vor, sie fängt mit ihrem Bericht an. Bist du einverstanden, Philippe?«

»Aber natürlich.«

Die Kommissaranwärterin machte einen nervösen Eindruck und räusperte sich.

»Nur zu«, ermunterte Lagarde sie. »Wir wissen noch nicht viel über Mirbeau, außer, was jeder in Frankreich aus der einschlägigen Presse über ihn weiß. Jede noch so kleine Hintergrundinformation über sein Leben kann sehr wichtig für uns sein.«

»Gut, Monsieur le Commissaire. Charles Mirbeau

wurde am 2. Februar 1956 in Le Havre geboren. Seine Mutter war Hausfrau, sein Vater Kraftfahrzeugschlosser. Zwei Jahre später kam seine Schwester Isabelle auf die Welt. Als sie neunzehn Jahre alt war, reiste sie mit einer Freundin nach Patagonien, um Klettertouren zu unternehmen. Sie kam nie zurück. Mirbeau besuchte in Le Havre das Gymnasium und machte 1975 Abitur. Anschließend studierte er an der Sorbonne Wirtschaftswissenschaften. Seine Leistungen galten als hervorragend. Er hat als Zweitbester seines Jahrgangs abgeschlossen. Kurz darauf verstarb seine Mutter. Mit dreißig Jahren übernahm er den Betrieb seines Vaters Octave Mirbeau. Es handelte sich damals um eine kleine Firma in Le Havre. Eigentlich war es eine einfache Werkstatt in einem Hinterhof in der Nähe des Containerhafens. Dort wurden runderneuerte Reifen aus alten Karkassen hergestellt, die sie billig einkauften. Damals war das ein gutes Geschäft. Viele Menschen konnten sich keine neuen teuren Reifen leisten. Mirbeau hat aus dieser kleinen Firma einen weltweit agierenden Großkonzern gemacht. Sein Unternehmen ist der zweitgrößte Reifenhersteller Frankreichs. Jedes Jahr werden hundertfünfzig Millionen Reifen produziert. Der Hauptsitz befindet sich immer noch in Le Havre, weitere Werke sind in Clermont-Ferrand, Lyon und Narbonne. Das Vermögen von Mirbeau wird auf eine Milliarde Euro geschätzt. Er besitzt je eine Kautschukplantage in Malaysia und an der Elfenbeinküste. In Bolivien betreibt er eine riesige Rinderfarm. Das Fleisch wird überwiegend nach Frankreich exportiert und soll erstklassig sein. Auf der Insel Réunion, einem französischen Übersee-Département, hat er ein Ferienhaus, in Neuchâtel ein Chalet, im Hafen von Antibes an der Côte d'Azur liegt seine Luxusyacht. Er ist Sportflieger und leidenschaftlicher Jäger. Früher war er ein erfolgreicher Amateurfußballer. Vor einigen Jahren hat er eine Stiftung gegründet, die Kinder und Jugendliche mit Migrationshintergrund in den Banlieues unterstützen soll. Als er getötet wurde, war er sechzig Jahre alt.«

Karima nahm einen Schluck Kaffee und blickte die Männer unsicher an.

»Hatte Mirbeau Kinder?«, fragte Lagarde.

»Nein. Aber er war dreimal verheiratet.«

»Haben Sie Informationen über die Frauen?«

»Ja, Monsieur le Commissaire. Seine erste Frau, Beatrice Mirbeau, ist sechzig Jahre alt, so wie er. Sie wohnt in einem Schloss in der Nähe von Cosqueville. Dort hat sie auch ihr Atelier. Sie ist eine erfolgreiche Malerin und stellt unter ihrem Künstlernamen Samara aus.

Seine zweite Frau, Rosalie Mirbeau, ist fünfzig Jahre alt. Sie führt eine bekannte Galerie in Paris, im Viertel Marais. Über den Ausstellungsräumen befindet sich ihr Penthouse.

Seine dritte Ehefrau, Caroline Mirbeau, vierzig Jahre alt, führt ein Gestüt in Saint-Lô. Außerdem ist sie eine Dressurreiterin, die internationale Erfolge feiert. Die Scheidung von ihr ist noch nicht rechtskräftig. Das Trennungsjahr noch nicht vorbei. Charles Mirbeau beabsichtigte, eine Absprache zu treffen, damit das Procedere rascher vonstattengeht. Er wollte Aimée Dupont so schnell wie möglich heiraten. Dazu kam es jedoch nicht mehr.«

Karima legte Porträtfotos der Frauen in einer Reihe auf den Tisch. »Schauen Sie. Die Damen sehen sich alle sehr ähnlich. Sie werden nur immer jünger.«

Die Kommissare betrachteten die Aufnahmen. Tatsächlich, die Frauen sahen beinahe aus wie Drillingsschwestern bis auf den Altersunterschied. Cleroc holte ein Bild von Aimée Dupont aus einer Mappe und legte es daneben.

»Die Ähnlichkeit ist verblüffend«, stellte er fest. »Zarte Gesichtszüge, breiter Mund, rötliche Haare, bernsteinfarbene Augen. Mirbeau hat sich immer in den gleichen Frauentyp verliebt. Was wissen wir über Aimée Dupont?«

Karima blätterte eifrig in ihrem Ordner. »Sie ist in Dieppe in der Haute-Normandie geboren. Dort in der Nähe, in dem kleinen Fischerdorf Pourville, ist sie bei ihrer Mutter aufgewachsen. Zusammen mit vier Geschwistern. Ein Vater taucht nirgends auf. Sie hat dort das Collège besucht. Eine Ausbildung hat sie nicht gemacht. Bis zu ihrer Volljährigkeit hat sie in einer

Fischfabrik gearbeitet, dann ist sie nach Paris gezogen. Wie sie dort ihren Lebensunterhalt verdiente, konnte ich bisher nicht herausfinden. In einem Zeitungsinterview hat Charles Mirbeau kürzlich erzählt, dass er seine Verlobte an einem Crêpesstand am Centre Pompidou in Paris kennengelernt hat. Sie war dort als Verkäuferin beschäftigt. Er hat sich in sie verliebt und nur noch auf die Scheidung von Caroline gewartet, um Aimée heiraten zu können. Vor einigen Wochen ist sie bei ihm eingezogen. Seit der Trennung von Caroline lebte er in einem Stadtpalais in Paris auf der Île Saint-Louis, dessen Eigentümer er war. Mehr habe ich nicht herausgefunden.«

»Das war doch schon ziemlich viel«, meinte Lagarde. »Gründliche Arbeit.«

Karima errötete. »Danke, Monsieur le Commissaire.«

»Ich habe noch mehr«, ergriff Cleroc das Wort. »Delphine hat, wie wir wissen, festgestellt, dass Aimée Dupont in der sechsten Woche schwanger war. Ein DNA-Abgleich hat ergeben, dass Mirbeau nicht der Vater des ungeborenen Kindes war.«

Lagarde nickte. Das hatte er sich schon fast gedacht. »Wir müssen herausfinden, von wem sie schwanger war. Ich frage mich, ob Mirbeau überhaupt von dem Kind wusste. Und wenn ja, ob er auch wusste, dass es nicht von ihm war.« Er schenkte sich Kaffee nach. »Was haben wir noch?«

»Der Bericht der Ballistik liegt vor«, antwortete Cleroc. »Die beiden Kugeln, die die Opfer töteten, stammen aus derselben Waffe wie das Projektil im Baumstamm. Es handelt sich um Munition, die für großkalibrige Jagdgewehre verwendet wird, Kaliber sieben Millimeter. Man kann anhand der Kugeln nicht auf das Fabrikat der Büchse schließen. Die Kollegen überprüfen, ob die Waffe registriert ist. Auf diese Weise können wir eventuell den Besitzer ermitteln. Was den Einschusswinkel betrifft, hat sich unsere Vermutung bestätigt. Die Schüsse wurden aus dem Fichtenhain auf der Anhöhe gegenüber dem Hochsitz abgegeben.«

»Die Waffe wurde bisher nicht gefunden?«

»Nein. Trotz einer großen Suchaktion.«

»Warum hat der Täter in den Baumstamm geschossen?«

»Vielleicht war es eine Art Warnschuss«, überlegte Karima. »Ich meine, womöglich wollte der Täter, dass die Opfer vor Schreck erstarrten, bevor er sie in den Kopf schoss. Dass sie Todesangst empfanden.«

»Es wäre eine Möglichkeit«, stimmte Lagarde ihr zu. »Aber nicht die einzige. Nun, wir werden sehen. Was ist mit dem Schmuckstein, den ein Suchhund gefunden hat?«

»Es ist ein Malachit«, erläuterte Cleroc. »Ein kristallines Mineral. Es wurden Fingerabdrücke darauf gefunden, die jedoch nicht zugeordnet werden können.

Das Bändchen ist aus Hirschleder gearbeitet. Eine exklusive Handarbeit.«

»Wissen wir etwas über die Symbolik des Steins?«

»Hast du etwas herausfinden können, Karima?«

»Ja. Der Malachit gilt als Glücksstein. Es ist der Planetenstein der Venus und zugleich dem Sternzeichen des Steinbocks zugeordnet. Man sagt, dass der Kristall die Kreativität und die Schaffenskraft steigert sowie verletzte Seelen heilt.«

»Danke, Karima.« Cleroc lächelte ihr zu. »Jetzt haben wir noch die Fußabdrücke auf der Böschung hinter der Jagdhütte. Es handelt sich um Schuhe mit groben rutschfesten Sohlen, so wie sie beispielsweise Wanderschuhe haben. Es ist ein gängiges Modell, das man in jedem Outdoor-Geschäft kaufen kann. Schuhgröße neununddreißig.«

»Eine Frau?«, fragte Karima.

»Nicht zwingend«, antwortete Lagarde. »Es gibt auch Männer mit kleinen Füßen.«

»Ich frage mich, was diese Person dort gewollt hat?« Die Studentin runzelte die Stirn.

»Darüber kann man zum derzeitigen Ermittlungsstand nur spekulieren. Ich habe noch etwas Wichtiges. Gestern war ich im Weiler Brillevast. Ich wollte schauen, wo das Mädchen wohnt, das Ludovic und ich im Wald in der Nähe des Hirschtales getroffen haben, und dort einen Kaffee trinken. Dabei bin ich im Dorfbistro auf eine Gruppe von Umweltschützern gestoßen.« Er berichtete von der Begegnung mit den aufgebrachten Männern und dem Großprojekt »Seeräuberparadies«. Cleroc hörte interessiert zu. »Charles Mirbeau hat einigen Fischern und Bauern mit Enteignung gedroht. Die Beziehungen dafür hatte er ja sicher. Daraus könnte sich ein starkes Motiv ergeben. Existenzangst und Hass zum Beispiel. Wir müssen die Alibis der betroffenen Personen und der Umweltaktivisten überprüfen.«

Lagarde nickte zustimmend. Karima meldete sich zu Wort. Inzwischen hatte sie einen Großteil ihrer anfänglichen Schüchternheit abgelegt. »Wenn einer von ihnen der Schütze war, warum hätte er Aimée Dupont erschießen sollen? Dass der Zorn auf Mirbeau groß war, kann ich mir gut vorstellen. Aber dass jemand auch eine Frau tötet, die mit dem Projekt nichts zu tun hat, macht für mich keinen Sinn.«

»Vielleicht auf den ersten Blick«, bemerkte Lagarde. »Aber dann hätte eine Zeugin überlebt. Und da heutzutage jeder ein Handy dabei hat, hätte Aimée Dupont Alarm geschlagen. Dieses Risiko wollte der Täter nicht eingehen.«

Es klopfte an der Tür und ein Polizist kam in das Büro. »Ich soll den Ausdruck einer Mail abgeben. Die Spezialisten von der Computertechnik haben das Passwort von Mirbeaus Notebook geknackt. Auf der Festplatte befindet sich eine große Anzahl von Dateien. Geschäftsberichte, Projektplanungen, Zahlenwerke und solche Dinge. Ebenso jede Menge Mails. Die gesamten Informationen müssen noch ausgewertet werden. Doch eine Mail war auffällig. Sie wurde aus einem Internetcafé in La Paz, der Hauptstadt von Bolivien, gesendet. Vor drei Wochen. Lesen Sie selbst.« Er legte ein Blatt Papier auf den Tisch. »Ich muss weiter, Kollegen.«

Cleroc griff nach dem Ausdruck und las den knappen Text vor.

»*Mirbeau!*

Wir erwarten die Zahlung von fünf Millionen Euro. Du weißt, wofür. Das Konto auf den Caymans kennst du. Wenn du das Geld nicht anweist, bist du ein toter Mann. Die Frist läuft in zwei Wochen ab. Bis dahin haben wir dich jede Minute im Blick.

Keine Unterschrift.«

Sie sahen sich verblüfft an. »Was hat das zu bedeuten?«, fragte Karima. »Eine Drohmail?«

»Mirbeau besitzt eine Rinderfarm in Bolivien«, überlegte Lagarde. »Er ist dort anscheinend jemandem gehörig auf die Füße getreten. Wenn man die Größenordnung der Summe berücksichtigt, würde ich auf ein Drogenkartell oder die Goldgräbermafia tippen. Wer Rinder züchtet, braucht viel Weideland.

Vielleicht hat Mirbeau nicht dafür bezahlt. Diese Syndikate haben große Teile des Landes einfach in Besitz genommen. Es gehört ihnen aber nicht.«

»Du meinst, die bolivianische Mafia hat Mirbeau erschossen?« Cleroc sah ihn zweifelnd an.

»Wenn ja, dann eher erschießen lassen. In diesen Kreisen beauftragt man einen professionellen Killer. Da macht man sich nicht selbst die Hände schmutzig.«

»Und dieser Auftragskiller hat ein Jagdgewehr benutzt, wie es hier jeder Bauer besitzt?«

»Ich halte es für unwahrscheinlich. Aber es ist nicht auszuschließen. Wir werden Interpol einschalten. Die Kollegen können weltweit agieren und Nachforschungen anstellen. Wenn sie etwas in Erfahrung bringen, werden sie uns informieren. Mehr können wir im Moment in diese Richtung nicht tun.« Er wandte sich an Karima. »Mir ist noch etwas eingefallen. Der Vater von Mirbeau, lebt er noch?«

»Ja, er ist vierundachtzig Jahre alt und wohnt in einer Seniorenresidenz in Saint-Pierre-Église.«

»Interessant.«

Cleroc sah auf seine Armbanduhr. »Wie wollen wir weiter vorgehen?«

Lagarde überlegte. »Ich möchte gerne die drei Frauen kennenlernen, mit denen Mirbeau verheiratet war. Das heißt, mit Caroline ist er ja noch verheiratet. Außerdem halte ich es für sinnvoll, Octave Mirbeau in der Einrichtung für Senioren einen Besuch abzustatten. Vielleicht weiß der alte Herr etwas, das uns weiterhilft.«

Cleroc nickte zustimmend.

»Wenn es dir recht ist, würde ich gerne Karima mitnehmen«, erklärte Lagarde. »Ich schlage vor, dass du hier in Cherbourg die Stellung hältst, Ludovic. Wenn sich etwas Neues ergibt, informieren wir dich.«

Cleroc lächelte. »Danke.«

Karima strahlte Lagarde an. »Ich darf mitkommen?«

»Ja, natürlich. Schließlich sollen Sie in Ihrem Praktikum die konkrete Ermittlungsarbeit vor Ort kennenlernen. Außerdem brauche ich jemanden, der die Protokolle schreibt. Doch zuerst gehen wir mittagessen.«

»Ich kann leider nicht mitkommen«, sagte Cleroc.

Karima und Lagarde liefen über den Parkplatz zu seinem Renault Express. Die dichten Nebelschleier und die Regenwolken hatten sich verzogen. Der Ozean lag azurblau vor ihnen. Schaumkronen tanzten auf den Wellen. Die Sonne stand inzwischen hoch am Himmel, es war windstill bei siebenundzwanzig Grad im Schatten.

»Ich kenne ein gutes Restaurant am Hafen«, sagte Lagarde. »Dort gibt es guten frischen Fisch und Meeresfrüchte. Darf ich Sie zum Essen einladen?«

Karimas Wangen färbten sich rosig und sie biss sich verlegen auf die Unterlippe.

»Habe ich etwas Falsches gesagt?«, fragte Lagarde. »Ich wollte Ihnen nicht zu nahe treten. Entschuldigung.«

»Nein, nein, das ist es nicht«, wehrte sie ab. »Es ist nur so, ich wohne während meines Praktikums bei meiner Familie in Cherbourg. Ich habe mich hier bei der Kripo beworben und tatsächlich eine Zusage bekommen. Meine Eltern stammen aus Marokko. Wir sind sehr familienbezogen, wissen Sie? Und wir leben traditionell, wie es in unserem Heimatland üblich ist. In Lille wohne ich im Internat der Polizeihochschule. Dort haben mir meine Angehörigen wirklich gefehlt. Meine Studienkollegen sind sehr nett, aber trotzdem habe ich mich manchmal ein wenig einsam gefühlt.«

Lagarde ahnte, worauf sie hinauswollte. »Sie gehen zum Mittagessen immer nach Hause.«

»Ja, genau. Für meine Mutter ist das selbstverständlich. Sie würde es nicht verstehen, wenn ich woanders essen gehe. Es würde sie kränken. Die ausgedehnte Mittagspause gleiche ich aus. Ich arbeite abends zwei Stunden länger.«

»Na gut, Karima. Das verstehe ich. Dann machen wir jetzt getrennt Mittagspause und ich hole Sie in zwei Stunden daheim ab. Einverstanden?«

»Aber nein. Meine Mutter freut sich immer über Gäste. Meine Familie wäre stolz, wenn Sie gemeinsam mit uns essen würden. Mama ist eine wunderbare Köchin. Mögen Sie marokkanische Gerichte?«

»Ja, sehr.«

»Dann lade ich Sie ein. Kommen Sie doch bitte mit.«

»Also gut. Wenn ich nicht störe.«

»Nein, Sie stören doch nicht. Ganz im Gegenteil.«

Sie fuhren durch den dichten Straßenverkehr in das Altstadtviertel in der Nähe des Fischereihafens. Karima lotste ihn. Nebenbei telefonierte sie mit ihrer Mutter. Das Gespräch wurde auf Arabisch geführt. »Ich bringe einen Gast mit, Mama. Kommissar Philippe Lagarde. Ich habe ihn heute Morgen im Präsidium kennengelernt. Er ist sehr berühmt. Stell dir vor, ich darf ihm bei wichtigen Ermittlungen helfen. Ist das nicht großartig?« Aus dem Handy drang eine laute Stimme, die in atemberaubender Geschwindigkeit arabische Wörter aneinanderreihte. Den Tonfall interpretierte Lagarde als Begeisterung. »Mama ist sehr stolz, dass Sie heute unser Gast sind«, übersetzte Karima. »Sie freut sich sehr.«

Die Familie Azmi wohnte in einem schmalen, weiß verputzten Reihenhaus mit meergrünen Fensterläden, das in einer engen gewundenen Straße lag. Lagarde kaufte in einem Geschäft an der Ecke noch rasch einen Blumenstrauß. Die Mutter von Karima wartete bereits auf sie. Sie stand im Rahmen der Eingangstür, neben sich einen kleinen Jungen und ein etwa dreizehnjähriges Mädchen. Die Kinder begrüßten den unverhofften Gast mit neugierigen Blicken und strahlenden Augen. Karimas Mutter, eine kleine mollige Frau, wischte sich die nassen Finger an der Schürze ab und reichte Lagarde ehrfurchtsvoll die Hand. Sie konnte es kaum fassen, dass ihr jemand Blumen schenkte.

»Das ist meine Mutter Rachida, meine Schwester Saana und mein kleiner Bruder Pascha«, stellte Karima ihre Familie vor. »Mein Vater und mein älterer Bruder Ramsi sind nicht zu Hause.«

»Treten Sie ein, Monsieur le Commissaire«, forderte Madame Rachida ihn auf und führte ihn in den Salon. »Willkommen in unserem Heim. Nehmen Sie doch bitte Platz. Saana, bist du so lieb und holst den Minztee aus der Küche.«

Lagarde fühlte sich mit einem Mal in Aladins Märchenwelt versetzt. Unterhalb der türkisen Zimmerdecke schwebten orientalische Hängeleuchten mit funkelnden granatroten Glassteinen. Kunstvoll gewebte Kelims bedeckten den gesamten Boden in mehreren Schichten und zierten die Wände. Bunte Decken mit goldenen Bordüren waren über Sofas und Sessel gebreitet. Auf dem niedrigen Tisch lag ein glitzerndes Tuch, das mit silbernen Halbmonden gesäumt war. Darauf platzierte Madame Rachida genau in die Mitte einen Kupferkelch, in dem sie die mitgebrachten blauen und weißen Freesien arrangiert hatte. Sitzkissen aus Leder und bestickten Stoffen waren im Raum verteilt und luden zum Niederlassen ein. Aus einer Stereoanlage erklang leise orientalische Musik. Es duftete nach Zimt und Kardamom.

»Ich habe nur ein einfachen Mittagessen für meine Kinder und mich gekocht«, bedauerte Madame Rachida. »Hätte ich nur früher gewusst, dass wir einen Gast haben.« Dann verschwand sie mit Saana in Richtung Küche, aus der köstliche Aromen strömten. Karima lächelte Lagarde ein wenig unsicher an. »Hoffentlich schmeckt es Ihnen.«

»Ganz sicher. Es riecht wunderbar.«

Das einfache Mahl entpuppte sich als Geflügel-Tajine mit Kichererbsen und roten Linsen. Dazu wurde Couscous, Auberginenpüree und ein bunter Salat serviert. Zum Dessert gab es Orangenpudding.

»Mein Mann Sahib hat einen guten Posten bei der französischen Armee«, erzählte Madame Rachida während des Essens. »Mein großer Sohn betreibt einen Handyladen. Und er spielt Rugby in der ersten Mannschaft von Cherbourg.«

»Aber Mama, das interessiert den Herrn Kommissar doch nicht«, unterbrach Karima den Redefluss ihrer Mutter. Madame Rachida sah sie irritiert an.

»Aber doch. Das interessiert mich sehr«, beeilte sich Lagarde zu versichern.

»Na, siehst du. Der Herr Kommissar soll wissen, dass wir Marokkaner mit modernen fortschrittlichen Ansichten sind. Karima studiert, Saana besucht das Lycée. Sie hat sehr gute Noten. Unsere Töchter sollen lernen und einen Beruf ergreifen. Es ist uns wichtig, dass sie selbständig sind.«

Lagarde hörte ihr aufmerksam zu. Pascha spielte während der lebhaften Ausführungen seiner Mutter mit dem Handy. Nach dem opulenten Mahl lobte der Kommissar die Kochkünste der Gastgeberin und bedankte sich für die Einladung. Er durfte sich erst verabschieden, nachdem er einen Mokka getrunken und hauchdünn ausgerolltes Blätterteiggebäck mit Honig und Walnüssen gekostet hatte. Als sich Karima und er auf den Weg machten, winkte die Familie ihnen nach.

»Darf ich fragen, was wir jetzt machen, Monsieur le Commissaire?«, erkundigte sich Karima.

»Nennen Sie mich doch bitte Philippe.«

Mit großen Augen starrte sie ihn an. »Ehrlich?«

»Aber ja. Wir sind doch jetzt ein Team. Und zu Ihrer Frage. Wir werden Beatrice Mirbeau einen Besuch abstatten. Hoffentlich ist sie zu Hause. Haben wir ihre Adresse in den Unterlagen?«

»Selbstverständlich, … Philippe.«

Der Kommissar und die Praktikantin fuhren auf einer schmalen Schotterstraße, die durch einen Laubwald führte, zum Schloss von Beatrice Mirbeau. Nach einer letzten Kurve lag es plötzlich vor ihnen. Abgelegen und imposant erhob es sich auf den Klippen von Cosqueville. Der einstöckige Bau war aus grauen Granitsteinen gebaut. Zu dem bogenförmigen blauen Portal unter einem flachen, dreieckigen, ornamentierten Vordach führten zwei steinerne Treppen. Sie verliefen an der Hauswand und endeten mit elegantem Schwung an einer Plattform. Zwischen hohen weißen Sprossenfenstern formten gesetzte rote und schwarze Steine ein Ziermuster auf der Fassade. Im Schieferdach saßen auf beiden Seiten des Dreiecks zwei Bullaugenfenster mit Kreuzsprossen. Auf der linken Seite, mit dem Hauptgebäude verbunden, erhob sich ein viereckiger Turm bis zum Dachfirst. Vier kleine Kamine mit roten Mützen krönten sein spitzes Ziegeldach. Der Park des Anwesens wurde von einer niedrigen Steinmauer umgrenzt. Das zweiflüglige Eisentor stand weit offen.

Sie ließen das Auto neben dem Eingang stehen und betraten den Schlossgarten. Ein breiter naturbelassener Weg führte direkt auf das Portal zu. Auf dem Vorhof stand ein alter verwitterter Springbrunnen, in dessen Mitte sich eine goldene Engelsstatue mit schwingenden Flügeln erhob. Über die Rasenfläche verstreut bildeten in Form geschnittene weiß und rosa blühende Azaleensträucher und Rhododendren runde Inseln. Im Park wuchsen Esskastanien, Platanen mit marmorierten Borken, Eiben und Spitzahornbäume. Durch einen efeuumrankten Torbogen gelangte man in einen Rosengarten. Zum Meer hin fiel das Kliffgelände steil ab. Dort gab es keine Begrenzung, die die phantastische Aussicht behindern konnte. Eine steile schmale Treppe, die in die Klippen geschlagen war, führte zu einer einsamen henkelförmigen Sandbucht, dem Privatstrand von Beatrice Mirbeau. Dort lag ein Ruderboot. Nach Süden erstreckte sich eine weite Fläche aus Felsgestein, die bei Flut überspült wurde. Davor, auf einem Hang, erhoben sich zwei knorrige Libanonzedern. In einiger Entfernung lag der Fischerort Cosqueville im Dunst auf einer Landzunge.

Karima war beeindruckt. »Ist das schön hier. Einsam und still. Kein Mensch weit und breit.«

Nachdem sie sich einen ersten Eindruck verschafft hatten, liefen sie zum Hauptportal und Lagarde betätigte einen schimmernden Türklopfer, der eine Jakobsmuschel darstellte. Niemand öffnete.

»Vielleicht hält sich jemand hinter dem Haus im Garten auf«, meinte Lagarde. »Sehen wir da mal nach.«

Sie gingen seitlich am Haus vorbei und gelangten zu einer Remise aus Holz, deren Tür offen war. Darin stand ein roter Porsche Cayenne Cabriolet. Der Schlüssel steckte im Zündschloss. Die Terrasse hinter dem Haus nahm fast die gesamte Länge der Fassade ein. Auf der breiten Balustrade standen große hell glasierte Tonschalen mit Geranien zwischen steinernen pausbäckigen Engelsputten. Eine cremeweiß lackierte Sitzbank und einige Stühle in der gleichen Farbe mit knallroten Polstern gruppierten sich um einen Tisch. Auch hier war niemand. Hinter einem Palmenhain am Ende des Gartens entdeckten sie ein kleines Gebäude, errichtet aus den gleichen grauen, roten und schwarzen Granitsteinen wie das Schloss. Eine Wand, die in südwestlicher Richtung lag, bestand aus einer Glasfront. Eine gläserne Flügeltür stand weit offen. In dem lichtdurchfluteten Atelier stand eine Frau vor einer Staffelei. Sie hatte den Kopf geneigt und betrachtete konzentriert das Gemälde, an dem sie arbeitete.

Lagarde klopfte an einen Glasflügel.

»Guten Tag.«

Die Frau wandte sich ihnen zu und lächelte sie freundlich an. »Haben Sie sich verlaufen? Oder wollen Sie zu mir?«

»Entschuldigen Sie bitte unser Eindringen. Hoffentlich haben wir Sie nicht erschreckt. Ich habe am Hauptportal geklopft, niemand hat geöffnet.« Er zog seinen Dienstausweis aus der Hemdtasche und zeigte ihn vor. »Kriminalpolizei. Mein Name ist Philippe Lagarde. Das ist meine Kollegin Karima Azmi. Wir ermitteln in den Mordfällen Charles Mirbeau und Aimée Dupont und wollen mit Beatrice Mirbeau sprechen. Sind Sie das?«

»Ja, Monsieur le Commissaire. Ich bin Beatrice Mirbeau.« Sie stellte den Pinsel, den sie noch in der Hand hielt, in ein Wasserglas mit Terpentinersatz und wischte sich die Hände an einem Lappen ab.

»Gehen wir in den Garten. Dort können wir uns unterhalten und Sie können mir Ihre Fragen stellen. Ich habe nichts zu verbergen.«

Vor dem Atelier stand auf dem Rasen eine Sitzgruppe unter einem Sonnenschirm.

»Nehmen Sie doch bitte Platz. Darf ich Ihnen einen Kaffee anbieten? Und dazu gekühltes Mineralwasser? Ich habe eine Küche im Atelier.«

»Das ist sehr freundlich von Ihnen, Madame Mirbeau. Es ist wirklich ein heißer Tag heute«, antwortete Lagarde.

»Keine Ursache. Ich bin gleich wieder da.«

Kurze Zeit später kam sie mit einem beladenen Tablett zurück, stellte es auf den Bistrotisch und setzte sich. Beatrice Mirbeau war eine schöne Frau. Groß, schlank mit muskulösen braungebrannten Armen. Ihr Haar war grau und kurz geschnitten. Im ebenmäßigen, schmalen Gesicht leuchteten bernsteinfarbene wache Augen. Über Jeans und Shirt trug sie einen ärmellosen Malerkittel, der mit Farbflecken übersät war. Sie schenkte die Getränke ein.

»Ich bin wirklich schockiert über diese Tragödie. Es ist ja so schrecklich, was mit Charles und dieser jungen Frau passiert ist. Und gleich hier, vor der Haustür, in seinem geliebten Jagdrevier. Welcher Verrückte erschießt einfach zwei Menschen? Haben Sie schon einen Verdacht?«

»Über laufende Ermittlungen dürfen wir keine Auskunft geben«, erklärte Lagarde.

»Ich verstehe. Was kann ich für Sie tun? Ich möchte helfen, wenn ich kann.«

»Wie war das Verhältnis zu Ihrem Exmann, Madame Mirbeau?«

»Ich würde es als lockeres freundschaftliches Verhältnis bezeichnen.«

»Was meinen Sie mit locker?«

»Wir sahen uns selten, vielleicht zwei, drei Mal im Jahr. Wenn Charles geschäftlich in der Nähe zu tun hatte oder zum Jagen herkam, tranken wir manchmal einen Kaffee zusammen. Das war alles. Jeder führte sein eigenes Leben.«

»Es gab keinen Streit oder negative Gefühle wie Eifersucht zum Beispiel? Oder gar Hass? Schließlich hat er Sie wegen einer anderen Frau verlassen.«

Die Malerin lächelte ihn nachsichtig an. »Wir sind seit Jahrzehnten geschieden, Monsieur le Commissaire. Irgendwann muss man sich damit abfinden, dass eine Beziehung zu Ende ist, beziehungsweise, dass man gescheitert ist. Und dann geht es wieder weiter. Es wäre doch schade, wenn man sich jahrelang grämen würde. Dafür ist das Leben viel zu schön und zu kurz, egal, wie alt man ist.«

Er lächelte zurück. Diese Einstellung gefiel ihm. »Wenn man das kann. Sie haben es sehr schön hier. Gehört Ihnen das Anwesen?«

»Charles hat gut für mich gesorgt. Er war ein sehr großzügiger Mensch.«

»Kannten Sie Aimée Dupont persönlich?«

»Nein. Charles hat mir seine neuen Eroberungen

nicht vorgestellt. So taktlos hätte er sich nie verhalten. Ich habe nur einmal in der Boulevardpresse ein Foto von ihr gesehen.«

»Kommt Ihnen jemand in den Sinn, der wütend auf Charles Mirbeau war, so wütend, dass er zur Schusswaffe griff?«

»Charles war Großindustrieller. Da hat man immer Feinde. Zornige Gewerkschaftler, enttäuschte Arbeitnehmer, militante Umweltschützer, missgünstige Mitbewerber. Solche Konflikte werden jedoch nicht mit Waffengewalt, sondern mit zähen Verhandlungen oder Geld gelöst. Zumindest normalerweise nicht.«

»Waren Sie in letzter Zeit bei seiner Jagdhütte?«

»Ja, am Freitagvormittag. Wenn Charles zum Jagen ging, rief er mich immer vorher an. Marie, meine Hauswirtschafterin, ging dann einkaufen und ich brachte die Vorräte in die Hütte. Lebensmittel und Getränke für ein, zwei Tage. Danach ging Charles selbst einkaufen. Das machte ihm Spaß.«

»Wussten Sie, dass er Madame Dupont mitbringen würde?«

»Ja, das hatte er mir mitgeteilt.«

Karima hatte sich während der Befragung eifrig Notizen gemacht. Außerdem interessierte sie der Fragestil von Lagarde. Würde er an die Fußabdrücke denken?

»Waren Sie auch im Garten hinter dem Blockhaus?«, wollte er auch schon wissen.

»Nein, dafür gab es keinen Grund.«

»Ich muss Sie nach Ihrer Schuhgröße fragen.«

Erstaunt sah sie ihn an. »Neununddreißig.«

»Haben Sie ein Alibi für die Tatzeit? Vergangenen Samstag gegen sechs Uhr in der Frühe?«

»Aus welchem Grund sollte ich Charles erschießen?«

»Das ist eine Routinefrage, Madame Mirbeau. Und ich möchte eine Antwort.«

»Das war der Morgen nach dem Blutmond, nicht wahr?«

»Ja, genau.«

»Ich hatte eine starke kreative Schaffensphase. Drei Tage habe ich gemalt, unterbrochen nur von kleinen Ruhepausen. Das ist bei mir nichts Ungewöhnliches. Malen ist mein Leben.«

»Und auf dem Meer rudern.«

Jetzt lachte sie und machte einen völlig entspannten Eindruck. »Sie sind ein guter Beobachter, Monsieur le Commissaire. Ja, ich rudere fast jeden Tag, wenn das Wetter es erlaubt. Um Kunst zu schaffen, braucht man einen freien Kopf.«

»Kann jemand Ihr Alibi bestätigen?«

»Nein.«

»Danke, Madame Mirbeau. Ich denke, das war es erst mal. Wenn ich noch Fragen habe, melde ich mich. Darf ich, bevor wir gehen, einen Blick in Ihr Atelier werfen? Ich möchte gerne Ihre Bilder sehen.«

Sie musterte ihn nachdenklich. »In Ordnung. Sie haben eine positive Aura. Menschen mit einer negativen Ausstrahlung lasse ich nicht hinein.«

»Darf Frau Azmi auch mit?«

»Bitte.«

Große Gemälde, meistens quadratisch und goldgerahmt, hingen oder lehnten an den hellen Wänden. Einige Bilder standen auf Staffeleien. Beatrice Mirbeau schuf malerische Collagen mit Fotos von schönen Frauen. Rätselhafte Frauensilhouetten wie aus einem Traum, die eine magische Präsenz ausstrahlten, tummelten sich auf den Leinwänden. Verspielte Landschaftsbilder, Bauerngärten im Farbenrausch und immer wieder das Meer mit silbernen, metallicblauen und goldenen Reflexen waren von ihr erschaffen worden.

»Ihre Bilder sind wunderschön.«

»Danke, Monsieur le Commissaire. Es freut mich, dass sie Ihnen gefallen.«

Karima hatte es die Sprache verschlagen, so beeindruckt war sie von den Kunstwerken.

Aus dem Garten drang eine tiefe sonore Stimme. »Beatrice, wo steckst du, schöne Frau, bist du im Atelier?«

Die Stimme kam Lagarde bekannt vor. Neugierig drehte er sich um und musterte den Mann, der einen glänzenden Karton mit Kuchen auf dem Bistrotisch abstellte. Der ältere Herr trug einen hellen Sommeranzug, einen schwarzen breitkrempigen Hut und einen Seidenschal. Diesmal steckte im Hutband eine weiß schimmernde Silbermöwenfeder. Es war Frédéric Delavigne, der wie ein Bohemien gekleidete Umweltschützer aus der Roten Ziege. »Ah, der Kommissar aus dem Dorfbistro von Brillevast. Guten Tag.« Er nickte Lagarde und Karima freundlich zu, nahm die Hand von Beatrice Mirbeau und hauchte einen Kuss darauf. »Ich will nicht stören, Beatrice. Soll ich später wiederkommen?«

»Nein, Frédéric, ist schon gut. Der Kommissar und Madame Azmi wollten sich gerade verabschieden. Ich habe ihnen noch meine Bilder gezeigt.«

»Ah, was für ein Œuvre. Dabei befinden sich die meisten Gemälde in der Galerie in Paris.«

Lagarde wandte sich an den Mann. »Ich habe eine Frage an Sie.«

»Bitte. Ich habe keine Geheimnisse.«

»Wir überprüfen Alibis von Personen, die mit Charles Mirbeau zu tun hatten. Reine Ermittlungsroutine. Wo waren Sie letzten Samstag am frühen Morgen, gegen sechs Uhr?« Die Antwort kam sofort.

»Der rote Riesenmond hat mich inspiriert. Deshalb war ich zu Hause und habe geschrieben. Ich hatte einen Schreibschub, wenn Sie verstehen, was ich meine. Ein wunderbares Gefühl.«

»Sind Sie Schriftsteller?«

»Ja, Poet und Reiseschriftsteller. Gerade arbeite ich

an einem Buch über eine Pilgerreise auf dem Jakobsweg. Ein faszinierendes Thema. Nicht nur wegen der meditativen Spiritualität, der unerschöpflichen Kulturschätze und der landschaftlichen Schönheit, sondern auch wegen der unweigerlich sich entwickelnden Gruppendynamik.«

»Und wo ist Ihr Zuhause?«

Delavigne zeigte mit dem Daumen nach Süden. »Quasi um die Ecke. In der nächsten Bucht. Von dort führt ein Klippenpfad hierher. Ich habe mir an diesem einsam gelegenen Platz eine Fischerkate gekauft. Sie ist ganz einfach und ursprünglich. Beim Schein der Petroleumlampe sitze ich am groben Holztisch und arbeite. Ein herrlicher Ort, beim Schreiben hört man das Rauschen der Brandung und die Schreie der Möwen, sonst nichts.«

»Sind Sie deshalb bei den Umweltschützern?«

»Ja, unter anderem. Meine Kate und die einsame Bucht würden der großen Marina zum Opfer fallen.«

»Danke für Ihre Auskunftsbereitschaft, Monsieur Delavigne. Ach, eine Frage habe ich noch. Können Sie schießen?«

»Wo denken Sie hin? Ein so barbarischer Akt ist nichts für meine Künstlerseele.«

»Und Sie, Madame Mirbeau?«

»Nein, ich kann auch nicht schießen. Früher habe ich Charles manchmal auf die Jagd begleitet. Er hat versucht, mir den Umgang mit einer Schusswaffe beizubringen. Aber ich war nicht besonders talentiert.«

»Besitzen Sie ein Jagdgewehr?«

»Nein, ich habe keine Waffe.«

»Ich auch nicht«, versicherte der Schriftsteller.

»Gut, dann verabschieden wir uns jetzt. Ich wünsche Ihnen einen schönen Nachmittag.«

Als Karima und Lagarde am Rosengarten vorbeiliefen, schnitt dort ein Gärtner verblühte Knospen ab.

Der Kommissar blieb stehen und grüßte ihn. Der Mann drehte sich um und sah ihn mit mürrischem Gesichtsausdruck an. Lagarde zeigte seinen Dienstausweis. »Ich habe eine Frage, Monsieur.«

»Fragen Sie die Chefin, wenn Sie etwas wissen wollen.«

»Ich kann Sie auch nach Cherbourg auf das Polizeipräsidium bestellen, wenn Ihnen das lieber ist.«

Der Gärtner sah ihn böse an. »Also gut. Was wollen Sie wissen?«

»Am Tag nach dem Blutmond, haben Sie da am frühen Morgen hier gearbeitet?«

»Nein, Madame hatte mir freigegeben.«

»War sonst jemand vom Personal da?«

»Es gibt nur noch eine Haushälterin. Marie hatte auch frei.«

»An diesem Tag?«

»Wir hatten vorher schon keinen Dienst. Am Tag vor

dem Blutmond, und zwei weitere Tage. Am Sonntag haben wir die Arbeit wieder aufgenommen.«

»War das ungewöhnlich?«

»Nein, überhaupt nicht. Wenn die Chefin eine kreative Schaffensphase hat und malt, will sie alleine sein. Keiner darf sie stören. Und wir freuen uns über ein verlängertes Wochenende.«

»Danke, Monsieur. Das war schon alles.«

Der Gärtner brummte etwas in seinen Bart, wandte sich ab und fuhr mit seiner Arbeit fort. Beatrice Mirbeau und Frédéric Delavigne hatten die Szene beobachtet und blickten sich vielsagend an.

Im Auto sah Karima ihre Notizen durch und ergänzte sie aus dem Gedächtnis. Schließlich stellte sie die Frage, die sie schon die ganze Zeit beschäftigte. »Meinen Sie, die beiden haben ein Liebesverhältnis?«

»Das kann ich mir durchaus vorstellen«, erwiderte Lagarde. »Beatrice Mirbeau ist eine attraktive, charmante Frau. Und Delavigne macht einen netten, kultivierten Eindruck. Es kann aber genauso gut möglich sein, dass sie befreundet sind. Sie sind beide Künstler und haben sicher gemeinsame Interessen. Was mich beschäftigt ist die Frage, wie Delavigne den Kauf des Fischerhäuschens finanziert hat. Wir müssen herausfinden, wann und von wem er es gekauft hat und wie hoch der Kaufpreis war. Von Reiseberichten jedenfalls kann man heutzutage nicht mehr leben.«

»Und von Gedichten auch nicht, oder?«

»Wohl kaum, die wenigsten Poeten können ihren Lebensunterhalt durch den Verkauf ihrer Werke bestreiten.«

»Ich frage mich, warum Beatrice Mirbeau ihr Personal für drei Tage weggeschickt hat? Glauben Sie die Geschichte mit der künstlerischen Schaffensphase?«

»Nun, anscheinend kommt das immer wieder vor, dass sie ihren Angestellten freigibt, wenn sie in Ruhe malen will. Möglich wäre es schon. Tatsache ist jedoch, dass niemand ihr Alibi bestätigen kann, da sie offenbar alleine auf ihrem Anwesen war.«

»Sie könnte auch woanders gewesen sein, nicht in ihrem Schloss. Oder etwas ganz anderes getan haben, als zu malen.«

»Oder sie bekam Besuch von jemandem, den niemand sehen sollte.«

»Das ist richtig.«

Die Studentin nickte nachdenklich. »An der Uni, in den Vorlesungen zum Thema Aufklärung von Kapitalverbrechen und praktischer Ermittlungsarbeit habe ich mir das irgendwie ein bisschen einfacher vorgestellt. Das war sehr naiv von mir.«

»Nein, das war es nicht. Den Studenten an der Polizeihochschule fehlt es an Erfahrung. Die muss man sich im Laufe der Dienstjahre erst aneignen. Vieles wird zur Routine, aber jeder Fall liegt natürlich anders.

Auch entwickelt man eine gewisse Intuition und ein Bauchgefühl. Aber einfach ist es nie.«

»Den Eindruck habe ich auch. Fahren wir jetzt in die Pflegeeinrichtung zu Octave Mirbeau?«

»Ja. Sie befindet sich nicht weit weg von hier.«

Die Seniorenresidenz lag in Saint-Pierre-Église in der Nähe der Ortskirche. Sie war in einer ehemaligen Fabrikantenvilla untergebracht. Das Gebäude strahlte den verspielten Charme des 19. Jahrhunderts aus. Mit dem Gewirr aus Türmchen, Spitzerkern, Dachkuppeln und Wasserspeiern über der schneeweisen Fassade war es ein Kleinod. Es lag inmitten einer gepflegten Gartenanlage und einem Palmenhain. Dieses Wäldchen hatte der Anlage auch ihren Namen gegeben. Vom Parkplatz aus gelangten sie über einen bekiesten Weg zu einem mit Schnitzereien verzierten, bogenförmigen Eichenholzportal, das weit offen stand. Am Empfang, unter einem prächtigen goldenen Kronleuchter, saß eine junge Frau in weißer Schwesternkleidung. Sie lächelte die Besucher freundlich an und fragte nach ihrem Anliegen.

»Wir möchten zu Octave Mirbeau«, erklärte Lagarde.

»Wen darf ich melden?«

Er zeigte ihr seinen Dienstausweis. »Wir sind von der Kripo Cherbourg und möchten mit ihm sprechen.«

»Einen Augenblick, bitte.« Die Empfangsdame griff zum Telefonhörer und tippte eine Nummer ein. »Hallo Nico. Hier sind zwei Ermittler von der Kriminalpolizei. Sie wollen mit Monsieur Mirbeau sprechen.« Sie wartete. »In Ordnung. Danke, Nico.« Lächelnd wandte sie sich erneut an die Besucher. »Monsieur Mirbeau ist bereit, Sie zu empfangen. Er wohnt im Neubau hinter der Villa im ersten Stock, Suite Nummer vier. Ich begleite Sie zu den Fahrstühlen. Kommen Sie bitte mit.«

»Danke, Madame.«

Auf einem roten Teppich mit goldenen Leisten wurden sie durch das Gebäude zum Hinterausgang geführt. Im Erdgeschoss der Villa war im gesamten linken Flügel ein Bistro untergebracht. Es war behaglich mit Vintage-Möbeln eingerichtet und lud zum Verweilen ein. In der Mitte, auf einem Podest, stand ein Flügel. Der Raum wurde offensichtlich auch für Konzerte und Veranstaltungen genutzt. Das Lokal konnte nicht nur von den Bewohnern der Residenz besucht werden, sondern stand für jeden offen. Besonders die Einwohner von Saint-Pierre-Église nutzten das Angebot gerne. Auf der Terrasse unter Maronenbäumen saß eine Gruppe von Kindern mit ihren Betreuerinnen. Vor jedem Zögling stand ein riesiger Eisbecher. Das offene Konzept dieser Einrichtung gefiel Karima sehr gut.

Nachdem die Polizisten an der Tür zu Suite Nummer vier geklingelt hatten, wurde sie von einem jungen Mann geöffnet. Er hatte ein offenes, freundliches

Gesicht und strahlend blaue Augen. Die dunkelblonden Rastalocken waren mit einem bunten Tuch nach hinten gebunden. Er hatte eine große kräftige Statur und breite Schultern. Seine muskulösen Oberarme waren beeindruckend.

»Guten Tag. Wir möchten zu Octave Mirbeau.« Lagarde zückte seinen Dienstausweis. »Die Dame an der Rezeption hat bei Ihnen angerufen. Wir sind angemeldet.«

»Guten Tag. Monsieur Mirbeau ist auf der Dachterrasse. Kommen Sie bitte mit. Mein Name ist übrigens Nicolas. Ich bin sein Krankenpfleger, Physiotherapeut, Chauffeur, Mädchen für alles.« Er lachte. »Aber alle nennen mich Nico.« Er führte die Besucher durch einen modern eingerichteten Salon auf die Dachterrasse. Neben der Glastür hing ein quadratisches Ölgemälde, das von Beatrice Mirbeau signiert war. Es zeigte den Fischereihafen und die Mole von Cosqueville. Im Vordergrund bog sich Strandhafer im Seewind. Auch bei diesem Werk hatte sie mit Reflexen gearbeitet. Diesmal waren sie kupferfarben und metallicgrün.

Octave Mirbeau saß in einem Gartensessel mit dicker Auflage, davor stand ein gepolsterter Hocker für die Füße. Eine Markise spendete Schatten. Vor der Balustrade blühten Oleander und Lavendel in großen Tontöpfen. Trotz der Frühsommerhitze lag eine Decke über seine Beine gebreitet. Neben dem Stuhl lehnte ein Gehstock.

»Die angemeldeten Besucher sind da, Octave.«

»Danke, Nico.«

Lagarde stellte sich und Karima vor. Der Mann griff nach seinem Stock und wollte sich mühsam erheben, um sie zu begrüßen. Er war ein wenig größer als sein Sohn, aber dünn, fast hager. Die grauen Wangen waren eingefallen, das spärliche Haar schlohweiß. Dennoch wirkte er mit seiner würdevollen Ausstrahlung wie ein Grandseigneur.

»Bleiben Sie doch bitte sitzen«, bat Lagarde ihn. »Wenn wir uns einfach zu Ihnen setzen dürfen?«

»Selbstverständlich, nehmen Sie Platz. Nico, holst du bitte Erfrischungsgetränke für unsere Gäste.«

»Gerne, Octave.«

»Nico bereitet die Zitronenlimonade selbst zu. Sie ist wirklich gut«, erklärte er seinen Gästen, als der Pfleger Richtung Küche verschwunden war.

»Ein schöner Platz ist das hier oben«, bemerkte Lagarde. Der alte Mann nickte. »Ja, da haben Sie recht.«

Nachdem Nico die eisgekühlte Limonade und Erdbeertörtchen mit Sahne gebracht hatte, bedankte sich Mirbeau bei ihm. »Du kannst jetzt Feierabend machen, Nico. Ich komme alleine zurecht. Wir sehen uns morgen früh.«

»In Ordnung. Dann gehe ich jetzt zum Rudertraining. Pass auf dich auf. Du kannst mich auf meinem Handy erreichen, wie immer. Salut.« Und weg war er.

Mirbeau wandte sich seinem Besuch zu. »Ich bin froh, dass Sie gekommen sind, ich habe schon auf Sie gewartet. Was für ein entsetzliches Verbrechen.«

Lagarde und Karima sprachen dem Mann ihr aufrichtiges Beileid aus. Verstohlen wischte sich Octave Mirbeau eine Träne aus dem Augenwinkel.

»Danke für Ihr Mitgefühl. Die Nachricht vom gewaltsamen Tod meines Sohnes hat mich mitten ins Herz getroffen. Es ist zerbrochen. Normalerweise überleben Väter ihre Söhne nicht. Ich wäre viel lieber an seiner Stelle gestorben, das können Sie mir glauben. Was für ein schrecklicher Schicksalsschlag. Ich habe schon meine Tochter Isabelle verloren. Vor vielen Jahren.« Mit zitternden Händen griff er nach seinem Glas und trank einen Schluck. »Charles war mein Erstgeborener, ich war immer sehr stolz auf ihn. Er hat es geschafft, aus meinem mittelständischen Unternehmen einen Großkonzern zu machen. Mein Sohn war der geborene Unternehmer. Er hatte schnell begriffen, dass es nie um die Sache geht. Es geht immer nur um Interessen. Na ja«, er seufzte tief. »Das alles ist jetzt leider Vergangenheit. Jemand hat ihn erschossen. Haben Sie schon einen Verdacht?«

»Die Ermittlungen laufen erst an, Monsieur Mirbeau.«

»Ja, natürlich. So einfach ist das sicher nicht, einen Mörder zu finden. Aber Sie beide werden es schaffen. Davon bin ich überzeugt.«

Karima fiel auf, dass er sich für das Schicksal von Aimée Dupont offenbar nicht interessierte. Sein ganzes Denken und Fühlen galt seinem Sohn.

»Charles hat gut für mich gesorgt. Nach einem Oberschenkelhalsbruch und einem Herzinfarkt hat er mich hier untergebracht und einen Pfleger für mich engagiert. Der Bruch heilt nicht gut, das liegt am Alter. Ich werde aller Voraussicht nach nie mehr ein Auto steuern können. Aber zum Glück habe ich Nico. Wir machen oft Ausflüge zusammen. Vor einigen Wochen waren wir beim Fischerstechen am Cap Lévi und hatten großen Spaß. Nico ist ein verrückter Kerl. Wenn ich mit ihm unterwegs bin, fühle ich mich wieder jung.«

»Wissen Sie, ob Ihr Sohn Feinde hatte? Und wenn ja, wem würden Sie so eine Tat zutrauen?«

Trotz seiner Trauer musste Mirbeau ein wenig lächeln. »Mit Sicherheit viele«, meinte er. »Wenn man ein Industrieunternehmen führt, gehört das zum Alltag. Davon darf man sich nicht beeindrucken lassen. Die heutige Geschäftswelt kann man vielleicht am besten mit einem Haifischbecken vergleichen.«

Er tupfte sich die Stirn mit einem Tuch ab. Das Gespräch strengte ihn an. »Und ich weiß von einem bestimmten Feind, der ein Motiv hatte.«

»Von wem sprechen Sie?«

»Von Paul Marchand.«

»Wer ist das?«

»Er war Geschäftsführer dieser Seniorenresidenz. Charles hat herausgefunden, dass er Unterschlagungen in großem Stil betrieb, und ihn angezeigt. Natürlich hat er diesem Betrüger fristlos gekündigt.«

»Was hat Ihr Sohn mit dieser Seniorenresidenz zu tun?«

»Er ist der Eigentümer, wussten Sie das nicht?«

»Nein. Und wo ist Paul Marchand jetzt?«

»Untergetaucht. Seit etwa zwei Wochen. Gleich nach der Anzeige ist er verschwunden und hat sich so seiner Verhaftung entzogen. Der Mann muss zur Rechenschaft gezogen werden. Mir tut nur seine Frau leid. Janine, das ist eine ganz Liebe. Sie hat hier eine Zeitlang gearbeitet. Wir haben uns gut verstanden.«

Nachdem Lagarde die Praktikantin nach Hause gebracht hatte, beschloss er die Ermittlungen für den heutigen Tag zu beenden und nach Barfleur zurückzufahren. Inzwischen war es halb sieben und noch immer sehr warm. Im Wagen duftete es nach Mandelkuchen, ein Geschenk von Karimas Mutter. Nachdem er zu Hause angekommen war, zog er sich rasch um. Er brauchte eine Abkühlung. Bekleidet mit Badeshorts, ging er auf die Terrasse und goss Katzenmilch für Alexandre in ein Schälchen. Der Wildkater war nirgends zu sehen. Bei dieser Hitze schlief er am liebsten in einer Hängematte, die Lagarde im hinteren Teil des Gartens zwischen Feigenbaumästen für ihn gespannt hatte. Philippe lief den Pfad entlang, der zu der kleinen Bucht führte. Es duftete nach Piniennadeln. Am Strand angekommen, setzte er sich für eine Weile auf einen Stein und betrachtete das Meer, das in Blauschattierungen vor ihm lag und leise rauschte. Schließlich watete er durch die Brandung und sprang hinein. Das Wasser fühlte sich herrlich frisch und kühl an. Er kraulte mit kräftigen Armbewegungen und Beinschlägen weit hinaus. Unter ihm zogen schwarz glänzende Riffe, grüngelbe Seewiesenteppiche und flache, mit runden Schnecken überzogene Felsen vorbei. Er drehte sich auf den Rücken und sah einer Schar kreischender Seeschwalben nach. Dabei dachte er darüber nach, wo der Geschäftsführer der Seniorenresidenz, Paul Marchand, wohl stecken mochte. Er war europaweit zur Fahndung ausgeschrieben und noch nicht gefunden worden. Mit einem Flugzeug hatte er Frankreich nicht verlassen. Das war schon überprüft worden.

Langsamer schwamm er zum Ufer zurück. Es war Zeit zu duschen und sich in Schale zu werfen. Er war mit Odette zum Essen verabredet. Sie hatte heute Morgen eine Lieferung mit frischen Austern aus Cancale bekommen. Am liebsten mochten sie die Meerestiere ganz schlicht mit Zitronensaft und gebuttertem Baguette. Dazu gekühlter Chablis. Ein Gedicht. Er freute sich auf den gemeinsamen Abend mit seiner Freundin.

DIE GALERIE IN PARIS

Donnerstag, 6. Juni

Als die Sonne am nächsten Morgen als orange glühende, runde Scheibe über dem Horizont schwebte, stand Lagarde bereits unter der Dusche. Anschließend zog er eine sandfarbene Leinenhose und ein kurzärmliges weißes Hemd an. In Odettes Küche trank er im Stehen einen Milchkaffee. Sie schlief noch tief und fest. Er griff nach seinen Autoschlüsseln und machte sich auf den Weg nach Cherbourg. Dort wollte er Karima abholen und gemeinsam mit ihr nach Paris fahren. Er hatte nach dem Besuch in der Seniorenresidenz mit Cleroc telefoniert, um ihn über die Resultate der Befragungen zu informieren. Außerdem hatten sie ihr weiteres Vorgehen abgesprochen. Sie hielten es beide für sinnvoll, mit der Galeristin Rosalie Mirbeau zu sprechen.

Als Lagarde das Reihenhaus der Familie Azmi erreichte, wartete Karima bereits vor der Tür. Es war kurz vor sieben. Neben ihr stand ihre Mutter Rachida. In der Hand hielt sie einen Picknickkorb.

»Guten Morgen, Monsieur le Commissaire«, rief sie winkend und freute sich sichtlich, ihn zu sehen. »Ich habe ein paar leckere Kleinigkeiten für Sie und meine Tochter zusammengepackt. Als Verpflegung für unterwegs. Es ist eine lange Fahrt bis nach Paris.«

»Das ist sehr nett von Ihnen, Frau Azmi. Danke schön.« Amüsiert betrachtete er das überdimensionale Behältnis. Madame Rachida musste unbedingt noch den Krawattenknoten ihrer Tochter richten und einen unsichtbaren Fussel von der Uniformjacke zupfen, dann konnte es losgehen. Doch Karima stand unschlüssig neben der Beifahrertür des Renault Express.

»Stimmt etwas nicht, Karima?«

»Ich weiß, dies ist Ihr Privatwagen. Aber …, ich fahre so gerne Auto und ich besitze keines.«

Lächelnd warf Lagarde ihr die Fahrzeugschlüssel über das Dach hinweg zu. Sie fing sie geschickt aus der Luft und übernahm das Steuer. Als sie den quirligen Stadtverkehr von Cherbourg hinter sich gelassen hatten, fuhren sie über die Nationalstraße bis zur Autobahnauffahrt. Dort zog Karima ein Mautticket. Sie kamen gut voran, auf der Autobahn herrschte wenig Verkehr an diesem Morgen. Nachdem sie die Halbinsel Cotentin mit den weitverzweigten Marschgebieten hinter sich gelassen hatten, fuhren sie durch eine hügelige grüne Landschaft. Auf den Wiesen grasten weiße Kühe. Zwischen den Laubbäumen spitzten Dächer, Giebel und Fachwerk von Herrenhäusern und Seebadvillen hervor.

Während der Fahrt unterhielten sie sich über Karimas Studium an der Polizeihochschule von Lille. Lagarde hatte sie gefragt, wie es ihr dort gefiel. Über diese Frage grübelte sie eine Weile nach.

»Ich glaube, ich habe die richtige Entscheidung getroffen. Die Themen, die in den Vorlesungen behandelt werden, fesseln mich. Besonders mag ich die Übungen im Strafrecht und das Fach Psychologie.«

»Finden in den Anfangssemestern auch Schießübungen statt?«

»Ja, seit dem ersten Semester. Wir gehen zweimal die Woche auf den Schießstand. Ich kann gut schießen. Und ich bin fit in Karate. Ich nehme so oft wie möglich am Training teil.«

»Wie kommen Sie mit Ihren Kommilitonen zurecht?«

Die Praktikantin zögerte. »Im Großen und Ganzen gut. Es ist nur…«

»Was denn, Karima? Nur heraus damit.«

»Da gibt es ein paar Studenten. Ich habe den Eindruck, dass sie keine Frauen an der Polizeiuni wollen. Und schon gar keine mit ausländischen Wurzeln.«

»Gibt es Probleme?«

»Es geht schon. Ich komme klar.«

»Wenn es nicht geht, rufen Sie mich an. Ich kenne den Direktor der Hochschule. Sehr gut sogar.«

Karima riss die Augen auf. »Danke, Monsieur le Commissaire.«

»Philippe.«

Kurz vor Rouen beschlossen sie, eine kurze Pause einzulegen und zu frühstücken. Lagarde schlug vor, die Autobahn zu verlassen und bei der Ruine der ehemaligen Abteikirche Jumièges, die ganz in der Nähe an einer Seine-Schleife lag, zu picknicken. Karima kannte die teilweise zerstörte, eindrucksvolle Benediktinerabtei noch nicht und stimmte begeistert zu. Der ausgewiesene Parkplatz war bis auf einen deutschen Reisebus leer. Schon von dort aus war die strahlend weiße Westfassade der Abteikirche mit dem prächtig ornamentierten Portal hinter den kugeligen Kronen der Rosskastanien zu sehen. Neben der Klosterkirche, im Schatten einer Eiche, setzten sie sich auf eine Bank und inspizierten den Inhalt des Korbes. Madame Rachidas Kleinigkeiten hätten problemlos für eine halbe ausgehungerte Fußballmannschaft gereicht. Es gab zusammengelegte Baguettehälften, die sie mit Käse, Rindersalami und Truthahnschinken belegt und mit Tomaten sowie Salat garniert hatte. Dazu eine Thermoskanne mit süßem, starkem, arabischem Mokka und einige Flaschen Wasser. Für das Dessert hatte sie Früchte und Kuchen vorbereitet. Während ihrer Mahlzeit erzählte Lagarde von der Geschichte der Abtei. Karima hörte interessiert zu. Die Kirche war im Jahr 654 gegründet und etwa zweihundert Jahre später von den Wikingern zerstört worden. Wilhelm Langschwert hatte sie wiedererrichten lassen. Die Benediktinerabtei hatte solchen Zulauf erfahren, dass zwischen 1040 und 1066 ein Neubau entstanden war. Wilhelm der Eroberer hatte ihn persönlich geweiht. Im 18. Jahrhundert wurde sie teilweise zerstört.

»Ist die Abtei noch in Privatbesitz?«, fragte Karima.

»Jetzt nicht mehr. Sie gehört dem französischen Staat.«

Als sie zum Parkplatz zurückgingen, stürzte der Führer der deutschen Reisegruppe auf sie zu. Vor dem Bus stand eine Gruppe von Senioren mit Sonnenhüten, kurzen Hosen sowie Gesundheitssandalen. In den Händen hielten sie Nordic-Walking-Stöcke. »Haben Sie zwei ältere Damen gesehen? Sie sind verschwunden. Ich habe schon das ganze Gelände abgesucht.« Der Mann machte einen extrem nervösen Eindruck. Sein Französisch hatte einen schwäbischen Einschlag. Lagarde hatte die resoluten deutschen Rentnerinnen zufällig während des Picknicks bemerkt und ihr Gespräch mit angehört. »Sie wollten in das ›Park Café‹ und dort Kaffee trinken und Kuchen essen«, informierte er den Reiseleiter.

Nach diesem kleinen Intermezzo kehrten sie zurück auf die Autobahn und fuhren weiter Richtung Paris. Ungefähr einhundertfünfundsiebzig Kilometer lagen noch vor ihnen. Karima steuerte den Wagen sicher und zügig. Sie hatte mit dem Einverständnis von Lagarde eine CD mit arabischer Musik in den Player gesteckt. Begleitet von orientalischen Klängen und dem breiten, lichtblau glitzernden Band der Seine erreichten sie schließlich die Metropole. Lagarde bot der Praktikantin einen Fahrerwechsel an, den sie jedoch ablehnte. Sie betrachtete den Pariser Stadtverkehr als Herausforderung. Als sie gerade auf die Stadtautobahn einfädelte, klingelte Lagardes Handy. »Salut, Ludovic. Gibt es etwas Neues?«

»Ja, das kann man wohl sagen.«

Lagarde stellte den Lautsprecher an. »Lass hören.«

»Wir wissen jetzt, wer der Vater von Aimée Duponts Kind ist.«

»Das ist ja großartig. Wie habt ihr es herausgefunden?«

»Seine DNA ist in einer Datenbank der Polizei registriert.«

»Und wer ist der Mann?«

»Es handelt sich um einen gewissen Jean-Pascal Murat. Einschlägig vorbestraft wegen Körperverletzung, Drogenhandel, Prostitution und noch einigen anderen Delikten. Eine in einschlägigen Kreisen bekannte Person aus dem Rotlichtmilieu. Er betrieb fast ein Jahr lang eine Nachtbar in Paris. Dort gab es immer wieder Ärger, hauptsächlich mit Russen und Albanern, die Schutzgeldforderungen stellten und das Lokal mit allen Mitteln übernehmen wollten. Murat hat schließlich aufgegeben und vor einigen Wochen eine Bar in Carentan übernommen. Die ›Venusbar‹. Ein zwielichtiges Etablissement. Man geht davon aus, dass die Bardamen nicht nur Getränke ausschenken und mit den

Gästen plaudern. Aber bisher gab es keine handfesten Beweise gegen Murat.«

»Das klingt nach einer vielversprechenden Spur. Wir müssen mit ihm reden.«

»Ja. Wenn ihr heute Nachmittag von Paris zurückfahrt, kommt ihr direkt an Carentan vorbei. Meinst du, ihr schafft es noch, Murat in der ›Venusbar‹ einen Besuch abzustatten? Das Lokal öffnet erst um einundzwanzig Uhr.«

Lagarde tauschte einen kurzen Blick mit Karima. Sie nickte. Ihre Kohleaugen glänzten.

»Das ist kein Problem. Wir fahren zu der Bar und befragen ihn. Gibst du mir die Adresse durch?« Er notierte sie auf dem Rand der Tageszeitung. »Alles klar. Wir melden uns.«

Karima konzentrierte sich auf den chaotischen Stadtverkehr. Sie näherten sich dem Zentrum. Als ein freundlicher Autofahrer sie auf die rechte Spur hatte einscheren lassen, meinte sie: »Aimée Dupont ist schwanger von einem vorbestraften Mann und verlobt sich mit Charles Mirbeau. Das hört sich nach Ärger an. Mein Vater würde mich vor die Tür setzen.«

»So wie sich der Sachverhalt momentan darstellt, befand sich Aimée Dupont tatsächlich in einer schwierigen Lage. Genauere Hintergründe erfahren wir hoffentlich später von Murat. Jetzt sprechen wir erst einmal mit Rosalie Mirbeau.«

Die Galerie von Mirbeaus zweiter Frau befand sich

im Viertel Marais im Osten von Paris. Der Name bedeutete Sumpf, was das Gelände bis in das Mittelalter hinein auch gewesen war. Angehörige des Templerordens hatten die Moorlandschaft im 13. Jahrhundert trockengelegt. Charakteristisch für das pulsierende Viertel waren die schönen Stadtpalais aus dem 17. Jahrhundert. Im Judenviertel, in der Nähe der mittelalterlich anmutenden Rue des Rosiers, fand Karima tatsächlich einen Parkplatz. Durch einen Arkadengang gelangten sie in das historische Herz des jüdischen Lebens. Stadtpaläste des Adels, einfache Handwerkerhäuser und prunkvolle Niederlassungen der Tempelritter machten das ursprüngliche Viertel aus. Es duftete nach Gewürzen, Kräutern und Falafel.

Bis zu den Ausstellungsräumen von Madame Mirbeau war es nur noch ein Katzensprung. Sie lagen in der Rue de Thorigny 7, direkt neben dem Picasso-Museum, das einzig dem Werk des Malers gewidmet war. Die Galerie »Rosa Mirbeau«, deren Schriftzug sich in obsidianschwarzen, silbergerahmten Lettern über die gesamte gläserne Front zog, machte bereits von außen einen sehr distinguierten Eindruck. Anthrazitgraue gedrechselte Säulen flankierten die Eingangstür, die ebenfalls aus Glas bestand. Daneben waren beidseitig konische Metallvasen mit weißen Hortensien platziert. Als Lagarde und Karima eintraten, spielten Glöckchen eine kleine Melodie. Die Galerie bestand aus zwei offenen quadratischen Räumen, mittig erhob sich eine Säule, die als teilendes Element diente. Die Wände waren mit hellgrauem Stoff bespannt. Weiße Strahler beleuchteten die ausgestellten Gemälde. Ein großes Bild, das auf Augenhöhe an dem Quader hing, zeigte das cremefarbene Porträt eines Mädchens. Es hatte einen Lolitamund und traurige, feuchte Augen, die einen Punkt in der Ferne fixierten. Der Hintergrund war bonbonblau. Lagarde fand die Darstellung irritierend.

An einem Bistrotisch in der Ecke saßen zwei Frauen, die Kaffee tranken und sich unterhielten. Die Dame auf der rechten Seite musste Rosalie Mirbeau sein. Rötliche glatte Haare, zu einem perfekten Pagenkopf geschnitten, bernsteinfarbene Augen, zarte Gesichtszüge. Als sie aufstand, um die potentiellen Kunden zu begrüßen, stellte Lagarde fest, dass sie kleiner und rundlicher war als Beatrice. Die andere Frau war groß und sehr schlank. Das dunkelblonde Haar hatte sie zu einem strengen Knoten hochgesteckt. Sie trug eine auffällige schwarze, runde Brille. Die schmalen Lippen waren hellrot geschminkt.

»Guten Tag. Schön, dass Sie den Weg in meine Galerie gefunden haben. Möchten Sie sich in Ruhe die Gemälde und die Skulpturen anschauen oder bevorzugen Sie eine kleine Führung?« Die Galeristin lächelte sie freundlich an.

»Guten Tag. Sind Sie Rosalie Mirbeau?«

»Ja, Monsieur.«

Der Kommissar zeigte ihr seinen Dienstausweis. »Philippe Lagarde und Karima Azmi von der Kripo Cherbourg. Wir wollen mit Ihnen sprechen.«

Ihr Gesichtsausdruck wurde von Trauer überschattet. »Sie kommen wegen Charles, nicht wahr?«

»Ja«, bestätigte er. »Wir ermitteln in dem Fall.«

»Haben Sie etwas dagegen, wenn meine Freundin bei dem Gespräch zugegen ist? Simone Delacroix, eine Bildhauerin. Wir sind eng befreundet.«

»Nein«, entgegnete Lagarde. »Wenn es Ihnen wichtig ist.«

»Danke. Setzen Sie sich doch bitte. Darf ich Ihnen etwas anbieten? Einen Kaffee vielleicht?«

Lagarde und Karima lehnten dankend ab. Ein Bild, das über dem Bistrotisch an der Wand hing, erregte seine Aufmerksamkeit. Der sublime farbenfrohe Stil kam ihm bekannt vor. »Sie stellen Beatrice Mirbeau aus?«

»Ja, warum denn nicht? Sie ist eine begabte Künstlerin. Ihre Gemälde verkaufen sich gut. Die Crème de la Crème, die sich in den letzten Jahren hier im Marais niedergelassen hat, ist begeistert von ihrer speziellen Interpretation der gegenständlichen Malerei. Ebenso manche Touristen.«

»Nun, es hätte ja sein können, dass sie sich als Exfrauen von Charles Mirbeau nicht besonders gut verstehen.«

»Am Anfang war es tatsächlich so, das räume ich

ein. Charles hat Beatrice schließlich wegen mir verlassen. Sie war damals sehr wütend auf mich. Aber als mich das gleiche Schicksal traf, freundeten wir uns an. Wir lieben beide die schönen Künste, das verbindet uns.«

»Sind Sie mit Caroline Mirbeau auch befreundet?«

»Nein. Wissen Sie, Caroline ist von einem anderen Schlag. Sie interessiert sich nicht für Kunst. Ihr Herz gehört den Pferden.«

»Sie wohnen auch hier im Haus?«

»Ja, im ersten Stock. Über der Galerie.«

»Gehört Ihnen das Gebäude?«

»Charles hat gut für mich gesorgt.«

Der Kommissar und Karima wechselten einen raschen Blick.

»Wie war Ihr Verhältnis zu ihrem Exmann?«

»Wir haben uns seit der Scheidung nur noch selten gesehen. Wenn ich zurückdenke, muss ich leider zugeben, dass Caroline viel besser zu ihm passte. Schon bald nach unserer Hochzeit zeigte sich, dass wir völlig unterschiedliche Interessen hatten. Charles war leidenschaftlicher Sportflieger. Mir wurde immer übel in der kleinen Maschine. Er hatte auch eine Yacht. Sie liegt in der Marina von Antibes. In jeder freien Minute wollte er auf die See hinausfahren und angeln. Oder er nutzte seine knappe freie Zeit, um seine Jagdhütte aufzusuchen. Immer sollte ich ihn begleiten. Ich fand das schrecklich. Schon damals hat es mich eher in Museen und Galerien gezogen. Charles hat sich bei Vernissagen immer fürchterlich gelangweilt. In Antibes gibt es übrigens auch ein Picasso-Museum, im Château Grimaldi, unmittelbar am Meer. Wunderschön. Das war damals schon meine Welt. Charles hatte dafür kein Verständnis. Trotzdem hat mich sein Tod sehr erschüttert. Er konnte sehr charmant und unterhaltsam sein. Früher einmal habe ich ihn sehr geliebt.«

Philippe bemerkte, wie Simone Delacroix bei diesen Worten verärgert die Stirn runzelte.

»Wissen Sie, ob Ihr geschiedener Mann Feinde hatte?«

»Nein, ich habe keine Ahnung. Aber wahrscheinlich schon. Charles konnte sehr rücksichtslos sein, wenn es um seine Interessen ging. Geschäftlich wie auch privat.«

»Kannten Sie Aimée Dupont?«

»Nein. Es bestand keinerlei Veranlassung, die junge Geliebte von Charles kennenzulernen.«

»Die Tat ereignete sich am vergangenen Samstag. Gegen sechs Uhr am Morgen. Wo waren Sie da?«

Die Bildhauerin zuckte erschrocken zusammen. Rosalie Mirbeau sah ihn entsetzt an. »Verdächtigen Sie etwa mich?«

»Das ist eine reine Routinefrage.«

»Ich war zu Hause, in meinem Bett. Die Galerie öffnet erst um zehn Uhr.«

»Kann das jemand bestätigen?«

Rosalie Mirbeau zögerte einen Moment.

»Ich war bei ihr«, erklärte Madame Delacroix. »Wir sind ein Paar. Schon seit einigen Jahren.«

»Würden Sie diese Aussage auch bezeugen?«

»Selbstverständlich.«

»Besitzen Sie ein Jagdgewehr, Madame Mirbeau?«

»Ein Jagdgewehr? Natürlich nicht. Ich verabscheue Waffen.«

»Können Sie schießen?«

»Ich würde es niemals über das Herz bringen, auf ein Tier zu schießen. Ich esse auch kein Fleisch. Ich bin überzeugte Vegetarierin.«

»Waren Sie in letzter Zeit in der Jagdhütte Ihres Exmannes?«

»Nein. Was hätte ich denn dort tun sollen? Dafür gab es keinen Grund.«

Nach der Schuhgröße brauchte er nicht zu fragen. Sie hatte auffallend winzige Füße.

»Danke, Madame Mirbeau. Das war es schon. Wenn ich noch Fragen habe, melde ich mich. Falls Ihnen noch etwas einfällt, rufen Sie mich bitte an.« Als er eine Visitenkarte auf den Tisch legte, fiel sein Blick auf einen Glasständer, in dem sich Broschüren über die aktuelle Ausstellung der Galerie und die Vita der Künstler befanden. »Darf ich mir so einen Flyer nehmen, Madame Mirbeau?«

Sie griff nach einigen Exemplaren und reichte sie ihm. »Sehr gerne, Monsieur le Commissaire.«

Nachdem die Polizisten die Ausstellungsräume verlassen hatten, zündete sich Simone Delacroix eine Zigarette an und inhalierte tief.

»Bist du verrückt?« Die Galeristin sah sie vorwurfsvoll an. »Du darfst hier nicht rauchen. Denke doch bitte an die wertvollen Gemälde.«

»Die brauche ich jetzt, Rosi.«

Auf dem von Linden umsäumten Platz, der sich vor dem Picasso-Museum und einer bescheidenen Synagoge ausbreitete, war das Gedränge der Fußgänger noch größer als vor einer Stunde. Es war Mittagszeit und die Pariser eilten in die Restaurants. Die Frauen trugen leichte, schicke Sommerkleider, die Männer hatten ihr Jackett ausgezogen und den Krawattenknoten gelockert. Laute Gesprächsfetzen, ausgelassenes Gelächter, hupende Autos, aufheulende Rollermotoren, quietschende Busbremsen, alle Geräusche schwirrten durcheinander. Es roch nach Abgasen, Kaffee und Lindenblüten. Über Paris spannte sich ein kobaltblauer Himmel und die Sonne brannte auf den Asphalt.

Zwischen dem Stadtpalais mit der Galerie im Erdgeschoss und einem dreistöckigen Mietshaus befand sich, oberhalb einer halbrunden Steintreppe, der Haupteingang für beide Gebäude. Die braunen Holzflügeltüren waren weit geöffnet. Im hohen dunklen Korridor stand gebückt eine Frau und wischte den Fliesenboden.

»Das ist bestimmt die Concierge«, meinte Lagarde. »Ich möchte mit ihr reden.« Schon lief er die Treppe hinauf. Karima folgte ihm verwundert.

»Bonjour, Madame«, rief er.

Die Frau drehte sich zu ihm um und musterte ihn mit wachsamen Blicken. Sie war klein und sehr korpulent. Über dem Unterrock trug sie eine geblümte Kittelschürze. Die grauen Haarsträhnen waren zu Schnecken aufgerollt und mit Klipps am Kopf festgesteckt. Schweißperlen liefen ihr über die Stirn. Selbst im Flur war es sehr warm.

»Bonjour, Monsieur.« Ihr Blick fiel auf Karimas Uniform und ihre Miene drückte Misstrauen aus. »Kann ich Ihnen helfen?«

»Sind Sie die Concierge für diese beiden Gebäude, einschließlich der Galerie?«

»Ja, Monsieur. Mein Name ist Adèle Bernier. Und wer sind Sie?«

Er stellte Karima und sich vor und zeigte seinen Ausweis. »Können wir kurz mit Ihnen sprechen, Madame Bernier?«

»Ja, sicher. Kommen Sie, gehen wir in meine Wohnung. Ein Gespräch mit der Polizei führt man nicht im Korridor. Hier haben die Wände Ohren.« Sie führte die Ermittler in die Untergeschosswohnung linker Hand des Eingangs. Im winzigen Salon waren die Samtvorhänge zugezogen. Es war dämmrig und stickig. Madame Bernier ließ es sich nicht nehmen, die Besucher mit Kaffee, Wasser und Buttergebäck zu bewirten. Dabei warf sie ihnen neugierige Blicke zu.

»Sie kennen die Bewohner dieser Häuser doch sicherlich recht gut, Madame Bernier«, begann Lagarde.

»Ja, das stimmt. Ich arbeite schon seit fast zwanzig Jahren hier als Concierge. Vor drei Jahren ist mein Mann verstorben. Mein guter alter Jacques. Er hat sich um die handwerklichen Arbeiten im Haus gekümmert. Seit seinem Tod muss ich Firmen beauftragen, die Reparaturen überprüfen und aufpassen, dass mich die Burschen nicht über den Tisch ziehen.«

Der Kommissar versuchte ihren Redefluss zu stoppen. »Die Galeristin, Rosalie Mirbeau, kennen Sie sie gut?«

Adèle Bernier zuckte mit den Schultern. »Was heißt gut, ich kenne sie vom Sehen, wie alle Bewohner. Manchmal wechseln wir auf der Treppe einige Worte. Über das Wetter oder so. Sie ist ein sehr freundlicher, höflicher Mensch. Jedes Mal steckt sie mir einige Euro zu. Im Gegensatz zu ihrer Freundin, dieser hageren Blondine. Sie ist arrogant und hat mir noch nie auch nur einen Cent Trinkgeld gegeben. Dabei wirft sie überall ihre Kippen hin und ich muss sie wegfegen. Wer denkt denn so etwas von einer feinen Dame?«

Sie holte Luft und wollte dann wissen, was mit Rosalie Mirbeau sei?

»Es geht um den Samstagmorgen, Madame Bernier. Können Sie sich erinnern, ob Rosalie Mirbeau zu

Hause war oder in der Galerie? Haben Sie sie gesehen?«

»Mon Dieu. Hat sie etwas verbrochen? War sie nicht früher einmal mit diesem Milliardär verheiratet? Diesem Mirbeau, der im Wald erschossen wurde?«

»Ja, das ist richtig. Und wir ermitteln in diesem Fall. Madame Mirbeau ist nicht verdächtig. Sie ist eine Zeugin, so wie Sie. Also, beantworten Sie bitte meine Frage.«

Die Concierge dachte angestrengt nach. »War das der Tag nach dem Blutmond?«

»Ja.«

»Warten Sie.« Ihre Stirn lag in Falten. »Ah, jetzt weiß ich wieder. Da hatte ich in aller Frühe eine kleine Auseinandersetzung mit dem Mieter aus dem dritten Obergeschoss rechts. Er hält sich eine Katze. Obwohl die Hausordnung das Halten von Tieren verbietet. Manchmal geht er mit ihr spazieren, in der Morgendämmerung, und denkt, ich merke es nicht. Ich merke alles und ich weiß alles, was meine Bewohner betrifft. Schließlich ist das mein Job.«

Lagarde lotste sie zum Thema zurück. »Haben Sie Madame Mirbeau gesehen?«

»Nein. Ich glaube nicht. Obwohl ich am Samstag immer die Korridorfenster putze.«

»War sie vielleicht in der Galerie?«

Madame Bernier überlegte. »Ich bin mir nicht sicher, aber ich glaube, die Galerie war gar nicht geöffnet. Ich habe beim Fensterputzen nicht weiter darauf geachtet, aber es könnte sein, dass in den Ausstellungsräumen kein Licht brannte.«

»Sie sind sich aber nicht sicher?«

»Nein, Monsieur le Commissaire. Ich bedaure. Aber etwas anderes weiß ich genau. Das ist mir gerade wieder eingefallen.«

»Ja?«

»Madame Mirbeau bekommt jeden Morgen eine Flasche frische Milch und eine Tüte Croissants geliefert. Außer am Sonntag. Von einem kleinen jüdischen Supermarkt hier im Viertel. Der Lieferant stellt die Lebensmittel neben der Steintreppe auf einem Kellerfenstersims ab.«

»Ja, Madame Bernier?«

»Am Samstag standen Milch und Croissants den ganzen Tag vor der Tür. Sie hat sie nicht geholt, so wie sonst. Ich habe mich nicht darum gekümmert. Was soll ich denn noch alles machen? Am Nachmittag bin ich dann zum Pferderennen gegangen. Unsereins braucht auch mal ein Vergnügen.«

Wieder zurück auf der Straße, sah Karima ihn fragend an. »Werden wir jetzt in die Galerie zurückgehen und Rosalie Mirbeau mit der Aussage der Concierge konfrontieren?«

Lagarde schüttelte den Kopf. »Nein, Karima. Beim jetzigen Ermittlungsstand geht es darum, so viele Informationen wie möglich zu sammeln, Eindrücke, Schilderungen, Zeugenaussagen. So wird langsam, aber stetig ein Bild entstehen. So wie man Puzzleteile zusammensetzt. Dann gilt es zu filtern. Handelt es sich um beweisbare Fakten oder um Mutmaßungen? Der Mörder hatte ein Motiv. Das müssen wir herausfinden. Das Motiv ist bei einer Mordermittlung immer am wesentlichsten. Außerdem brauchte er, oder sie natürlich, die Gelegenheit und die Mittel. Ich frage mich zum Beispiel die ganze Zeit, wo der Täter das Jagdgewehr versteckt haben könnte.«

»Ich würde es ins Meer werfen. Nicht vom Ufer aus, vielleicht von einer Brücke. Kein Mensch würde es jemals finden.«

»Wohl kaum. Wenn es so war, oder so ähnlich, werden wir die Waffe nicht finden. Aber es gibt noch eine andere Möglichkeit.«

»Welche meinen Sie? Dass der Täter sie vergraben hat?«

»Ja, vergraben oder irgendwo versteckt. Und diese Option ist gar nicht so unwahrscheinlich. Wenn man ein Jagdgewehr über viele Jahre hinweg benutzt, hängt man daran. Man wirft es nicht einfach weg.«

»Das klingt plausibel. Vorausgesetzt, die Waffe war tatsächlich längere Zeit im Besitz des Täters. Vielleicht hat er sie aber auch nur für den Mord gekauft und anschließend sofort entsorgt.«

»Wenn man an ein Gewehr nicht gewöhnt ist, ist es schwer, jemanden mitten in die Stirn zu treffen. Selbst für einen erfahrenen Schützen. Der Täter hat zwei Präzisionsschüsse abgegeben. Das waren keine Zufallstreffer.«

Karima nickte. »Daran habe ich nicht gedacht. Das heißt, wir gehen von einer Person aus, die ihre eigene Waffe benutzt hat und damit sehr gut umgehen kann.«

»Ich denke, ja.«

»Und was machen wir jetzt?«

»Wir gehen mittagessen. Am Place des Vosges gibt es einige hübsche Lokale. Wir treffen uns in der ›Brasserie Flo‹ mit Alain Delon und essen zusammen.«

»Was?«

»Mein Informant hat den Spitznamen Alain Delon, weil er ihm zum Verwechseln ähnlich sieht.«

»Und worum geht es bei dem Gespräch?«

»Um die Eigentumsverhältnisse von Charles Mirbeau. Wir wissen so gut wie nichts darüber. Bei einem Milliardär ist es nicht so einfach, an diese Informationen heranzukommen. Erst Octave Mirbeau hat uns beispielsweise darüber aufgeklärt, dass die Seniorenresidenz Palmenhain seinem Sohn gehört. In so eine Situation will ich nicht noch einmal kommen.«

Zum Place des Vosges waren es nur ein paar Minuten zu Fuß. Unterwegs kamen sie an dem Haus vorbei, in dem Victor Hugo gewohnt hatte und das besichtigt werden konnte. Rings um den weiten begrünten

Platz lagen unter Arkaden kleine Restaurants, Cafés und Antiquitätenläden. Unter den schattenspendenden Bäumen drehten Jogger ihre Runden. Ein Straßenmusiker spielte auf seiner Geige hingebungsvoll ein Stück von Vivaldi. Es war »Der Sommer«. Einige Touristen ließen sich von Malern porträtieren. Kinder spielten am Springbrunnen und bespritzten sich kreischend mit Wasser. Vor der ›Brasserie Flo‹ war noch ein Tisch frei. Sie bestellten kühle Getränke und sahen dem lebhaften Treiben zu. Karima blätterte stirnrunzelnd in ihren Notizen. »Rosalie Mirbeau hat einen Satz gesagt, der mich stutzig macht. Sie hat gesagt: ›Charles hat gut für mich gesorgt.‹«

»Das ist richtig.«

»Beatrice Mirbeau hat bei der Befragung genau die gleichen Worte gewählt.«

»Das ist Ihnen aufgefallen. Sehr gut.«

Sie freute sich. »Danke. Aber was hat das genau zu bedeuten?«

»Das werden wir hoffentlich erfahren, wenn wir mit Alain sprechen.«

»Ja. Ich habe noch etwas.«

»Was denn?«

»Diese Bildhauerin, Simone Delacroix. Sie hat Rosalie Mirbeau ein Alibi gegeben. Mein Bauchgefühl sagt mir, dass sie gelogen hat.«

»Das müssen wir beweisen.«

»Natürlich.« Die Studentin trank nachdenklich

einen Schluck von ihrer Zitronenlimonade, als ein Mann an ihren Tisch trat. Sie hatte ihn gar nicht kommen sehen. Er trug trotz der Hitze einen dunklen Anzug, ein weißes Hemd und eine Krawatte. Die kurzen Haare waren grau meliert, die Gesichtszüge apart und attraktiv. Er sah tatsächlich aus wie Alain Delon, nur einige Jahre jünger. Karima schätzte ihn ungefähr so alt wie Lagarde.

»Alain, schön dass du kommen konntest«, begrüßte Lagarde ihn.

»Für dich nehme ich mir die Zeit.«

»Darf ich dir Karima Azmi vorstellen? Sie studiert an der Polizeihochschule von Lille und absolviert ein Praktikum bei der Kripo in Cherbourg.«

»Sehr erfreut.« Monsieur Delon setzte sich zu ihnen. Der Kellner brachte die Speisekarten und empfahl das Tagesmenü. Entenpastete auf Salat, Seezunge, Käseplatte, Zitronentarte. Sie folgten seiner Empfehlung. Während sie aßen, berichtete Delon, was er über die Vermögensverhältnisse von Charles Mirbeau herausgefunden hatte.

»Die Unternehmensstruktur ist äußerst komplex. Es gibt weitverzweigte Verschachtelungen. Diverse Holdings, zahlreiche Tochtergesellschaften, verschiedene Franchiseketten und Subunternehmen mit unterschiedlichen Rechtsformen, sowohl in Frankreich, als auch im Ausland. Einschließlich in Übersee. Weiter existieren Briefkastenfirmen in Amsterdam, in Saint

Helier, Jersey und auf den Cayman Inseln. Natürlich aus steuerlichen Gründen. Alles ganz legal, zumindest offiziell bewegte er sich auf dem Boden des Gesetzes. Einige Male wurde er beschuldigt, in dubiose Geschäfte verwickelt zu sein. Es kam aber nie zu einer Anklage.«

»Die Seniorenresidenz in Saint-Pierre-Église, in der sein Vater Octave lebt, gehörte ihm auch.« Lagarde ärgerte sich noch immer, dass er diese wichtige Information von dem alten Herrn erfahren musste.

»Ja, ich weiß. Er besaß vier weitere Einrichtungen für Senioren in Frankreich. Sie befinden sich in Grenoble, Cannes, Narbonne und Toulouse. Alleine schon diese Residenzen sind wahre Goldgruben. Die Reichen lassen es sich viel kosten, ihre gebrechlichen Eltern gut versorgt zu wissen.«

»Hat Mirbeau schon einmal Probleme bekommen, beispielsweise mit den Finanzbehörden?«

»Nein, noch nie. Er verkehrte in den höchsten Kreisen und pflegte seine Beziehungen, nicht nur in Frankreich. Da hackt eine Krähe der anderen kein Auge aus. Aber er hatte massiven Ärger mit dem bolivianischen Drogenkartell. Den Kokabaronen ist er wohl schwer auf die Füße getreten.«

»Ja, offensichtlich. Wir haben eine Drohmail auf seinem Laptop gefunden.«

Delon nickte. »Das kann ich mir vorstellen. Wenn diese Bande sich erst einmal festgebissen hat, lässt sie nicht mehr locker.« Er nahm einen Schluck Wasser, dann fuhr er fort. »Wie gesagt, Mirbeau verfügte über beste Beziehungen. Und er wurde von einer der renommiertesten Anwaltssozietäten von Paris vertreten. Fabius & Partner.«

»Was mich besonders interessiert, Alain: Mirbeau war dreimal verheiratet. Von zwei Frauen ist er geschieden. Die Scheidung von der dritten Frau ist noch nicht rechtskräftig. Hast du etwas über Unterhaltszahlungen oder Schenkungen herausfinden können? Vertragliche Vereinbarungen?«

»Ja, ich habe Erkundigungen eingezogen. Es existieren keine vertraglichen Vereinbarungen. Mirbeau hat sich seinen Frauen gegenüber sehr großzügig verhalten. Das Schloss am Meer in Cosqueville, das Stadtpalais mit der Galerie in Paris und das Landhaus mit dem Gestüt in Saint-Lô sind sein Eigentum. Er hat ihnen die Anwesen zur Verfügung gestellt. Bevor er sich von den Frauen trennte, lebte er mit der jeweiligen Gattin an diesen Orten.«

Lagarde war erstaunt. »Über diese Vereinbarungen gibt es nichts Schriftliches?«

»Nein, es war eine Regelung auf sein Ehrenwort. Ebenso wie die Unterhaltszahlungen. Jede der Frauen bekommt zwanzigtausend Euro im Monat. Er wollte, dass es ihnen gutgeht. Der gesetzlich vorgeschriebene Satz ist erheblich niedriger. Deshalb wäre es unklug von ihnen gewesen, auf Unterhalt zu klagen. Aus den drei Ehen sind keine Kinder hervorgegangen, die versorgt werden mussten.«

»Aber durch seinen Tod kann sich die jetzige Situation ändern. Warum hat er seinen Willen nicht schriftlich kundgetan?«

»Mirbeau hat nicht damit gerechnet, erschossen zu werden. Er ging davon aus, dass ihm noch genügend Zeit bleibt, um alles zu regeln. Rein hypothetisch wäre es natürlich möglich, dass irgendwo doch ein Testament auftaucht. Wenn nicht, erben Caroline und Octave Mirbeau. Sonst niemand.«

Alain Delon winkte nach dem Keller. Er bestellte drei Mokka und bat um die Rechnung. »Ich habe gleich einen Termin«, entschuldigte er sich für seine Eile. Nachdem sie den Kaffee getrunken hatten, verabschiedete er sich. Schnell war er in der Menschenmenge verschwunden. Karima sah ihm hinterher. »Wer war denn das?«

Lagarde grinste sie an. »Es ist besser, wenn Sie das nicht wissen.«

Als sie Carentan erreichten, war es bereits kurz vor zwanzig Uhr. Sie hatten in Paris auf der Stadtautobahn fast eine Stunde im Stau festgesteckt. Die alte Bischofsstadt lag an der Baie des Veys, inmitten von Weideland und Moorgebieten. Sie war das Tor zum Cotentin und das Zentrum der Milchwirtschaft. Karima hatte die Adresse ihres Zielortes in das Navi ihres

Handys eingegeben und das Gerät auf die Zwischenkonsole gelegt. Ab und zu warf sie einen Blick auf die grafischen Anweisungen und steuerte unbeirrt durch die Stadt. Lagarde beschloss, sich jetzt endlich ein Navi zuzulegen und es fest im Auto zu installieren. Im Zentrum fuhren sie am Rathaus, einem ehemaligen Augustinerkloster und an der Kathedrale Notre-Dame vorbei. Der sechzig Meter hohe achteckige Glockenturm, beleuchtet durch gelbe Strahler, beherrschte das Stadtbild. Viele Menschen genossen den lauen Abend und bummelten durch die Innenstadt. Die Cafés unter den gotischen Arkadenbögen und die Restaurants rund um den Marktplatz waren gut besucht. Carentan war mit dem Meer durch einen Kanal verbunden und verfügte deshalb über einen Yachthafen.

An diesem Kanal, in einem Industriegebiet drei Kilometer außerhalb, befand sich die »Venusbar«. Als Karimas Handy meldete, dass sie ihr Ziel erreicht hatten, parkte sie das Auto auf einem Seitenstreifen, der von einer niedrigen, zerzausten Hecke begrenzt war. Jenseits davon floss der Kanal dunkel und still auf den Ozean zu. Über der schmalen Straße schaukelte eine Lampe im Wind und warf einen bescheidenen Lichtkegel auf den Asphalt. Gegenüber der Parkbucht befand sich eine kleine Werft. Boote lagen kreuz und quer auf dem morastigen Boden. Daneben, abgegrenzt durch eine hohe Mauer, stand ein einstöckiges Haus. Es verfügte über einen langen schmalen Anbau, der zum Hauptgebäude im rechten Winkel lag. Daran schloss sich ein Hundezwinger an. Durch ein Gittertor konnten Lagarde und Karima in den Hof sehen. Es war verschlossen. Aus den Fenstern drang kein Lichtschein. Das gesamte Anwesen wirkte heruntergekommen und verlassen.

»Hier soll die ›Venusbar‹ sein?«, fragte Karima ungläubig. »Haben wir uns vielleicht mit der Adresse vertan?«

»Nein«, erwiderte Lagarde. »Das ist die Adresse, die uns Ludovic durchgegeben hat. Rue de l' Ancien Canal 5.« Er zeigte auf den Torpfosten. Darauf war mit weißer Farbe eine Fünf gemalt. Daneben, eingelassen in das Mauerwerk, gab es eine Klingel. Er drückte auf den Knopf. Hundegebell ertönte. Kurz darauf wurde die Eingangstür aufgerissen. Vier Dobermänner stürzten aus dem Haus und rannten über den Hof bis zum Tor. Ein Bewegungsmelder reagierte und tauchte den Vorplatz in diffuses Licht. Vor dem Gitter blieben sie stehen und fixierten die Besucher mit glänzenden schwarzen Augen. Sie knurrten mit hochgezogenen Lefzen und fletschten die Reißzähne. Karima fuhr entsetzt zurück. Sie hatte Angst vor Hunden. Jetzt kam ein Mann über den Hof gelaufen. »Kusch«, brüllte er. Die Hunde verstummten auf der Stelle. Er trat an das Gittertor. »Was wollen Sie hier?«

Karima musterte ihn. Er war sehr groß und kräftig gebaut. Sein Kopf hatte die Form eines Eis und war kahlgeschoren. Die Nase war breit, der Mund schmallippig. Die Augen funkelten wütend. Er trug einen schwarzen Anzug, ein violettes Hemd und eine silbrige Krawatte. Lagarde zeigte seinen Dienstausweis. »Kripo Cherbourg. Sind Sie Jean-Pascal Murat?«

»Ja. Was wollen Sie von mir?«

»Wir wollen mit Ihnen sprechen. Aber nicht hier auf der Straße.«

»Wenn Sie wegen der Bar kommen, es handelt sich um einen privaten Club mit seriösen Mitgliedern. Alles ist völlig legal.«

»Wir kommen nicht wegen der Bar. Ihr Lokal interessiert uns nicht. Wie gesagt, wir sind von der Kriminalpolizei.«

Murat zögerte einen Moment. Dann lief er zum Zwinger und öffnete die Tür. Ein Pfiff genügte und die Hunde rannten in den Käfig. Er verriegelte ihn. Schließlich schloss er das Gittertor auf.

»Kommen Sie herein.« Murat führte sie über den Hof und durch einen engen düsteren Korridor. Im hinteren Erdgeschoss des Hauptgebäudes befand sich sein Büro. Die Einrichtung war karg. Es gab einen Schreibtisch, auf dem sich Lieferscheine und Rechnungen stapelten. Dahinter stand ein abgewetzter Drehstuhl. An einer Wand befand sich ein einfaches Sperrholzregal, das bis zur Decke reichte. Etwa ein Dutzend Aktenordner und eine Geldkassette wurden darin aufbewahrt. Von den übrigen Wänden des Raumes blätterte die grüngraue Farbe. Die Schreibtischlampe leuchtete nur einen Teil des Büros aus. Murat nahm einen Stapel Papier von einem Stuhl und stellte ihn vor den Schreibtisch. Aus einer Ecke zog er einen Hocker. »Bitte.« Er setzte sich auf den Drehstuhl, lehnte sich lässig zurück und setzte eine arrogante Miene auf. »Die Bar öffnet um einundzwanzig Uhr. Meine Zeit ist begrenzt. Also fassen Sie sich kurz. Worum geht es?«

»Wir reden so lange, wie es nötig ist, Monsieur Murat«, erklärte Lagarde mit scharfer Stimme. »Wenn Sie nicht kooperieren, interessiere ich mich vielleicht doch für Ihre Bar. Möglicherweise habe ich Zweifel an der Legalität Ihrer Geschäfte.«

Murats Gesicht verfärbte sich puterrot. Plötzlich sprang er auf, beugte sich vor und stützte sich mit den Händen auf der Schreibtischplatte ab. Zornig fixierte er Lagarde. Ihre Nasenspitzen berührten sich fast. »Passen Sie auf, was Sie sagen.«

Der Kommissar wich nicht zurück und sah ihn ruhig an. »Setzen Sie sich wieder hin.«

Murat hob die rechte Hand. Karima war überzeugt, dass er zuschlagen würde. Blitzschnell sprang sie vom Stuhl auf und nahm eine Karateposition ein. Ein Knie nach vorne, die Handkanten gerade und angespannt. Sie war entschlossen, ihren Chef zu verteidigen. Die Kohleaugen funkelten vor Empörung.

»Es ist gut, Karima«, beruhigte Lagarde sie. »Murat

greift mich nicht an. Er redet jetzt mit uns. Sonst nehmen wir ihn mit in das Präsidium.«

Der Barbesitzer sank auf seinen Stuhl zurück. Nachdem er sich wieder gefasst hatte, grinste er breit. »So einen Bodyguard wünsche ich mir auch. In Ordnung, reden wir in Ruhe.«

Lagarde ergriff das Wort. »Wir kommen wegen Aimée Dupont. Sie ist am Samstag erschossen worden. Ebenso ihr Verlobter, Charles Mirbeau. Wir ermitteln in dem Fall.«

Murat nickte. »Ich habe die Nachricht in der Zeitung gelesen. Ein scheußliches Verbrechen. Ihr Tod hat mich betrübt. Sie war ein hübsches, anschmiegsames Täubchen.«

»Hatten Sie eine Beziehung?«

»Wir waren eine Weile zusammen, ja.«

»Wo haben Sie Aimée Dupont kennengelernt?«

»Ein Kumpel hat sie eines Tages mit in die Bar gebracht. Damals hatte ich dieses Lokal in Paris gepachtet. Ich suchte Bardamen und Aimée brauchte einen Job. Sie war alleine nach Paris gekommen, um ihr Glück zu suchen, und kannte niemanden.«

»Und Sie haben sie eingestellt, als Bardame.«

»Ja, sie hat die Gäste bedient. Wir hatten ein anspruchsvolles Publikum. Und Aimée war eine schöne junge Frau, die mit den Gästen gut umgehen und sich unterhalten konnte.«

»Und wie ging es dann weiter?«

»Neben der Bar habe ich damals auch einen Escortservice betrieben. Viele Geschäftsleute kommen nach Paris und wünschen sich für den Abend eine charmante Begleitung. Es ist doch nicht schön, nach einem anstrengenden Arbeitstag alleine zu dinieren. Aimée war auch in diesem Geschäftsbereich tätig. Es gab jedoch immer wieder Ärger mit der Finanzbehörde, obwohl sämtliche Einnahmen selbstverständlich korrekt versteuert wurden.«

»Wie haben Sie dieses Problem gelöst?«

»Ganz einfach. Ich habe einen Crêpesstand am Centre Pompidou von einem algerischen Freund gepachtet und meine Damen in Teilzeit dort arbeiten lassen. So waren sie sozialversicherungspflichtig beschäftigt und zahlten jeden Monat Steuern.«

»Irgendwann hat Madame Dupont Charles Mirbeau kennengelernt.«

»Ja. Vor ungefähr zwei Monaten. Ich weiß nicht mehr genau. Er hat sie am Crêpesstand gesehen und sich augenblicklich in sie verliebt.«

»Haben Sie Mirbeau persönlich kennengelernt?«

»Nein, wir sind uns nie begegnet.«

»Und was passierte dann?«

»Nun ja. Wir fanden schnell heraus, dass er ein sehr reicher Unternehmer war. Wir dachten zunächst, er sucht eine Gespielin, neben seiner Ehe. Uns kam die Idee, ihn ein wenig abzuzocken. Nichts Illegales. Kleine Aufmerksamkeiten, Geschenke und so.«

»Dieser Plan hat aber offensichtlich nicht funktioniert.«

»Nein. Mirbeau wollte sich scheiden lassen und Aimée heiraten. Dieser Verlockung konnte sie nicht widerstehen. Sie wissen sicher, dass er Milliardär ist.«

»Das heißt, sie hat sich wegen Charles Mirbeau von Ihnen getrennt.«

»So ist es.«

»Und Sie haben das Paar verfolgt und erschossen, aus Eifersucht.«

Jetzt erschrak der knallharte Geschäftsmann. »Nein. Ich bin doch kein Mörder. Ich war auch nicht eifersüchtig. Ich habe sie ziehen lassen. In Paris gibt es viele schöne Frauen, die unbedingt für mich arbeiten wollen.«

»Sie waren eifersüchtig und sehr wütend. Madame Dupont war von Ihnen schwanger und wollte Sie dennoch wegen einem anderen Mann verlassen.«

Murat starrte ihn fassungslos an. Sein Gesicht verlor jede Farbe. »Sie war schwanger? Von mir? Das habe ich nicht gewusst. Mon Dieu. Der Verbrecher hat mein Kind umgebracht. Sie müssen das Schwein finden.« Er ballte die Hände zu Fäusten. »Wenn ich ihn erwische, bringe ich ihn um!«

»Wo waren Sie letzten Samstag um sechs Uhr früh?«

»Hier, wie immer. Die Bar schließt um vier Uhr. Danach gehe ich ins Bett und schlafe bis mittags.«

»Kann das jemand bezeugen?«

»Leider nein. Meine jetzige Lebensgefährtin Louisa hat übers Wochenende ihre Mutter besucht. In Dijon.«

»Besitzen Sie ein Jagdgewehr?«

»Nein. Was soll ich denn damit?«

»Eine Pistole?«

»Eine? In meiner Branche muss man gut auf sich aufpassen.«

»Haben Sie einen Waffenschein?«

»Natürlich.«

»Wir werden das überprüfen.«

»Tun Sie das.«

»Gut, Monsieur Murat. Das war es im Moment. Wenn wir noch Fragen haben, hören Sie von uns.«

»Ich begleite Sie noch bis zum Tor.«

Als Karima das Auto aus der Parkbucht lenkte, näherte sich ein Taxi und hielt vor dem Gittertor. Drei junge Frauen stiegen aus. Sie trugen elegante freizügige Abendgarderobe. Die Blondine drückte auf den Klingelknopf.

Sie fuhren auf der Autobahn Richtung Valognes. Die Studentin war in Gedanken versunken und schwieg beharrlich.

»Ist alles in Ordnung, Karima?«

»Nein, ich habe mich lächerlich gemacht.«

»Wie meinen Sie das?«

»Murat wollte Sie nicht angreifen. Ich habe überreagiert. Es ist mir so peinlich.«

»Es ist nicht peinlich, Karima. Die Situation schien für einen Moment bedrohlich und Sie haben darauf reagiert. Machen Sie sich keinen Kopf.«

»Meinen Sie, Murat hat die Wahrheit gesagt?«

»Ich bin mir nicht sicher. Eifersucht ist ein starkes Motiv. Vielleicht hat er doch von dem Kind gewusst. Auf jeden Fall hat er kein Alibi.«

Karima unterdrückte ein Gähnen.

»Es war ein langer Tag«, meinte Lagarde. »Wir machen morgen weiter. In einer Dreiviertelstunde sind wir in Cherbourg.«

»Aber dann müssen Sie wieder nach Barfleur zurückfahren. Das ist umständlich für Sie. Ich kann doch auch mit dem Bus nach Hause fahren.«

»Das kommt überhaupt nicht in Frage. Aber wissen Sie was? Wir könnten bei Odette übernachten. Dann sparen wir uns einen Teil der Strecke. Odette ist meine Lebensgefährtin. Sie hat ein Restaurant und einige Gästezimmer.«

»Das wäre schön.«

»Ich rufe sie an und frage, ob ein Zimmer frei ist.« Erstaunlicherweise erreichte er Odette sofort und erklärte ihr, was sie vorhatten. Nach dem Telefonat informierte er Karima. »Ein Zimmer ist frei und es gibt noch einen kleinen Imbiss.«

»Das wäre toll, aber ich muss vorher meine Mutter anrufen.«

Gegen zweiundzwanzig Uhr erreichten sie das Restaurant »Mirabelle«. Auf dem Parkplatz standen noch einige Fahrzeuge. Sie folgten dem Weg am Hauptgebäude vorbei zum Restaurant. Der geschotterte Pfad war von bunten Lampions beleuchtet, die in den Walnussbäumen hingen. Der runde Turm am Wohnhaus ragte dunkel in den Nachthimmel. Es duftete nach Rosen und Jasmin. Odette hatte auf der Terrasse für sie gedeckt. Der mit Schieferplatten gepflasterte Platz war von weiß strahlenden Laternen, die wie Fackeln auf Pfählen saßen, umgeben. Das Laub raschelte im Seewind. Der Mond goss sein Licht auf die Blätterkronen. Karima war von der Kulisse begeistert. Es waren noch zwei weitere Tische besetzt. Neben dem Schafstrog, in dem Lilien und Margeriten blühten, saß ein junges Paar. Sie schauten sich verliebt in die Augen, tranken Wein und nahmen ihre Umgebung gar nicht wahr. Um den runden Tisch unter einer Tamariske saßen drei ältere Damen, die Champagner tranken und sich eine gigantische Meeresfrüchteplatte teilten. Die Krustentiere waren auf dem hölzernen Rumpf eines Piratenschiffes angerichtet. Oben auf den Köstlichkeiten saßen zwei Hälften eines ausgewachsenen Taschenkrebses. Odette hatte Canapés mit Hummercreme und verschiedenen Käsesorten vorbereitet. Wasser, eine Flasche Sancerre in einem Kühler und ein Korb mit Früchten standen ebenfalls auf dem Tisch. In einer Schale flackerten, gebettet auf Traubenhyazinthenblüten, hellblaue und weiße Kerzenstumpen.

Odette hatte sich ein wenig Zeit genommen und sich zu ihren Gästen gesetzt. Sie schenkte kaltes Wasser und Wein ein. »Trinken Sie Wein, Karima?«

Die Studentin lächelte sie an. »Ab und zu.«

»Na dann.« Odette goss Karimas Glas halb voll. »À votre santé.« Sie stieß mit ihren Gästen an. »Lasst es euch schmecken. Wenn ihr mich bitte entschuldigt. Ich muss für ein paar Minuten in die Küche. Die drei Damen am Nebentisch haben zum Nachtisch Soufflé au Chocolat bestellt. Da schaue ich meinem Beikoch lieber über die Schulter. Das letzte Mal ist es zusammengefallen. Er hatte die Umluft eingeschaltet. Stellt euch das mal vor.«

Karima nippte an dem köstlichen Wein und schaute ihr hinterher. Sie war beeindruckt von der schönen Restaurantbesitzerin, die sie so herzlich willkommen geheißen hatte. Das lindgrüne Kleid mit den weißen Punkten, das ihr fast bis zu den Knöcheln reichte und ihre Figur betonte, stand ihr hervorragend. Die dunklen Haare waren mit einem Band aus dem gleichen Stoff zurückgebunden. Sie sah sehr elegant aus.

Die Studentin aß gerade das letzte Schnittchen, als Odette zurückkehrte. »Wenn Sie wollen, zeige ich Ihnen Ihr Zimmer.«

»Gerne. Ich bin jetzt wirklich müde. Gute Nacht, Philippe.«

»Gute Nacht, Karima. Schlafen Sie gut.«

Sie stiegen über die Außentreppe in den ersten Stock. Odette hatte das blaue Zimmer für ihren Gast vorgesehen. An der Tür wünschte sie ihr eine gute Nacht. »Im Bad finden Sie Handtücher, Bademäntel, Kosmetikartikel, alles was eine Frau unterwegs so alles benötigt.«

Karima knipste die Nachttischlampe, die die Form einer Glockenblume hatte, an. Erschöpft zog sie sich aus. Die Uniform hängte sie zum Auslüften an das gekippte Fenster. Nach einer langen entspannenden Dusche zog sie einen Bademantel an und kuschelte sich unter die Bettdecke. Zum Gesang der Zikaden schlief sie ein.

Paul Marchand war tagelang mit seinem Auto unterwegs gewesen. Tag und Nacht war er gefahren. Da ihm klar war, dass die Polizei ihn suchte, hatte er auf einem Langzeitparkplatz des Flughafen Charles de Gaulle in Paris Nummernschilder gestohlen und sie an seinem Fahrzeug angebracht. Er hatte Frankreich hinter sich gelassen und Italiens Stiefel bis Neapel durchquert. Dort hatte er auf dem Schwarzmarkt ein gebrauchtes unauffälliges Auto mit gefälschten Papieren gekauft. Den Ukrainer hatte er bar bezahlt. Marchand hielt es für zu riskant, die Fahrt mit dem eigenen Wagen fortzusetzen. Schließlich hatte er über die Straße von Messina Sizilien erreicht. Auch für die Überfahrt mit der Fähre hatte er einige Scheine hingeblättert. Er wollte keine Spuren hinterlassen. Am Südostzipfel der Insel hatte er sich in einer kleinen Pension einquartiert. Das war vor drei Tagen gewesen.

Wieder kam ihm der entsetzliche Tag in den Sinn, als Charles Mirbeau ihn zur Rede gestellt hatte. Sein Arbeitgeber war fest davon überzeugt gewesen, dass er Unterschlagungen in ganz erheblichem Umfang begangen hatte. Seiner Ansicht nach waren auch Zahlungen für fingierte Handwerkerrechnungen auf einem geheimen Konto gelandet. Mirbeau hatte Anzeige erstattet und ihn aufgefordert, sein Büro sofort zu verlassen. In zwei Tagen sollten die Prüfer kommen. Sie würden den Betrug feststellen und er würde zur Rechenschaft gezogen werden. Mirbeau hatte die sofortige Herausgabe aller Schlüssel verlangt. Marchand hatte sich schockiert an seinen Schreibtisch gesetzt und suchte nach plausiblen Erklärungen, die seinen Chef beruhigen könnten.

»Sie setzen sich hier nirgendwo mehr hin«, hatte Mirbeau ihn angeblafft und hinausgeworfen. Sofort danach hatte Marchand dreißigtausend Euro von dem Geheimkonto abgehoben und war geflüchtet.

Er hatte einen Plan. Von Sizilien aus wollte er in ein Land fliegen, das nicht nach Frankreich auslieferte. Er hatte sich für Brasilien entschieden. Dort war es schön, wenn man über genügend Geld verfügte. Auf dem versteckten Konto befanden sich eins Komma zwei Millionen Euro, die er im Laufe der Jahre dorthin hatte verschwinden lassen. Er brauchte das Geld. Seine junge schöne Frau Janine war sehr anspruchsvoll. Nachdem sie ein Liebespaar geworden waren, hatte sie ihren Job als Stationshilfe in der Seniorenresidenz Palmenhain sofort hingeschmissen. Die Villa mit dem Pool, die sie gebaut hatten, überstieg seine finanziellen Möglichkeiten bei weitem. Brasilien würde Janine gefallen. Er wollte mit ihr Kontakt aufnehmen und sie nachkommen lassen, sobald Gras über die Sache gewachsen war. Von Südamerika aus würde er das Konto abräumen. Er war davon überzeugt, dass ihm noch genügend Zeit blieb. So schnell würden sie es nicht finden. Er hatte clever gehandelt.

Heute Morgen war sein Traumgebilde jäh zerplatzt. Er hatte in einer Strandbar gesessen, Espresso getrunken und eine französische Boulevardzeitung vom vorherigen Tag gelesen. Als ihm auf der zweiten Seite sein eigenes Konterfei entgegenblickte, fuhr er zusammen. Verstohlen sah er sich um. Die Sizilianer lasen in Ruhe ihre italienischen Zeitungen. Neben seinem Foto war ein Bild von Mirbeau. Marchand erfuhr, dass er international zur Fahndung ausgeschrieben war. Er wurde wegen des Vorwurfs der Unterschlagung gesucht. Und er wurde verdächtigt, Charles Mirbeau ermordet zu haben.

Jetzt saß er, verborgen in den Dünen, am Strand von Pachino im äußersten Süden der Insel. Er wartete auf die Dämmerung und darauf, dass sich der Strand leerte. Marchand war mit den Nerven völlig am Ende. Die Haare hingen ihm verklebt in die Stirn. Er war verschwitzt. Sein Teint war teigig, die Augenlider geschwollen. Marchand hasste Mirbeau, weil er sein Leben zerstört hatte. Er war froh, dass der Dreckskerl tot war. Und er sah keinen Ausweg mehr.

Endlich lag die Sandbucht verlassen vor ihm und es wurde dunkel. Die letzten Badegäste hatten den Strand verlassen und bevölkerten jetzt die Restaurants. In bester Laune würden sie gegrillten Fisch essen und dunkelroten Wein trinken. Marchand war von tiefster Verzweiflung erfüllt. Ein letztes Mal betrachtete er die funkelnden Sterne am Firmament und die weiße Mondsichel. Ein letztes Mal hörte er das Rauschen der Brandung. Ein letztes Mal roch er das Meer. Dabei dachte er an seine geliebte Frau Janine. Er weinte. Doch es gab kein Zurück mehr. Auf dem Markt von Taormina hatte er bei einem zwielichtigen Händler eine Pistole und Munition gekauft. Er steckte den Lauf der Waffe in den Mund. Dann drückte er ab. Langsam sank er auf den warmen Sand.

DAS GESTÜT AUF DEM LAND

Freitag, 7. Juni

Um acht Uhr saßen Karima und Lagarde auf der Terrasse des »Mirabelle« und besprachen während des Frühstücks ihren Tagesplan. Odette war zum Fischmarkt gefahren. Für den Abend hatte sich eine größere Gesellschaft angemeldet, die Demoiselles de Cherbourg, kleine Hummer und Wolfsbarsch essen wollte. Lagarde schenkte Kaffee nach. Er überlegte gerade, ob sie auch dem Sprecher der Umweltaktivisten, Luc Duchamps, einen Besuch abstatten sollten, als sein Handy klingelte. »Guten Morgen, Ludovic.«

»Guten Morgen. Es ist etwas passiert, Philippe. Paul Marchand ist tot. Er hat sich gestern Abend auf Sizilien erschossen. Jugendliche, die eine Strandparty feiern wollten, haben ihn gefunden. Er hatte seine Papiere bei sich und konnte deshalb sofort identifiziert werden. Die Meldung kam schon in französischen Rundfunksendern, und ein Boulevardblatt hat die Nachricht ebenfalls sofort aufgegriffen und über das Geschehen berichtet.«

Lagarde begriff sofort, worauf er hinauswollte. »Wir

müssen zu Janine Marchand, bevor sie die Nachricht aus den Medien erfährt.«

»Ja, und zwar so schnell wie möglich. Wo seid ihr jetzt?«

»Im ›Mirabelle‹.«

»Janine Marchand wohnt in Saint-Pierre-Église im Neubauviertel westlich des Zentrums.« Er nannte Lagarde die Adresse. »Wir treffen uns dann in zwanzig Minuten dort, okay?«

»In Ordnung. Bis gleich.«

Während sie zum Parkplatz liefen, informierte Lagarde die Praktikantin. Karima übernahm erneut das Steuer und fuhr über die Nationalstraße nach Saint-Pierre-Église. Das war der schnellste Weg. Nach zwölf Minuten hatten sie den beschaulichen Ort erreicht. Sie durchquerten den Ortskern, vorbei am großen Marktplatz, der Kirche sowie dem Schloss, und erreichten schließlich das Neubaugebiet. Das Haus der Marchands befand sich in der Rue Claude Monet 12. Karima parkte gegenüber. Sie stiegen aus und verschafften sich einen ersten Überblick. Das Viertel verfügte bisher erst über zwei fertige Straßen und etwa ein Dutzend unbebaute Bauplätze. Zwei Häuser neben der Nummer zwölf waren bewohnt und die Gärten geschmackvoll angelegt. Im Gegensatz dazu wirkte die Baustelle der Marchands trostlos und unfertig. Die Villa war im englischen Landhausstil errichtet worden, mit einem Mittelteil, breiter und höher als die beiden zurückgesetzten Seitenflügel. Das Haus war noch unverputzt und anscheinend nur im Innenbereich fertiggestellt worden. Glasierte schwarze Ziegel bedeckten drei Viertel der Dachfläche. Eine Plane schützte den Rest des Dachstuhls. Den First krönte ein kleiner verdorrter Nadelbaum, dessen bunte Bänder im Wind flatterten. Anscheinend hatte das Paar erst kürzlich Richtfest gefeiert. Der Garten ähnelte einer Kraterlandschaft. Vom Gehsteig zur Haustür führten Paletten über den feuchten Untergrund. Große taubenblau umrahmte Fenster saßen wie dunkle Höhlen in den Laibungen. In einem provisorischen Carport parkte ein kleiner schwarzer Peugeot.

Karima und Lagarde warteten, bis Cleroc eintraf. Gemeinsam liefen sie über die bohlenbedeckten Paletten zur Eingangstür und klingelten. Niemand öffnete. Aus dem Haus drang kein Laut. Der Kommissar versuchte es erneut und ließ den Finger für einige Sekunden auf dem Knopf. Sie warteten. Nichts geschah.

»Vielleicht ist Madame Marchand nicht zu Hause«, meinte Cleroc.

»Mit dem Auto ist sie nicht weggefahren«, stellte Lagarde fest und deutete auf den Peugeot. »Das Kennzeichen JM. Ich denke, das ist der Wagen von Janine Marchand.«

»Ein Spaziergang? Vielleicht ist sie in den Ort gelaufen oder mit dem Fahrrad gefahren, um beim Bäcker ein Baguette zu holen, oder was auch immer.«

»Ja, vielleicht. Und dort sieht sie dann die Schlagzeile in der Zeitung. Wir müssen sie finden. Gehen wir um das Haus. Es existiert sicherlich ein Hintereingang.«

Über einen Plankensteg gelangten sie auf die Terrasse. Im Garten klaffte der rechteckige Aushub für den Swimmingpool in der Erde. Die Terrassentür war versperrt. Die Glasfront gab den Blick in den Salon frei. Niemand befand sich in dem Raum. Lagarde hatte ein ungutes Gefühl. »Wir müssen ins Haus.«

»Wir haben keinen Durchsuchungsbeschluss«, erinnerte Cleroc ihn.

»Mein Bauchgefühl sagt mir, dass hier etwas nicht stimmt. Ich nehme das auf meine Kappe.« Er versuchte, das Schloss der Terrassentür aufzubrechen. Vergeblich. Dann bemerkte er, dass der hintere Eingang zusätzlich mit einem Riegel gesichert war. »Geht bitte einen Schritt zurück.« Mit einem Stein schlug er die Glasscheibe ein. Vorsichtig griff er durch die Öffnung und entriegelte den Eingang. Die Tür schwang quietschend auf. Sie betraten den Salon und sahen sich um. Der große helle Raum war mit elfenbeinweißen Designermöbeln eingerichtet. Die schwarzen Marmorfliesen glänzten. Auf dem Kamin stand ein Hochzeitsfoto in einem Silberrahmen. Janine und Paul Marchand strahlten um die Wette.

Die Polizisten standen im Wohnzimmer und lauschten. Die Stille war unheilverkündend. Lagardes Kopfhaut kribbelte. Das war kein gutes Zeichen. »Ihr durchsucht das Erdgeschoss, ich nehme mir den ersten Stock vor.«

Cleroc nickte. »In Ordnung.«

Lagarde lief über die offene Wendeltreppe nach oben. Der Boden des Korridors bestand aus großformatigen, teuer aussehenden Keramikplatten. Die Türen der beiden Zimmer auf der rechten Seite standen weit offen. Die Räume waren unmöbliert. Auf der anderen Seite lag das Schlafzimmer mit einem begehbaren Kleiderschrank. An der Stirnseite in der Mitte stand ein französisches Bett. Darüber war eine Tagesdecke gebreitet. Auf einer rollbaren Kleiderstange hingen einige Hemden und Blusen auf Bügeln. Ansonsten war der Raum leer. Als er das Bad betrat, bestätigten sich seine schlimmsten Erwartungen. In der Wanne lag Janine Marchand. Ihre großen dunklen Augen starrten ihn an. Ein Schleier hatte sich darübergelegt. Er fühlte ihren Puls. Sie war tot. Lagarde rief nach seinen Kollegen. Dann betrachtete er reglos und erschüttert das Szenario. Auf einem Hocker neben der Badewanne befand sich eine Packung mit Schlaftabletten. Sie war leer. Daneben stand eine Flasche Cognac. Halb leer. Auf dem Boden lag die Titelseite einer Boulevardzeitung. Sie zeigte ein großes Porträtfoto von Paul Marchand neben der fetten Schlagzeile: »Mutmaßlicher Mörder von Multimillionär Charles Mirbeau erschießt sich auf Sizilien.«

Karima und Cleroc stürzten in das Badezimmer.

»Sie ist noch nicht lange tot«, sagte der Kommissar. »Das Badewasser ist noch warm. Wir sind zu spät gekommen.«

Entsetzt blickte Karima auf die Leiche. Janine Marchand war eine junge, attraktive Frau gewesen. Sie spürte Übelkeit in sich aufsteigen. Ein Schwindelgefühl überkam sie. Sie lehnte sich an die kühle Fliesenwand und versuchte tief durchzuatmen. Die Studentin hatte noch nie einen toten Menschen gesehen. Lagarde stütze sie. »Weiteratmen, Karima«, wies er sie an. »Gleich wird es besser.« Cleroc telefonierte in der Zwischenzeit und leitete die nötigen Schritte ein.

Das Ermittlerteam hatte den Kollegen von der Spurensicherung das Terrain überlassen. Janine Marchand wurde mit dem Leichenwagen in das rechtsmedizinische Institut gebracht. Sie standen auf dem Gehsteig vor dem Rohbau in der prallen Sonne und berieten ihr weiteres Vorgehen. »Ihr fahrt jetzt nach Saint-Lô auf das Gestüt von Caroline Mirbeau?«, fragte Cleroc.

»Ja«, bestätigte Lagarde. »Vorher schauen wir noch bei Luc Duchamps vorbei. Ich will mit ihm reden. Vielleicht weiß er doch etwas.«

»Ich muss nach Cherbourg zurück. Wenn du einverstanden bist, übernehme ich das Grundbuchregister. Danach wissen wir, wer als Eigentümer der Fischerkate eingetragen ist.«

»Ja, das wäre gut.«

»Ich schlage vor, dass wir uns heute Nachmittag bei mir im Büro zu einer Besprechung treffen. Bis dahin müsste Delphine die Obduktion von Janine Marchand beendet haben.«

»Alles klar. Dann bis heute Nachmittag.«

Karima konnte die Adresse von Luc Duchamps nicht in das Navi ihres Handys eingeben. Es gab weder eine Straße noch eine Hausnummer. Lagarde studierte die Notizen, die er sich bei dem Gespräch mit den Umweltaktivisten in der »Roten Ziege« gemacht hatte. »Duchamps wohnt an einem kleinen Seitenarm der Saire. Man fährt durch Cosqueville und hält sich Richtung Osten. Nach dem Semaphor geht es rechts ab.«

Nachdem Karima hinter der Wetterstation abgebogen war, folgten sie einer schmalen staubigen Schotterpiste. Sie fuhren etwa zwei Kilometer durch Marschland, vorbei an glitzernden Salzbecken und torfdunklen Teichen, auf denen Bauminseln saßen. Dann tauchte ein Häuschen auf. Vom Flussarm trennten es nur der Weg und die steile Uferböschung. Es handelte sich um eine ehemalige Hütte von Austernzüchtern, die dort bei schweren Unwettern Unterschlupf gefunden hatten. Die Außenwände waren maigrün gestrichen, das Dach mit roten Ziegeln gedeckt. Auf der sich kräuselnden Wasseroberfläche, festgebunden an einen Pflock, lagen ein blaues Fischerboot mit weißem Steuerstand und ein einfaches Ruderboot mit Außenbordmotor. Vor dem Häuschen gab es einen Sitzplatz, von dem aus man einen schönen Blick über den Flussarm und das Moor hatte. Zwei Graureiher standen an einem Tümpel im Schilf und harrten auf Beute. Die Frau, die auf einem Korbstuhl in der Sonne saß, blickte auf, als sie den Automotor hörte. Als Karima und Lagarde ausgestiegen waren, legte sie ihren Skizzenblock auf den Tisch und lächelte ihnen freundlich entgegen. Die Studentin schätzte die Frau auf ungefähr sechzig Jahre. Ihre langen grauen Haare hatte sie zu zwei Zöpfen geflochten und zu einem Kranz rings um den Kopf festgesteckt. In dem schmalen, feinen, blassen Gesicht wirkten die wasserblauen Augen groß und hellwach. Sie trug ein rotes Folklorekleid, das ihren kleinen zierlichen Körper umspielte. Die bloßen Füße steckten in Gesundheitssandalen. »Salut. Kann ich Ihnen helfen?«

»Kripo Cherbourg.« Lagarde zeigte ihr seinen Dienstausweis. »Wir möchten mit Luc Duchamps sprechen. Wohnt er hier?«

»Ja. Und ich bin Marianne Duchamps, seine Frau. Unser Haus ist gar nicht so leicht zu finden, nicht wahr?«

»Ihr Mann hat den Anfahrtsweg gut beschrieben. Ist er zu Hause?«

»Ja, er ist hinten im Garten und pflanzt Tomaten. Ich hole ihn.« Die Frau lief auf einem schmalen Kiesweg um das Haus. Kurz darauf kam sie mit ihrem Mann zurück. Luc Duchamps erkannte Lagarde sofort wieder. »Commissaire Lagarde. Was führt Sie denn zu uns?«

»Wir wollen mit Ihnen reden.«

»Aber gerne. Ich nehme an, es geht um Charles Mirbeau. Setzen Sie sich doch. Möchten Sie einen Kaffee?«

»Wenn es keine Umstände macht.«

»Aber nein, Marianne, bist du so lieb und machst uns einen Kaffee? Und bringe doch auch von dem Kuchen mit.« Er wandte sich lächelnd an die Polizisten. »Meine Frau hat heute Morgen einen Butterkuchen gebacken. Er schmeckt köstlich.«

Lagarde sah sich um. »Ein schönes Plätzchen, richtig idyllisch und ruhig. Wohnen Sie immer hier?«

Duchamps lachte. »Nein, im Winter ist es etwas unwirtlich, kalt und stürmisch. Wir benutzen die Holzhütte als Sommerhaus. Ich habe es von einem Austernfischer günstig kaufen können. Er ging in den Ruhestand und seine Kinder und Enkel hatten kein Interesse daran. Ein Glücksgriff. Wir haben noch eine Wohnung in Valognes. Dort verbringen wir die Wintermonate.«

Marianne Duchamps kam mit einem Tablett zurück, schenkte Kaffee ein und verteilte Kuchenstücke auf die Teller.

»Das ist unser Sommersitz«, erzählte sie. »Mein Mann und ich waren als Lehrer tätig, jetzt sind wir

Pensionäre und genießen die freie Zeit. Unser Häuschen ist herrlich ursprünglich und ökologisch. Wir haben Solarzellen auf dem Dach und einen Brunnen im Garten.«

»Und wie verbringen Sie Ihre Tage?«

»Ich war Kunsterzieherin. Mein Traum war immer eine eigene Töpferwerkstatt. Doch dafür blieb nie Zeit. Jetzt hat Luc mir im Anbau einen Arbeitsraum eingerichtet. Ich stelle Geschirr, Vasen und kleine Tierfiguren her. Meine Werke verkaufe ich auf dem Markt. Die Touristen sind begeistert davon.«

Ihr Mann spann den Faden weiter. »Mein Hobby ist das Angeln. Ich kenne keine Freizeitbeschäftigung, die mehr dafür geeignet ist, um innere Ruhe zu finden. Außerdem arbeite ich an einem Wanderführer von der Halbinsel Cotentin. Ich wandere die Wege selbst ab und mache viele Fotos für das Buch. Die Flora und Fauna werden auch eine wichtige Rolle spielen. Das Projekt wird großartig. Die Tourismusbüros in der Gegend haben schon Interesse gezeigt. Diese Tätigkeit macht mir viel Spaß und kommt auch meinen Neigungen sehr entgegen. Sie müssen wissen, ich habe entsprechende Fächer an der Schule unterrichtet. Ich war Lehrer für Erdkunde und Biologie, mein Drittfach war Chemie.«

»Was hat Sie bewogen, aktiv bei den Umweltschützern mitzumachen?«

»Ich will dazu beitragen, dass die Landschaft an der

hiesigen Küste so bleibt, wie sie ist. Das Seeräuberparadies stellt für mich ein Synonym für Umweltzerstörung dar. Es ist aber gleichzeitig, das gebe ich ehrlich zu, ein gewisses Eigeninteresse im Spiel. Auch das Marschland hier würde sich verändern. Allerdings nicht zu seinem Vorteil.« Er lächelte. »Und es gibt noch einen weiteren Grund. Die Bauern und Fischer sind nicht wirklich in der Lage, ihre berechtigten Interessen selbst effektiv zu vertreten. Es war ein wilder, unstrukturierter, zorniger Haufen, als ich dazustieß. Deshalb unterstütze ich sie. Ich erledige auch den Papierkram. Ein pensionierter Lehrer ist optimal für solche Aufgaben, das finden alle.«

»Wie steht es im Moment um das Projekt?«

»Seit Mirbeau tot ist, herrscht Stillstand. Ich hoffe, es bleibt so. Meine Weggefährten auch.«

»Haben Sie ihn persönlich gekannt?«

»Oh ja. Wir haben ihn alle gekannt. Wenn er in der Gegend war, kam er immer in die ›Rote Ziege‹ und hat ein Glas Wein mit uns getrunken. Er war ein sympathischer, großzügiger Mann, und er hatte Charisma. Doch wenn es um seine Geschäfte ging, war nicht mit ihm zu reden.«

»Besitzen Sie eine Waffe?«

Duchamps blinzelte ihn verwirrt an. Mariannes Teint wurde noch blasser. »Sie glauben doch nicht im Ernst, dass mein Mann die beiden erschossen hat? Dafür gibt es gar keinen Grund.«

»Ich will nur wissen, ob er eine Waffe hat.«

»Ich besitze eine Schrotflinte. Unser Häuschen liegt einsam. Man muss sich schützen. Wollen Sie das Gewehr sehen?«

Lagarde schüttelte den Kopf. »Nein, aber vielleicht komme ich darauf zurück. Wo waren Sie letzten Samstag um sechs Uhr in der Frühe?«

Jetzt verschlug es dem Lehrer die Sprache vor Schreck. Seine Frau ergriff für ihn das Wort. »Er war im Bett und hat fest geschlafen.«

»Und Sie, Madame Duchamps?«

»Ich bin Frühaufsteherin. Fast jeden Morgen lade ich mein Mountainbike auf unseren Pick-up, fahre zu einem bestimmten Ausgangspunkt und mache eine ausgiebige Tour. Ich habe neben Kunsterziehung auch Sport unterrichtet. Auf diese Weise halte mich auch im Rentenalter fit. Wenn ich zurückkomme, mache ich Frühstück und wecke Luc.«

»Wann sind Sie aufgebrochen?«

»Ich stehe normalerweise um fünf Uhr auf, trinke einen Kaffee und dann geht es los. Bei Sonnenaufgang. Carpe Diem, sage ich immer.«

»Wo sind Sie an jenem Morgen hingefahren?«

»Zum Wanderparkplatz von Gonneville. Von dort aus bin ich mit dem Bike gestartet. Es ist ein riesiges Waldgebiet mit zahlreichen Wanderpfaden und Forstwegen. Wunderschön.«

»Um wie viel Uhr waren Sie an dem Platz?«

Sie überlegte. »Gegen dreiviertel sechs, würde ich sagen.«

»Waren Sie auch im Hirschtal?«

»Nein. An diesem Morgen nicht. Es hat genieselt. An solchen Tagen ist der Boden dort sehr sumpfig. Man bleibt mit dem Bike stecken. Ich bin auf der Anhöhe geblieben.«

»Haben Sie irgendetwas bemerkt? Ist Ihnen etwas aufgefallen?«

»Es ist etwas Außergewöhnliches passiert. Deshalb kann ich mich daran erinnern.«

»Was ist denn passiert?«

»Ich befand mich auf einer Lichtung. Mitten im Wald von Gonneville. Weit und breit war kein Mensch. Da kam plötzlich ein Reh aus dem Wald gerannt. Es schien auf der Flucht zu sein. Panisch wandte es sich nach Osten. Dort wurde eine Fichtenschonung von einem Maschendrahtzaun geschützt. Das Reh setzte zum Sprung an und prallte mit voller Wucht gegen das Drahtgeflecht. Der Körper krümmte sich und stürzte zu Boden. Das Tier zappelte hilflos mit den Beinen. Dann sprang es auf und versuchte es erneut. Wieder erwies sich die Begrenzung als unüberwindbares gefährliches Hindernis. Das Reh scheiterte und lag für einen Moment ganz still. Ich dachte, es hätte sich verletzt. Doch unvermittelt sprang es auf und verschwand im Wald.«

»Marianne«, warf ihr Mann ein. »Dem Kommissar geht es um die Aufklärung eines Doppelmordes. Nicht um deine Tierbeobachtungen.«

»Aber Luc. Irgendetwas oder irgendjemand muss das Tier doch aufgescheucht haben. Ich war es nicht. Ich stand still auf der Lichtung und wollte gerade einen Müsliriegel essen.«

»Ich denke, Sie haben recht mit Ihrer Vermutung, Madame Duchamps«, meinte Lagarde. »Vielleicht wurde das Reh tatsächlich von einem Menschen aufgeschreckt. Ist Ihnen sonst noch etwas aufgefallen?«

»Nein. Oder warten Sie. Jetzt, wo Sie mich fragen. Im Wald war es noch ein wenig dämmrig. Und neblig. Aber für einen kurzen Augenblick dachte ich, ich hätte ein Pferd gesehen. Ich war mir nicht sicher. Wahrscheinlich habe ich mich getäuscht.«

»Wie hat es ausgesehen?«

»Es war nur ein heller Schemen, weiter weg. Eine optische Täuschung vermutlich. Warum sollte in aller Frühe ein Pferd im Wald stehen?«

»Sie sind sich nicht sicher?«

»Nein. Ich bin dann auch weitergefahren und habe die Erscheinung gleich wieder vergessen. Der dichte Nebel an der Küste hier spielt einem manchmal einen Streich.«

Saint-Lô, die Hauptstadt des Départements Manche, erhob sich auf einem mächtigen Felsen über dem Viretal. Das Gestüt und der Reiterhof von Caroline Mirbeau lagen außerhalb der Stadt, ganz im Westen, schon fast an der Grenze zum Département Calvados. Dort in der Nähe, in einem bezaubernden Park, entsprang der kleine Fluss Elle, der zwischen Wildblumenwiesen in die Vire mündete. Das Landgut, die Ställe, Reithallen, Trainingsplätze und die dazugehörigen Ländereien bildeten ein riesiges Areal inmitten der typischen Heckenlandschaft. Alte Baumbestände aus Ulmen, Bergahorn und Birken bildeten schattige grüne Inseln. Das Anwesen war über eine schnurgerade asphaltierte Zufahrtsstraße zu erreichen, die in einen Parkplatz mündete. Dort stellten die Polizisten den Wagen ab. Ihr Weg führte sie an einer kleinen Trabrennbahn vorbei und weiter durch eine hohe Pappelallee bis zum Hauptgebäude. Das Landgut bestand aus einem breiten einstöckigen Mittelbau und zwei symmetrischen imposanten Außenflügeln. Die Fassade war cremeweiß verputzt, die hohen weißen Sprossenfenster von Klappläden flankiert. Auf dem mittigen Schieferdach thronten auf jeder Seite vier hohe schlanke Kamine in einer Reihe. Die Flügeldächer wurden von breiten Schornsteinen mit ziegelroten Hauben gekrönt. Kleine Erker lugten aus den schrägen Flächen. Ein Mann auf einem rabenschwarzen Pferd ritt über den Vorplatz. Er trug eine helle Reiterhose, hohe Lederstiefel, Handschuhe und ein bordeauxrotes Hemd. Im Band seines Cowboyhutes steckte eine blaugrün schillernde Fasanenfeder. Er grüßte freundlich.

»Bonjour, Monsieur«, rief Lagarde. »Wir möchten zu Madame Mirbeau. Wissen Sie, wo wir sie finden können?«

»Sie ist bei den Ställen. Da entlang.«

»Merci, Monsieur.«

Über einen Fußweg gelangten sie zu einer Ansammlung von ockerfarbenen Gebäuden, die die Ställe beherbergten. Davor stand eine Frau, die ein Pferd am Zügel hielt. Sie sprach mit einem jungen Mann, der sie eingeschüchtert ansah.

»Die Box von Xerxes ist nicht ordentlich saubergemacht worden. Du hast auch zu wenig Stroh aufgeschüttet. Rocci, du arbeitest schlampig und oberflächlich. Wenn du dich nicht besserst, fliegst du hochkant raus.«

»Aber Madame Mirbeau, ich hatte nur eine Viertelstunde Zeit. Dann musste ich die Pferde auf den Trainingsplatz führen, für die Reitstunde der Mädchen.«

»Rede dich nicht raus. Du hattest genug Zeit. Und jetzt verschwinde. Kümmere dich um die Box von Xerxes. Und nimm ihn mit. Ich muss in die Stadt, etwas erledigen.«

Der junge Mann griff nach den Zügeln und verschwand wortlos in einem der Stallgebäude. Das Pferd trottete gehorsam neben ihm her. Jetzt entdeckte Caroline Mirbeau die beiden Besucher. Ihr Blick wurde freundlicher. »Guten Tag, kann ich etwas für Sie tun?«

»Guten Tag«, antwortete Lagarde. »Wir sind von der Kriminalpolizei Cherbourg und wollen mit Ihnen reden. Sie sind doch Caroline Mirbeau?«

Die Ähnlichkeit mit Beatrice und Rosalie war frappierend. Die Ehefrau von Charles Mirbeau hatte ebenfalls rötliche Haare, die ihr glänzend über den Rücken fielen und mit einem Band aus der Stirn gehalten wurden. Die großen bernsteinfarbenen Augen musterten forschend die Polizisten. Ihr Antlitz mit den hohen Wangenknochen, der zarten geraden Nase und dem breiten vollen Mund war perfekt. Goldene Kreolen zierten ihre Ohrläppchen. Sie war mittelgroß, schlank und durchtrainiert. Die enge hellbraune Reithose betonte die langen muskulösen Beine. Darüber trug sie eine weiße kurzärmlige Bluse.

»Ja, ich bin Caroline Mirbeau. Ich habe Sie erwartet. Sie kommen wegen Charles, nicht wahr?«

»Ja.«

»Gehen wir auf die Terrasse. Dort ist es schattig.«

Auf dem Weg dorthin begegneten sie einer Gruppe von jungen Reiterinnen. Sie trugen alle einen Helm und folgten im Gänsemarsch ihrer Anführerin. Als sie Caroline Mirbeau erblickten, grüßten sie respektvoll.

»Mädels, achtet auf eure Haltung. Ihr müsst aufrecht sitzen. Man kann auf einem Pferd nicht wie ein nasser Sack hängen.«

Wie auf Kommando strafften sich die Rücken der Mädchen.

»Zaubert ein Lächeln auf eure Gesichter. Reiten bedeutet Freude, nicht Anstrengung.«

Die Mädchen lächelten, einige etwas gezwungen.

»Worauf kommt es an beim Reiten?«

Als Antwort erklang ein Chor von hellen Stimmen. »Auf Koordination, Balance, Ausdauer und Disziplin. Und man darf vor dem Pferd keine Angst haben.«

»Sehr gut. Jetzt müsst ihr es nur noch umsetzen. Viel Erfolg.«

Der Tross zog weiter.

Caroline wandte sich an die Polizisten und seufzte. »Das sind Mädchen mit wohlhabenden Eltern aus Paris. Sie verbringen zwei Wochen auf dem Hof und wollen reiten lernen. Leider sind sie fast alle ohne großes Talent. Vielleicht sollten sie sich lieber einen Mann suchen und einen Kinderwagen schieben.«

Die Terrasse auf der Rückseite des Landgutes war so breit wie der Mittelbau. Große cremefarbene Schirme spendeten Schatten. Sie setzten sich um einen runden Tisch. »Darf ich Ihnen etwas zu trinken anbieten? Kaffee, Tee, Wasser, Cola?«

»Kaffee und Wasser wären schön«, sagte Lagarde.

Karima bat um eine Cola.

Caroline winkte nach einer Frau. »Carine, bringst du uns bitte Kaffee, Wasser, Cola und Gebäck.«

»Gerne, Madame.«

Caroline deutete unauffällig auf eine Gruppe von älteren Frauen und Männern, die sich ebenfalls unter einem Schirm vor einer blühenden Rhododendronhecke versammelt hatten. »Diese Herrschaften haben sich für zehn Tage zum Seniorenreiten angemeldet. Dafür sind kräftige Shetlandponys besonders gut geeignet. Man fällt nicht tief. Bisher sind sie erst einmal ausgeritten. Unsere Küche interessiert sie viel mehr. Wir haben hier ein Restaurant mit einem Sternekoch und einem Pâtissier. Unsere Gäste fühlen sich sehr wohl.«

Die Dressurreiterin lehnte sich zurück und schlug die langen Beine übereinander. »Aber Sie sind wegen Charles gekommen, nicht um meinen Reiterhof zu besichtigen. Was wollen Sie wissen?«

Lagarde sah ihr in die Augen. »Wie geht es Ihnen nach dem gewaltsamen Ableben Ihres Mannes?«

Sie schien sich über diese Frage zu wundern und antwortete zögerlich. »Ich bin erschüttert, entsetzt, was denken Sie? Wir sind seit Jahren verheiratet und haben eine glückliche Ehe geführt.«

»Aber Sie waren auch wütend auf Ihren Mann.«

Sie schnaubte entrüstet. »Natürlich war ich wütend. Ich war zwanzig Jahre jünger als er und fest davon überzeugt, dass er mir treu bleibt. Aber ich hätte es besser wissen müssen. Ein Mann, der seine Frau wegen einer jüngeren Geliebten verlässt, macht das immer wieder.«

»Sie haben aber nicht damit gerechnet?«

Ihre Wangen färbten sich vor Zorn rosig. »Nein.

Überhaupt nicht. Und dann taucht dieses Flittchen auf und nimmt ihn mir weg. Diese Bonny Sue«, fauchte sie.

»Bonny Sue? Wie meinen Sie das?«

»Ach, das ist hier auf dem Gut ein geflügeltes Wort. Es steht für eine einfältige, dumme, unkultivierte Gans.«

»Waren Sie so wütend auf die beiden, dass Sie den Beschluss fassten, sie zu töten?«

Sie starrte ihn konsterniert an. »Nein, natürlich nicht. Ich erschieße doch niemanden. Wie gesagt, ich war einfach naiv. Ich hätte damit rechnen müssen, dass er sich früher oder später wieder eine junge Geliebte sucht. Möchten Sie meine Theorie hören, warum Charles sich so verhalten hat?«

»Ja.«

»Er war zeugungsunfähig. Um diesen Makel auszugleichen, hat er sich immer wieder jüngere Frauen gesucht. Das war enorm wichtig für sein Selbstwertgefühl.«

Sie beruhigte sich ein wenig und bedankte sich bei Carine, die die Getränke und Rosinenbrötchen servierte. Caroline schenkte den Kaffee ein.

»Aber egal. Jetzt ist Charles tot. Ich habe einen neuen Partner gefunden. Es ist unser Tierarzt. Ein charmanter, gutaussehender, integrer Mann, der nicht jedem Weiberrock hinterherläuft.«

»Gehört Ihnen das Anwesen?«

»Charles hat gut für mich gesorgt. Großzügig war er, da kann man nichts sagen.«

»Jetzt, da er nicht mehr lebt, wird es bald um das Erbe gehen. Wissen Sie, wie Ihr Erbteil aussieht? Schließlich sind Sie mit ihm verheiratet.«

»So, wie ich Charles kenne, hat er bei seinem Anwalt in Paris ein Testament hinterlegt. Warten wir es ab. Ich habe allerdings überhaupt kein Interesse daran, einen Großkonzern zu erben. Allein die Vorstellung macht mir schon Angst. Ich bin ein sehr naturverbundener Mensch und liebe mein Leben, wie es ist. Ich will reiten, Pferde züchten und von Roland, meinem neuen Lebensgefährten, ein Kind bekommen. So sieht meine Zukunftsplanung aus.«

»Hatte ihr Ehemann Feinde? Fällt Ihnen jemand ein, der ein Motiv hatte, ihn zu töten?«

Caroline dachte nach. »Nein, da wüsste ich niemanden. Natürlich gab es Kontrahenten in der Geschäftswelt. Das gehört dazu. Aber niemand würde deshalb zur Waffe greifen, denke ich. Mir ist dieses entsetzliche Verbrechen unbegreiflich.«

»Waren Sie in letzter Zeit einmal in der Jagdhütte ihres Mannes?«

»In letzter Zeit nicht mehr. Als er mir von dieser Bonny Sue erzählte, habe ich ihn rausgeworfen und meinen Ehering gleich hinterher. Ich habe kein Wort mehr mit ihm gesprochen.«

»Und vorher?«

Sie lächelte wehmütig. »Vorher waren wir oft zusammen in der Hütte. Sooft es ihm möglich war. Wir liebten es, gemeinsam durch den Wald zu streifen, Tiere zu beobachten und zu jagen. Wir mochten die Stille und die Abgeschiedenheit. Wir waren glücklich, wenn wir dieses unkomplizierte Leben führen konnten. Charles hat immer für uns gekocht. Dazu gab es Wasser und einfachen Landwein. Wir wollten nicht ins Restaurant.«

»Das heißt, Sie können schießen?«

»Oh ja. Sehr gut sogar. Charles hat es mir beigebracht.«

»Besitzen Sie Waffen?«

»Ja, einige Jagdgewehre. Wir jagen hier auch manchmal. Hauptsächlich Fasanen und Rebhühner. Gelegentlich auch ein Wildschwein. Sie nehmen überhand und sind zu einer wahren Plage geworden. Vor allem für die Bauern ist es schwer. Die Schwarzkittel verwüsten jeden bepflanzten Acker. Egal, ob dort Kartoffeln, Krautköpfe oder Mais wachsen. Sie sind Allesfresser und intelligent.«

»Ich nehme an, Sie haben einen Waffenschein?«

»Aber sicher. Die Gewehre bewahre ich in einem abgeschlossenen Waffenschrank auf.«

»Bevor wir gehen, würde ich gerne die Gewehre sehen.«

»Selbstverständlich, Monsieur le Commissaire.« Sie gab sich völlig unbeeindruckt.

»Eine Frage habe ich noch. Wo waren Sie letzten Samstag gegen sechs Uhr am Morgen?«

Sie riss erschrocken die Augen auf. Die Schultern versteiften sich. Karima beobachtete ihre Reaktion genau.

»Sie verdächtigen wirklich mich?« Ihre Stimme klang belegt. »Niemals hätte ich Charles etwas angetan. Er war meine erste große Liebe.«

»Es ist eine reine Routinefrage«, versicherte Lagarde.

»In Ordnung. Da brauche ich nicht nachzudenken. Ich war hier. Ich bin immer hier. Auf dem Gut gibt es unendlich viel Arbeit.«

»Kann das jemand bestätigen?«

»Ich weiß nicht. Ich habe alleine geschlafen. Nach dem Frühstück bin ich in die Stadt gefahren. Ich hatte einiges zu erledigen.«

»Wann waren Sie wieder auf Ihrem Landgut?«

»Ich schätze, so am frühen Nachmittag.«

Der Reiter von vorhin mit dem bordeauxroten Hemd erschien auf der Terrasse und lief zu Caroline. »Entschuldige bitte, dass ich dich störe, Chérie. Aber der Hufschmied ist da. Er will dich unbedingt sprechen.«

»Sage ihm bitte, dass ich gleich komme, Roland.«

»Gut.« Der Tierarzt eilte davon.

»Wir sind fertig, Madame Mirbeau«, erklärte Lagarde. »Danke, dass Sie sich Zeit genommen haben.« Er deutete auf einen niedrigen gläsernen Beistelltisch neben der Terrassentür. »Liegen da Prospekte vom Reiterhof? Darf ich welche mitnehmen?«

»Aber gerne.« Caroline freute sich über sein Interesse und sprang eifrig auf. »Ich stelle Ihnen einiges an Infomaterial zusammen.« Sie wählte verschiedene Flyer, Postkarten und Wanderführer aus und steckte sie in eine Mappe. Deren Einband bestand aus einer farbigen Luftaufnahme des gesamten Anwesens. Im Wiesengrün leuchtete der Pool türkisblau. Lächelnd reichte sie ihm die Unterlagen. »Wenn Sie sich für Pferdezucht interessieren, können Sie gerne einmal privat vorbeikommen. Ich züchte französische Traber. Das sind kräftige, muskulöse Pferde, die man auch für das Trabrennen einsetzen kann. Besonders geeignet sind sie für längere Strecken. Sie sind sehr konditionsstark und klug. Wenn man am Reiten und an der Pferdezucht kein Interesse hat, kann man hier in der Gegend wunderschöne Wanderungen machen oder ausgiebige Mountainbike-Touren unternehmen. Auf Wunsch auch mit einem Führer. Unsere Küche ist exquisit, unser Gästehaus sehr komfortabel und geschmackvoll eingerichtet.«

»Danke schön. Das Angebot hört sich wirklich verlockend an. Wenn wir jetzt noch die Gewehre sehen könnten?«

»Natürlich. Kommen Sie bitte mit.« Caroline führte sie zu einem flachen Nebengebäude und sperrte die

Tür auf. Im Inneren wurden Stiefel, Zaumzeug, Sattel, Decken und sonstige Reiterausrüstung aufbewahrt. Während sie den Waffenschrank aufschloss, nahm Lagarde einen Stiefel aus dem Regal. Über dem breiten Fach stand mit bunten Holzbuchstaben *Caroline*. Er drehte den Schuh rasch um, dann stellte er ihn wieder an seinen Platz zurück. Schuhgröße einundvierzig. Er war vorher schon überzeugt gewesen, dass neununddreißig zu klein für sie war, wollte sich aber vergewissern. Im Waffenschrank gab es sechs Halterungen, in denen sich je ein Gewehr des Herstellers Blaser befand. Lagarde kannte das Fabrikat und die verschiedenen Ausführungen. Die Kugeln, mit denen Mirbeau und Aimée Dupont getötet worden waren, stammten aus einem Jagdgewehr mit einem Kaliber von sieben Millimetern. Die eine Büchse von Blaser, die in dem Schrank aufbewahrt wurde, hatte das gleiche Kaliber. Lagarde nahm das Gewehr an sich und stellte für die Besitzerin eine Bestätigung aus. Nachdem sie sich verabschiedet hatten, eilte Caroline zu der Besprechung mit dem Hufschmied. Karima und Lagarde gingen zum Parkplatz. In der Nähe der Trabrennbahn saß Rocci, halb verdeckt von einem Ginsterbusch, auf einem Baumstumpf und rauchte. Er machte ein finsteres Gesicht. Als er die Polizisten bemerkte, warf er den Joint auf die Erde und bedeckte ihn mit seinem Stiefel.

»Hallo, Rocci«, sprach Lagarde ihn an. »Ist alles in Ordnung mit Ihnen?«

Der junge Mann reagierte abweisend. »Ja, sicher. Was soll schon sein?«

»Sie hatten Ärger mit Ihrer Chefin.«

»Ich habe ständig Ärger mit Caroline. Nie ist sie zufrieden mit meiner Arbeit. Dabei schufte ich Tag und Nacht. Ich versuche, ihr alles recht zu machen. Doch nie bekomme ich ein Lob.« Trotzig warf er den Kopf in den Nacken. »Wenn sie so weitermacht, schmeiße ich hin. Soll sie doch schauen, wie sie zurechtkommt.«

»Macht Ihnen die Arbeit Spaß?«

»Ja. Ich liebe die Arbeit mit den Tieren. Und das Reiten. Aber ich wünsche mir ein wenig Anerkennung.«

»Ja, das kann ich mir vorstellen. Vielleicht reden Sie mal mit ihr. Haben Sie das schon versucht?«

»Nein, normalerweise hört sie mir gar nicht zu.«

»Einen Versuch ist es wert, Rocci. Sie sagen, Sie arbeiten auch nachts?«

»Ja, manchmal. Wenn es nötig ist. So wie letzten Samstag zum Beispiel. Da habe ich die ganze Nacht im Stall verbracht.«

»Sprechen Sie vom 1. Juni?«

»Ja, genau. Morgens um halb sechs ist Jenny geboren.«

»Wer ist Jenny?«

Jetzt lächelte Rocci. »Ein Fohlen. Die Tochter von Priscilla, einer wunderschönen wertvollen Stute. Der Stallknecht Jean und ich verbrachten die ganze Nacht bei ihr. Wir haben uns um sie gekümmert und versucht, sie zu beruhigen. Es war eine schwere Geburt. Mein Handy mit der Nummer des Tierarztes lag stets griffbereit. Aber Jean und ich haben es alleine geschafft.« Jetzt klang die Stimme stolz. »Jenny geht es gut. Sie stakst schon munter durch die Gegend.«

»War Caroline nicht im Stall? Bei einer so schweren Geburt?«

Rocci schüttelte den Kopf. »Nein, sie war nicht dabei. Das war ganz merkwürdig. Sie ist sonst bei jeder Geburt ihrer Stuten im Stall. Sie streichelt ihnen den Kopf und spricht mit ihnen. Ihre sanfte leise Stimme beruhigt die Tiere. Und sie versorgt Jean und mich mit Kaffee und belegten Broten. Aber nicht in dieser Nacht. Sie war einfach nicht da.«

»Warum habt ihr sie nicht einfach geholt? Es war doch wichtig.«

»Wir haben uns nicht getraut. Wir dachten, wenn wir sie aufwecken, wird sie wütend. Wir dachten, vielleicht ist sie sehr müde und braucht ihren Schlaf. Aber sonderbar war es schon.« Er grinste. »Aber, als sie am Samstagnachmittag in den Stall kam und Jenny sah, hat sie uns tatsächlich gelobt.«

Die Rechtsmedizinerin Delphine Moreau lehnte am offenen Fenster des Besprechungsraumes. Sie trank eiskalte Diätcola und rauchte eine filterlose Gitanes. Als Cleroc das Zimmer betrat, runzelte er die Stirn, sagte aber nichts. Lagarde saß am Tisch, schenkte sich Kaffee ein und sah seine Notizen durch. Karima stand vor dem Whiteboard und heftete verschiedene Fotos in einer Reihe an die Tafel. Schließlich setzte sie sich zu den Kollegen und griff nach Stift und Notizblock. Erster Punkt auf ihrer heutigen Tagesordnung war die Autopsie von Janine Marchand. Delphine blätterte mit unbewegter Miene in einer dünnen Mappe. »Janine Marchand starb etwa eine halbe Stunde bevor ihr sie gefunden habt. Die Todesursache war die Einnahme von starken Schlaftabletten. Barbiturate erzeugen ein hohes Maß an Abhängigkeit. Der Abstand zwischen einer therapeutischen und einer tödlichen Dosis ist sehr gering. Bei Schlafstörungen wird dieses Präparat deshalb nicht mehr eingesetzt. Es ist zu riskant. Ursprünglich befanden sich fünfzig Kapseln in der Schachtel. Als man die Frau in der Badewanne entdeckte, war das Behältnis leer. Sie hat die Tabletten mit Cognac zu sich genommen. Der Wirkstoff des Medikaments in dieser hohen Dosis in Zusammenhang mit dem hochprozentigen Alkohol hat zu einem Kreislaufzusammenbruch geführt. Die Folge war ein Herzstillstand. Es gab keinerlei Spuren von Fremdeinwirkung, keine Abwehrverletzungen, gar nichts.«

»Das heißt, es war Selbstmord«, vergewisserte Clercoc sich.

»Ja, definitiv.«

»Das passt auch zu dem Bericht der Spurensicherung. Im Haus gab es nur genetische Hinweise auf Paul Marchand und seine Frau.«

Lagarde ergriff das Wort. »Wenn wir das Geschehen rekonstruieren, war der Ablauf so, dass Janine Marchand vom Tod ihres Mannes aus der Tageszeitung erfahren hat. Daraufhin hat sie beschlossen, sich selbst zu töten. Womöglich war es eine Kurzschlussreaktion. Wir wissen es nicht. Ich gehe jedoch davon aus, dass Janine Marchand mit unserem aktuellen Fall nichts zu tun hat.«

Cleroc nickte zustimmend und berichtete. »Ich war heute Morgen beim Grundbuchregister. Es ging um die Frage, woher Frédéric Delavigne das Geld für den Kauf einer Fischerkate hatte. Sein Einkommen als Schriftsteller ist bescheiden. Das haben wir überprüft. Die Häuser direkt am Meer sind natürlich sehr begehrt und entsprechend teuer. Ich habe mich bei einem Immobilienmakler erkundigt. Es kommt natürlich auch auf das Alter, den Zustand und die Ausstattung an. Aber selbst alte, einfache, ehemalige Fischerhäuschen kosten zwischen hundertfünfzigtausend und zweihunderttausend Euro.« Er trank einen Schluck Wasser. »Delavigne hat das Haus nicht gekauft. Es handelt sich vielmehr um eine Schenkung. Charles Mirbeau hat Delavigne das Haus geschenkt. Genauer gesagt, war es eine Eigentumsübertragung unter Nießbrauchsvorbehalt. So eine juristische Vereinbarung muss im Grundbuchamt hinterlegt werden, das ist rechtlich vorgeschrieben.«

Lagarde war überrascht. »Mirbeau hat Delavigne die Kate geschenkt? Warum denn das?«

Karima meldete sich zu Wort. »Was ist das bitte? Eine Eigentumsübertragung unter Nießbrauchsvorbehalt?«

Cleroc erklärte es ihr. »Das Eigentum an der Kate ist durch die Schenkung von Mirbeau auf Delavigne übergegangen. Es ist jedoch so, dass Mirbeau dort ein lebenslanges Wohnrecht behält. Das heißt, er hätte jederzeit erklären können, dass er jetzt in dem Haus wohnen will und gleichzeitig hätte er Delavigne vor die Tür setzen können.«

Lagarde schüttelte verblüfft den Kopf. »Da muss man erst drauf kommen. Eine raffinierte Regelung. Er hatte Delavigne voll in der Hand.«

Delphine leerte die Coladose in einem Zug und meinte nur lapidar: »Genialer Schachzug.«

»Entschuldigung, aber jetzt komme ich nicht mehr mit«, verkündete Karima.

»Das ist auch nicht ganz einfach zu verstehen«, beruhigte Lagarde sie. »Sagen wir mal so. Mirbeau wollte etwas von Delavigne. Etwas, was für ihn ganz wichtig war. So wichtig, dass er dafür auf sein Eigentum an dieser Fischerkate verzichtete. Und jetzt nehmen wir an, Delavigne wollte seinen Teil der Abmachung nicht mehr erfüllen. Dann hätte Mirbeau, natürlich nur pro forma, seinen rechtlichen Anspruch auf Wohnrecht geltend gemacht.«

»Und der Schriftsteller wäre obdachlos gewesen«, ergänzte Karima. Jetzt begriff sie langsam die ganze Tragweite dieser Vereinbarung. »Was Mirbeau nur von ihm wollte?«, überlegte sie. Cleroc und Lagarde wechselten einen Blick. »Da kann einem schon eine Idee kommen«, meinte der Hauptkommissar. »Das wäre jedoch reine Spekulation.« Er wandte sich an Karima und Lagarde. »Könnt ihr ihm morgen einen Besuch abstatten und mit ihm reden?«

»Wir machen das morgen früh«, entschied Lagarde.

Jetzt war Karima an der Reihe. Ein wenig nervös trat sie an das Whiteboard. »Philippe und ich sind der Meinung, dass es hilfreich für unsere Ermittlungen ist, die wichtigsten Resultate unsere bisherigen Befragungen zu visualisieren. So sehen wir auf einen Blick den aktuellen Stand des Falles. Ich gehe die Personen der Reihe nach durch und mache auf der Tafel Notizen zu Alibis und Motiven sowie Pfeile für Querverbindungen. Ein weiterer relevanter Aspekt ist die Frage, wer alles von Mirbeaus Tod profitiert. Diese Frage kann jedoch nicht abschließend beantwortet werden, weil wir nicht hundertprozentig wissen, ob ein Testament existiert.« Sie überlegte kurz. »Eine Anmerkung noch zum Verständnis. Die Fotos habe ich aus dem Internet.«

Sie erklärte und referierte wie aus dem Lehrbuch,

beziehungsweise so, wie sie es an der Uni in Seminaren gelernt hatte. Und sie arbeitete sich strukturiert vorwärts. Cleroc war richtig stolz auf seine Praktikantin. Folgende Tabelle bildete die Basis ihrer Ausführungen:

1. Beatrice Mirbeau, erste Frau, Malerin;
   kein Alibi, sie hat ihrem Personal freigegeben;
   Motiv: unklar

2. Rosalie Mirbeau, zweite Frau, Galeristin;
   Alibi von Lebensgefährtin Simone Delacroix;
   Motiv: unklar

3. Caroline Mirbeau, dritte Frau, noch mit C.M.
   verheiratet, Pferdezüchterin; kein Alibi;
   Motiv: evtl. Haupterbin

4. Jean-Pascal Murat, Besitzer der »Venusbar«,
   Vater von Aimée Duponts Kind; kein Alibi;
   Motiv: Eifersucht?

5. Paul Marchand, Geschäftsführer der Seniorenresidenz Palmenhain; war zwei Wochen
   untergetaucht, dann Selbstmord auf Sizilien;
   Motiv: Verdeckung einer Straftat?
   Rache?

6. Frédéric Delavigne, Schriftsteller; kein Alibi; Motiv: unklar; Befragung erforderlich wegen Hintergründe Schenkung der Kate

7. Luc Duchamps, ehemaliger Lehrer, Umweltaktivist; Alibi durch seine Frau Marianne; Motiv: unklar

8. Octave Mirbeau, Vater von C.M.; kein Motiv ersichtlich

9. Bolivianisches Drogenkartell, Auftragskiller? Motiv: Rache? Ausbleibende Geldforderung?

Cleroc bedankte sich bei Karima für ihren Vortrag.

»Ein weites Feld«, bemerkte Delphine trocken. »Der Fall scheint mir äußerst kompliziert zu sein.«

Lagarde konnte ihr nur zustimmen. »Ich habe noch eine Sache«, merkte er an. »Marianne Duchamps war zur fraglichen Zeit in der Nähe des Hirschtales. Dort hat sie ein Reh beobachtet, das durch irgendetwas erschreckt worden war. Außerdem hat sie eventuell den hellen Schemen eines Pferdes gesehen. Sie ist sich aber nicht sicher.«

»Vielleicht ist der Mörder zu Pferd gekommen«, mutmaßte die Rechtsmedizinerin.

»Möglich wäre es natürlich«, antwortete Lagarde. Er blickte nachdenklich auf die übersichtliche Darstellung und die farbigen Abbildungen auf der Tafel. »Ich glaube, dass uns eine wichtige Information fehlt. Deshalb können wir keinen logischen Zusammenhang herstellen und ein klares Motiv herausarbeiten. Wir brauchen noch mehr Informationen. Morgen rede ich noch einmal mit der Haushälterin von Beatrice Mirbeau. Irgendjemandem muss doch etwas aufgefallen sein.«

Er starrte weiter konzentriert auf die Tafel. Es war ganz still im Raum. »Ich glaube, es war etwas Persönliches.«

Delphine verspürte eine ähnliche Intuition und nickte, tief in Gedanken versunken. Cleroc ergriff das Wort. »Möglicherweise war es tatsächlich etwas Persönliches. Wir müssen die anderen Spuren dennoch weiter verfolgen. Wie ihr wisst, hat eine Boulevardzeitung das Gerücht gestreut, dass sich Mirbeau mit dem bolivianischen Drogenkartell angelegt hat und von einem Auftragskiller erschossen wurde. Seitdem haben uns einige besorgte Bürger angerufen, die meinten, einen Killer gesehen zu haben. Polizisten sind jedem Hinweis nachgegangen. Vorsichtshalber wurde Interpol eingeschaltet. Bisher gab es jedoch keine Spur von einem Killer.«

Sein Handy klingelte. Aufmerksam hörte er zu. Nachdem er das Telefonat beendet hatte, berichtete er. »Das war der Kollege aus der Zentrale. Soeben hat der Wirt der ›Roten Ziege‹ aus Brillevast angerufen. Ein Mann hat ein Zimmer in seiner Pension gemietet. Vor ungefähr einer halben Stunde. Er ist dunkelhäutig, klein, stämmig und sieht aus wie ein Südamerikaner. Bei seinem Gepäck befand sich ein Geigenkasten. Ein großer Geigenkasten. Der Wirt ist fest davon überzeugt, dass sich dieser Auftragskiller bei ihm eingemietet hat. Er hat große Angst und bittet um Hilfe.«

Cleroc sah angespannt auf seine Armbanduhr.

»Wir fahren hin«, entschied Lagarde. »Karima und ich. Ich rufe dich später an, Ludovic, und sage dir Bescheid.«

»Danke, Philippe.«

»Kommen Sie, Karima? Besser, wir beeilen uns. Ich muss nur noch schnell etwas im Labor abgeben. Holen Sie bitte mein Auto vom Parkplatz? Wir treffen uns gleich an der Hauptpforte.«

Karima steuerte den Wagen vom Parkplatz, nahm beim Kreisverkehr die zweite Ausfahrt und fuhr über die Avenue Amiral auf die Nationalstraße, Richtung Barfleur. Es herrschte reger Feierabendverkehr.

»Wenn es sich um den Auftragskiller handelt, warum hält er sich noch immer hier in der Gegend auf?«, fragte sie. »Der Doppelmord hat vor einer Woche stattgefunden. Danach wäre er doch sicherlich sofort verschwunden. Außer Landes am besten. Das macht doch keinen Sinn.«

»Das stimmt. Dieses Verhalten macht wirklich keinen Sinn.« Lagarde teilte ihre Einschätzung der Situation absolut.

»Vielleicht will er noch jemand anderen töten?«, spekulierte sie. »Ein weiterer Auftragsmord?«

»Ich denke, ein Profi würde sich anders verhalten. Aber man weiß ja nie. Es kann sein, dass er sich sicher fühlt. Ich schaue mir den Mann an und rede mit ihm. Hinweise aus der Bevölkerung müssen wir ernst nehmen. Und schließlich hat Charles Mirbeau tatsächlich eine Drohmail bekommen.«

Als sie die »Rote Ziege« in Brillevast erreicht hatten, stand der Wirt bereits vor der Tür des Bistros und wartete auf sie. Er fuhr sich nervös durch die Haare. Sein farbenfrohes Hawaiihemd hing auf einer Seite aus der Jeans.

»Da sind Sie ja«, rief er erleichtert, als sie ausstiegen. »Der Typ sieht aus wie ein typischer Auftragskiller. In dem Geigenkasten hat er sicherlich seine Waffe. Das Präzisionsgewehr ist in einzelne Teile zerlegt und hat ein Zielfernrohr. Das kennt man doch aus dem Fernsehen.« Er war so aufgeregt, dass er Lagarde nicht wiedererkannte.

»Beruhigen Sie sich bitte«, forderte der Kommissar ihn auf. »Ich kümmere mich darum. Wo ist der Mann jetzt?«

»Auf seinem Zimmer. Er hat eine Flasche Wasser und eine Packung Erdnüsse bei mir gekauft. Anschließend hat er sich zurückgezogen. Ich habe keine Ahnung, was er jetzt treibt.«

»Wo befindet sich das Zimmer?«

»Hinten im Garten habe ich ein kleines Gästehaus mit vier Fremdenzimmern. Normalerweise mieten sich dort Wanderer ein. Oder Vogelkundler. Aber doch keine Auftragskiller. Er hat das Zimmer oben links.«

»Hält sich sonst noch jemand in der Pension auf?«

»Nein, der Killer ist der einzige Gast. Außerdem hat er das gesamte Haus gemietet. Fünfhundert Euro hat er auf den Tresen geblättert. Der obere Salon hat ihm besonders gut gefallen. Er verfügt über ein Panoramafenster zum Wald hin.«

»Warum haben Sie ihn nicht abgewiesen, wenn er Ihnen verdächtig vorkam?«

»Ich habe mich nicht getraut. Diese Typen gehen doch über Leichen. Ich dachte, ich tue so, als wäre alles ganz normal. Außerdem habe ich den Geigenkasten erst später gesehen.«

»Wie ist der Mann überhaupt hergekommen? Ich sehe nirgends ein Fahrzeug mit auswärtigem Kennzeichen oder einen Mietwagen.«

»Ich habe keine Ahnung. Vielleicht hat ein Komplize ihn abgesetzt. Das ist doch alles wirklich sonderbar.«

»In Ordnung«, entgegnete Lagarde. »Sie gehen jetzt in die Gaststätte zurück und rühren sich nicht von der Stelle. Egal, was passiert. Karima, Sie setzen sich ins

Auto und bleiben dort, bis ich zurückkomme. Wenn Ihnen etwas verdächtig erscheint, rufen sie in Cherbourg an.«

»Aber …«

»Kein Aber. Sie tun, was ich Ihnen sage. Ich setze Sie keiner Gefahr aus.«

Widerstrebend gehorchte sie. Der Wirt war bereits im Bistro verschwunden. Lagarde orientierte sich kurz und folgte dann einem schmalen Weg, der zwischen zwei Gebäuden in den Garten führte. Im hinteren Teil erhob sich ein kleines Fachwerkhaus mit grünen Fensterläden und einem Schieferdach. Farbenprächtige Blumen rankten sich an einem Spalier bis zum ersten Stock. Es war eine hübsche Pension in ruhiger Lage. Kaum war Lagarde um die Ecke gebogen, folgte Karima ihm. Sie wollte ihn nicht alleine lassen. Auf der Polizeihochschule hatte sie gelernt, dass solche gefährlichen Einsätze immer zu zweit durchgeführt werden mussten. Das war oberste Regel.

Lagarde rannte im Schutz einer mit Weinlaub überwachsenen Mauer über die Wiese bis zum Hauseingang. Er trat durch die Tür und gelangte in den Flur. Von dort aus führte eine Treppe in das obere Stockwerk. Leise stieg er hinauf. Vor der Tür zum Gästezimmer blieb er stehen und lauschte. Aus dem Raum erklang klassische Musik. Er zog seine Pistole aus dem Halfter und entsicherte sie. Dann riss er die Tür auf und hob die Waffe. Ein Mann saß am offenen Fenster vor einem Notenständer und spielte hingebungsvoll Geige. Er war klein, stämmig, mit einem gewaltigen Bauch und am ganzen Körper dicht schwarz behaart. Bis auf eine pirolgelb glänzende Boxershorts war er nackt. Als er Lagarde erblickte, sprang er erschrocken auf und starrte ihn an. Er war zur Salzsäule erstarrt. Der Kommissar ließ die Waffe sinken. Er zog seinen Dienstausweis aus der Hemdtasche und zeigte ihn dem Mann. »Entschuldigen Sie bitte. Ich wollte Sie nicht erschrecken. Philippe Lagarde. Kriminalpolizei Cherbourg.«

Der Geiger fand seine Sprache wieder. »Was wollen Sie denn von mir? Sie haben mich zu Tode erschreckt.«

»Wir haben einen Hinweis bekommen, dass sich hier im Haus eine verdächtige Person aufhält. In der Gegend ist ein Verbrechen geschehen. Deshalb sind die Einwohner sehr wachsam und sensibilisiert. Offensichtlich handelt es sich um einen Irrtum.«

Der Mann sank auf den Hocker zurück. »Um einen gewaltigen Irrtum. Ich bin doch kein Krimineller. Ich bin Musiker. Ein Künstler.«

»Können Sie sich bitte ausweisen?«

»Ja, natürlich.« Er wühlte in einer Tasche, die auf dem Boden stand, und reichte Lagarde seinen Personalausweis.

»Giovanni Garibaldi. Italienischer Staatsbürger. Wohnhaft in Paris.«

»Genau. Kennen Sie mich nicht?«

»Nein.«

»Dann sind Sie kein wahrhafter Liebhaber von klassischer Musik. Ich bin der erste Geiger des Pariser Symphonieorchesters. Wir geben in drei Tagen ein großes Konzert im Élysée-Palast. Der Präsident François Hollande hat uns eingeladen. Ich glaube, er hat Namenstag oder Geburtstag. Das ist eine große Ehre. Ich habe mich in die Provinz zurückgezogen, um ungestört zu üben. Nur begleitet vom Rauschen des Blätterwaldes und dem Gesang der Vögel. Und dann werde ich überfallen.«

»Es tut mir wirklich leid, Monsieur Garibaldi. Darf ich Sie zu einem Glas Wein in die ›Rote Ziege‹ einladen?«

»Das hört sich gut an. Ein Gläschen Roten könnte ich auf den Schreck vertragen. Warten Sie noch kurz, ich möchte Ihnen eine CD von mir schenken. Sie wird Ihnen gefallen. Sagen Sie«, er zeigte mit dem Geigenbogen in Richtung Zimmertür. »Gehört diese junge Polizistin auch zu Ihrem Überfallkommando?«

Als sie über die holprige Landstraße nach Cherbourg zurückfuhren, herrschte Stille im Wagen. Lagarde sah aus dem Fenster, nahm die Umgebung jedoch nicht wirklich wahr. Er dachte über den Fall nach, so wie die meiste Zeit in den letzten Tagen. Er ging ihm nicht aus dem Kopf. Irgendetwas nagte an ihm. Etwas Wichtiges wollte an die Oberfläche. Er bekam es nicht zu fassen. Außerdem spürte er eine undefinierbare Unruhe. So wie Tiere vor einem großen Sturm.

Karima riss plötzlich das Lenkrad nach rechts, stoppte abrupt auf dem Damm neben einem Löschteich und brach in Tränen aus. Diese überraschende Aktion holte den Kommissar in das Hier und Jetzt zurück. Erschrocken blickte er sie an. »Was ist denn mit Ihnen, Karima? Geht es Ihnen nicht gut?«

»Jetzt werden Sie mich feuern. Ich habe alles falsch gemacht und mich Ihren Anweisungen widersetzt.«

Lagarde nahm kurz ihre Hand und drückte sie sanft. »Unsinn. Natürlich werde ich Sie nicht feuern. Ich brauche Sie doch. Sie haben einen Fehler gemacht, das kann vorkommen. Zum Glück ist Ihnen nichts passiert. Und jetzt Schwamm drüber. Ich fahre Sie nach Hause, es war ein anstrengender Tag.«

»Nein, bitte, lassen Sie mich weiterfahren.«

Er kapitulierte.

Als Lagarde und Karima die »Rote Ziege« verlassen hatten, waren sie von Mariella beobachtet worden. Sie hatte sich hinter einem Stapel Holz versteckt und sich gefragt, was wohl der Anlass für deren plötzliches Auftauchen gewesen war. Die junge Polizistin hatte eine schicke Uniform getragen. Ihr Teint war olivfarben, die Haare rabenschwarz, so wie bei Mariella. Sie sah richtig gut aus und total kompetent. Das Mädchen war in das Bistro gelaufen und hatte es geschafft, vom Wirt die Visitenkarte der Polizistin zu bekommen. Jetzt saß Mariella hinter dem Holzstapel in der Sonne und studierte die Angaben auf dem Kärtchen. Unbewusst drehte sie eine dicke Locke in ihr Haar und überlegte, ob sie die junge Frau anrufen sollte.

Als sich die Dunkelheit über die Nordküste des Cotentin gesenkt hatte, machte sich der Altenpfleger auf den Weg nach Saint-Pierre-Église. Als er die Seniorenresidenz erreicht hatte, stellte er sein Fahrzeug auf dem ausgewiesenen Parkplatz für das Personal ab. Mit entschlossenen Schritten lief er auf den hell erleuchteten Eingangsbereich zu. Er trug die exklusive Dienstkleidung, die ein Pariser Designer im Auftrag von Charles Mirbeau entworfen hatte und die zwingend vorgeschrieben war. Sie bestand aus einer weißen Hose, einem diagonal weiß-blau gestreiften Hemd, einer blauen Krawatte und einem ebenfalls blauen Käppi. Auf der Rückseite des Hemdes prangte ein Palmenhain mit einer farbenfrohen Papageienschar.

Der Pfleger passierte die Rezeption und grüßte die Nachtschwester freundlich. Sie telefonierte gerade und nickte ihm kurz zu. Er wusste, dass das Entrée videoüberwacht war, und senkte den Kopf ein wenig. Mit der Hand wischte er einen imaginären Stofffaden vom Schlips. Sein Weg führte am Bistro vorbei. Dort saß eine Gruppe älterer Herren um einen Tisch und spielte Karten. Aus der Musikbox erklang die Stimme von Edith Piaf: »Non, je ne regrette rien«. Auf der Terrasse hatte sich ein Damenquartett versammelt. Sie tranken eine Flasche Champagner, erzählten Anekdoten aus ihrer Vergangenheit und amüsierten sich königlich. Der hintere Ausgang der Villa war noch offen. Das gesamte Anwesen wurde jeden Abend pünktlich um zweiundzwanzig Uhr von einem Sicherheitsdienst abgeschlossen. Nachts drehte das gut geschulte Personal mit abgerichteten Hunden seine Runden. Zusätzlich wurde das gesamte Grundstück von einer hohen Mauer begrenzt. Charles Mirbeau hatte großen Wert auf ein umfassendes Sicherheitskonzept gelegt. Die Bewohner waren natürlich im Besitz eines Schlüssels, so dass sie ein- und ausgehen konnten, wann es ihnen beliebte.

Der Altenpfleger hatte die Fahrstühle des Anbaus erreicht und drückte auf einen Knopf. Als sich die Türen öffneten, kam eine Stationshilfe mit einem Wäschekorb heraus. Sie nickten sich zu. Die junge Frau konnte sich nicht erinnern, diesen Pfleger schon einmal gesehen zu haben. Doch da Charles Mirbeau auf beste Personalausstattung bestanden hatte, sprangen bei Engpässen Mitarbeiter einer Zeitarbeitsfirma ein. Außerdem hatte die Hauswirtschaftskraft ihre Arbeit in der Senioreneinrichtung erst vor kurzem aufgenommen.

Der Altenpfleger stieg im ersten Stock aus und lief durch den schwach beleuchteten Flur. Nachdem er einen Blick über die Schulter geworfen hatte, öffnete er die Tür zu Octave Mirbeaus Suite. Er hatte einen Schlüssel. Der Eingangsbereich und der Salon lagen im Dunkel. Der Pfleger ging zielstrebig in das Schlafzimmer. Dort brannten die Nachttischlampe und ein rosa Salzstein auf dem Fensterbrett. Octave Mirbeau lag im Bett und döste. Als er Schritte hörte, öffnete er die Augen. »Die Nachtschwester?«, fragte er mit leiser müder Stimme.

»Der Nachtpfleger. Ich bin die Vertretung, meine Kollegin hat sich krank gemeldet. Guten Abend, Monsieur Mirbeau. Ich gebe Ihnen Ihre Thrombosespritze, dann können Sie weiterschlafen.« Der Altenpfleger schlug die Bettdecke zurück und schob behutsam das Schlafanzugoberteil hoch bis zur mageren Brust des alten Mannes. Octave Mirbeau war mit einem Schlag hellwach. Die Stimme war ihm bekannt vorgekommen. Er hob ein wenig den Kopf und musterte die Person eindringlich. Dann fragte er überrascht: »Was machst du denn hier?« Er bekam keine Antwort. Ein Ruck fuhr durch seinen Körper, als die Nadel durch die Bauchdecke drang. Kurz darauf fielen ihm die Augen zu und sein Kopf sank in das Kissen zurück.

Marianne und Luc Duchamps fuhren in ihrem kleinen Boot auf einem Seitenarm der Saire auf die Mündung zu. Sie trugen dunkle Kleidung und wechselten selten ein geflüstertes Wort. Der Außenbordmotor tuckerte leise. Die weiße Mondsichel und funkelnde Sternbilder tauchten die weite Sumpflandschaft in einen milchigen Schein. Nebelschleier lagen auf dem Schilf. Vereinzelte Bäume erhoben sich, grauen Riesen gleich. Dazwischen kauerten Heuschober. Das Flusswasser glänze graphitschwarz.

Als sie die Bucht von Cosqueville erreicht hatten, fuhren sie in einem weiten Bogen auf das Ende der mächtigen Mole zu. Als der Abstand zu dem steinernen Wall noch etwa zweihundert Meter betrug, stellte Duchamps den Motor ab und griff nach den Rudern, die in den Dollen steckten. Die Ebbe hatte eingesetzt und er musste das Boot gegen den Sog vorantreiben. Wellen, bis zu einem halben Meter hoch, tanzten um die Nussschale. Bald konnten sie einen Blick auf den kleinen Hafen werfen. Vor dem Restaurant waren alle Tische besetzt. Die Gäste genossen das Dîner. Der Wind wehte ein lautes Frauenlachen über die See.

Nach einigen Minuten hatte Duchamps die Luxusyacht, die an der Mole mit Hilfe von Eisenringen vertäut war, erreicht. Es handelte sich um ein Schiff des Fabrikates Monte Fino 70, eine vierhundertfünfzigtausend Euro teure Yacht mit allen Schikanen. Sie bildete das letzte Glied in der Reihe von Booten, die an der Kaimauer lagen. Luc holte die Ruder ein. Marianne griff nach einer Strebe der Metallleiter und hielt so ihr Boot dicht an der Yacht. Sie agierten auf der vom Hafen abgewandten Seite. Der Pensionär klopfte mit der Faust kräftig gegen den Schiffsbauch. Ein dumpfer Hall ertönte aus dem Rumpf. Sollte eine Reaktion erfolgen, war Marianne bereit, den Außenborder sofort zu starten.

»Niemand ist an Bord«, flüsterte Luc.

Marianne nickte. »Sie sitzen beim Abendessen im Restaurant.«

»Dann los.«

Duchamps holte aus einem wasserdichten, fest verschnürten Rucksack eine Glasflasche. Sie war mit Benzin und Motorenöl gefüllt. Das Benzin diente als Brandbeschleuniger. Im Flaschenhals steckte ein Stück Stoff. Außerdem eine Zündschnur, die als Docht fungierte.

»Schalte den Motor an, Marianne.« Als er leise und regelmäßig tuckerte, richtete Duchamps sich breitbeinig im Boot auf, bis er festen Stand hatte. Mit einem Gasfeuerzeug entzündete er das Ende der Lunte. Langsam und unerbittlich züngelte die blaue Flamme die Schnur entlang. Duchamps holte aus und warf den Molotowcocktail in einem hohen Bogen auf das Deck der Yacht. Nach dem Flaschenwurf ließ er sich sofort nach vorne in das Boot fallen. Gleichzeitig gab Marianne Gas. Schnell entfernte sich die Nussschale. Sie schlug einen Haken und steuerte schließlich auf die Küste zu. Dort am Strand mussten sie nicht lange warten. Das ausgebrochene Feuer hatte inzwischen den Benzintank der Yacht erreicht. Jetzt erfolgte eine gewaltige ohrenbetäubende Explosion. Ein grellweißer Pilz schoss in die Schwärze der Nacht. Blutrote Flammen loderten meterhoch. Dichter schwarzer Qualm lag wie eine Wolke über der höllischen Szenerie. Glas splitterte, Wrackteile wurden durch die Luft geschleudert, Kunststoff schmolz und verbog sich. Der Gestank des verbrannten Materials erreichte den Küstensaum. Aus der Ferne, vom Quai und vom Restaurant her, waren entsetzte Schreie zu vernehmen. Bald darauf ertönten Feuerwehrsirenen.

Marianne und Luc tuckerten den Flussarm hinauf. An ihrer Austernhütte legten sie an. Schnell wechselten sie die Kleidung und öffneten eine Flasche Wein. Sie setzten sich an den Tisch neben dem Eingang. Im Schein von Kerzen stießen sie an.

»Auf die gelungene Aktion«, sagte Duchamps. »Niemand hat uns gesehen.«

»Hoffentlich.« Mariannes Hände zitterten leicht.

»Wenn ein Fischer uns bemerkt hat, wird er nichts sagen. Die brennende Fackel wird diese reichen, überheblichen Yachtbesitzer dazu bewegen, endlich hier zu verschwinden. Der Tauchgang von Mariella hat sie nicht überzeugt. Jetzt werden sie begreifen, dass es niemals ein Seeräuberparadies geben wird, und es kehrt wieder Ruhe ein.«

»Der Schaden liegt sicher in Millionenhöhe.«

»Die Versicherung bezahlt ihn. Mache dir keine Sorgen, Liebes.«

Währenddessen rannten Hafenmitarbeiter über die Mole und sprangen in voller Montur und mit einem Messer im Mund in das Meer. Sie trennten die Leinen durch, so dass die Monte Fino 70 von den anderen Booten wegtrieb. Inzwischen war auch die Feuerwehr eingetroffen. Das Löschen des Brandes gestaltete sich äußerst schwierig, die Flammen loderten immer wieder auf. Neben Wasser wurde auch Schaum eingesetzt. Die Gelbhelme löschten vom Land aus und setzten gleichzeitig ein Löschboot ein, das aus sechs Rohren spritzte. Endlich konnte das Feuer erstickt werden. Von der Yacht war nicht mehr viel übrig.

SEERÄUBERPARADIES

Samstag, 8. Juni
Die schmale Straße führte in Schlangenlinien bergauf. Auf der Hochebene standen in einem Zedernwäldchen drei prächtige, typisch normannische Seebadvillen. Davor erstreckten sich gemähte Getreidefelder, auf denen Strohballen lagen. Der Weg endete an einem kleinen Parkplatz mitten im Wald. In der Nacht hatte es leicht geregnet und die Blätter der Eschen und Kastanien glänzten in einem frischen Grün. Vom Parkplatz aus führte ein Wanderpfad zu der Kate von Frédéric Delavigne. Er wurde von dichten Stechpalmenhecken, Haselstauden und Riesenfarnen gesäumt. Aus dem Gebüsch wuchs in üppiger Blüte magentafarbener Fingerhut. Vogelgesang erklang aus dem Gestrüpp. Rechter Hand des Pfades befand sich ein moosgrüner Hang. Unten im Tal plätscherte ein Bach auf das Meer zu. Im Mündungsdelta saßen Wanderer auf Quadersteinen und bewunderten die Aussicht auf den blassblauen Ozean. Auf dem Plateau vor dem Klippenabsturz klammerten sich Heidekraut, Bärlapp und Flechten an den felsigen Untergrund. Höchstens zwei Meter von Klippenrand entfernt

thronte das Häuschen auf einer Felsnase. Es war aus groben Granitsteinen erbaut, hatte ein Reetdach und winzige himmelblaue Fensterläden.

Karima trat an den Rand und spähte in die Tiefe. Eine fünfzig Meter hohe Felswand stürzte senkrecht auf den steinigen Ufersaum. Die heranrollende Flut überspülte die äußersten Ausläufer. Eine kleine sandige Bucht schmiegte sich an die Klippen. Dort hinunter führte ein steiler Pfad. Lagarde entdeckte Delavigne hinter dem Haus. Er saß auf einer Bank vor einem Holztisch und schrieb konzentriert auf seinem Laptop.

»Guten Morgen, Monsieur Delavigne«, grüßte Lagarde.

Der Schriftsteller blickte irritiert auf, dann erkannte er die Besucher. »Guten Morgen. Das ist ja eine Überraschung«, erklärte er und lächelte. »Der Kommissar und seine Assistentin. Sie haben mich gefunden, das ist gar nicht so einfach.«

»Wir wollen gerne noch einmal mit Ihnen reden«, erklärte Lagarde.

»Ja natürlich. Nehmen Sie doch Platz. Ist das nicht ein herrlicher Morgen? Was gibt es Schöneres, als hoch über dem Meer zu sitzen und zu schreiben. Darf ich Ihnen einen Kaffee anbieten? Ich habe gerade frischen gekocht.«

Die Polizisten nickten. »Wenn es keine Umstände macht.«

»Aber nein. Ich habe zwar einen Elektroherd und eine Kaffeemaschine. Aber ich schüre auch einen Ofen mit Holz, das ich im Wald sammle, und brühe den Kaffee selbst auf. Mein Leben hier ist schlicht und naturverbunden. Ich liebe es.«

Als er seine Gäste mit Kaffee versorgt hatte, setzte er sich zu ihnen.

»Was schreiben Sie gerade?«, fragte Lagarde.

»Ich arbeite an einem Gedicht. Gestern Abend, als ich hier unter dem Sternenhimmel saß, lauschte ich dem archaischen Rauschen des Meeres, dem Wispern des Windes und dem Kreischen der Seevögel. Dabei hatte ich eine starke Eingebung. Als hätte eine Muse mir etwas ins Ohr geflüstert. Die Verse handeln von Liebe, Untreue und Verrat. Ein klassisches Thema, schon in der Antike. Ich glaube, das Gedicht wird wunderbar.«

Lagarde beschloss, nun zur Sache zu kommen. »Gestern am späten Abend hat es im Hafen von Cosqueville eine schwere Explosion gegeben. Eine teure Motoryacht ist in Flammen aufgegangen. Zum Glück befand sich niemand auf dem Schiff. Ein Feuerwehrmann erlitt bei den Löscharbeiten eine leichte Rauchvergiftung.«

»Davon habe ich noch nichts gehört. Das ist ja schrecklich.«

»Die Brandursache ist noch nicht geklärt. Die Yacht wird von Experten untersucht. Es ist möglich, dass ein technischer Defekt das Feuer verursacht hat. Vielleicht war es aber auch ein Sabotageakt. Können Sie sich vorstellen, dass die Umweltschützer für diesen Anschlag verantwortlich sind?«

Delavigne wurde blass. »Aber nein, wir sind redliche Leute und kämpfen mit legalen Mitteln gegen dieses irrsinnige Projekt.«

Das hatte Lagarde schon öfter gehört und war sich da nicht mehr so sicher.

»Sie wissen also nichts über diese Explosion?«

»Nein, wo denken Sie hin?«

»Sie saßen hier vor Ihrer Hütte unter dem Sternenhimmel. Alleine?«

»Ja, genau. Das war auch ein Glücksfall. Sonst hätte mich die Muse wahrscheinlich nicht geküsst.«

Auf diese Bemerkung ging Lagarde nicht ein.

»Monsieur Delavigne, wir haben uns gefragt, wie ein, sagen wir mal, mäßig erfolgreicher Schriftsteller eine Fischerkate am Meer kaufen kann.«

Karima nahm wahr, wie der Poet nervös mit den Augen blinzelte. Er schwieg und wartete ab, wie sich das Gespräch weiter entwickelte.

»Ein Kollege von mir war beim Grundbuchregister in Cherbourg und hat Erkundigungen eingezogen. Wollen Sie uns nicht erzählen, wie Sie zu dem Häuschen gekommen sind?«

Der Mann rieb sich mit den Händen über sein unrasiertes Gesicht, das inzwischen eine rötliche Farbe angenommen hatte. »Ich war mir sicher, dass Sie es herausfinden werden. Ich hätte es Ihnen erzählen sollen.«

»Dann machen Sie es doch jetzt.«

Der Schriftsteller nickte. »In Ordnung.« Er ließ seinen verunsicherten Blick über das Meer schweifen. Schließlich begann er zu berichten. »Ich bin in der Nähe von Grasse aufgewachsen. Zusammen mit drei Brüdern. Meine Mutter war Hausfrau, mein Vater Parfumeur. Er war gut, sehr gut sogar. Das Kreieren von Parfum erfordert nicht nur einen herausragenden Geruchssinn, sondern auch ein hohes Maß an Kreativität. Er konnte sich jedoch gegen die großen Hersteller nicht durchsetzen. Wir hatten nie viel Geld. Schon als Jugendlicher habe ich den Bauern bei der Weinlese geholfen. Ich habe Holz mit ihnen gemacht und die Ernte mit eingebracht. Meine Leidenschaft war aber immer das Schreiben. Als ich volljährig war, habe ich mich nach Paris aufgemacht, um an meinem Durchbruch als Schriftsteller zu arbeiten. Ich habe versucht, Zugang zu der dortigen Künstlerszene zu finden. Mit Theaterstücken, Drehbüchern, kleinen Gedichtbänden habe ich mich mehr schlecht als recht über Wasser gehalten. Mit Reiseberichten konnte ich kleine Erfolge erzielen. Aber Paris ist sehr teuer. Und irgendwann war es mir zu hektisch dort. Bei einer Wanderung mit Freunden an dieser schönen Küste habe ich diese Kate entdeckt und mich auf der Stelle in sie verliebt. Ich habe mich nach dem Eigentümer erkundigt und ihn schließlich auch ausfindig gemacht.«

Er schwieg für einen Moment und betrachtete versonnen den sich aufklärenden Himmel.

»Der Eigentümer war Charles Mirbeau, nicht wahr?«, sagte Lagarde.

»Ja. Ich sprach mit ihm und machte ihm ein Angebot. Ich wollte das Haus mieten. Niemals hätte ich mir leisten können, es zu kaufen.«

»Wann war das?«

»Vor ungefähr einem Jahr. Mirbeau hielt sich gerade in der Gegend auf und wir kamen in der ›Roten Ziege‹ ins Gespräch.«

Er verstummte und wusste nicht, wie er weitermachen sollte. Lagarde half ihm auf die Sprünge. »Er hat Ihnen einen Deal vorgeschlagen.«

Delavigne nickte. »Ja. Es kam mir vor wie ein Pakt mit dem Teufel. Aber ich wollte dieses Haus unbedingt besitzen.«

»Er hat es Ihnen geschenkt.«

»Ja. Er hat das Eigentum an der Kate unter einem Nießbrauchsvorbehalt an mich übertragen. Damit hatte er mich in der Hand. Es hat allerdings eine Weile gedauert, bis ich das begriffen hatte.«

»Was hat er als Gegenleistung von Ihnen verlangt?« Lagarde ahnte es bereits, wollte es aber aus dem Mund von Delavigne hören.

»Ich sollte mich der Gruppe der Umweltschützer

anschließen. Mirbeau wollte wissen, was sie planten. Und ich habe ihn darüber informiert. Er war ihnen immer einen Schritt voraus. Ihre Aktionen kamen nicht überraschend für ihn. Er war darauf vorbereitet und konnte entsprechend reagieren oder sie sogar verhindern. Meine Aufgabe war es auch, die Mitglieder zu manipulieren. Sie beispielsweise mit gut bezahlten Arbeitsplätzen im Seeräuberparadies zu ködern und den wirtschaftlichen Aufschwung durch das Projekt anzupreisen.«

Er spuckte es förmlich aus, offenbar angewidert von sich selbst. »Ich war ein Spitzel. Ein Spion. Oder ein Maulwurf, wenn Sie so wollen. Es war entsetzlich für mich. Die Gruppe war mir sympathisch. Ich konnte ihre Ziele nachvollziehen. Ich habe dieses grässliche Projekt auch aus vollstem Herzen verabscheut. Bald habe ich tiefe Scham empfunden.«

»Aber Ihnen blieb keine Wahl.«

»Nein. Sonst hätte er mich aus der Hütte geworfen. Er hätte nur behaupten müssen, dass er sie selbst nutzen wollte. Es war eine furchtbare Situation.«

»Sie haben diese Situation nicht mehr ertragen. Deshalb sind Sie am letzten Samstagmorgen in den Wald gegangen und haben ihn erschossen. Seine Verlobte ebenfalls. Sie war eine Zeugin.«

Delavigne erstarrte. »Nein, Monsieur le Commissaire. So war es nicht. Ich habe weder ihn noch seine Verlobte getötet. So ein Verbrechen könnte ich gar nicht begehen. Ich wollte den ganzen Schlamassel aussitzen. Wie schon immer in meinem Leben. Als das nicht funktionierte, habe ich versucht, mit ihm zu reden. Ihn zu überzeugen, dass ich nicht mehr für ihn spitzeln konnte. Er hat mich ausgelacht. Es war nicht mit ihm zu reden. Aber ich habe ihn nicht erschossen. Das müssen Sie mir glauben.«

Lagarde sah ihn ernst an.

»Monsieur Delavigne, Sie haben ein starkes Motiv. Sie haben den Druck, den Mirbeau aufgebaut hat, nicht mehr ertragen. Sie hatten Angst, dass Ihre Mitstreiter Ihnen auf die Schliche kommen. Die Spionage war eine diffizile Gratwanderung. Jederzeit hätten Sie auffliegen können. Sie konnten deswegen nicht mehr ruhig schlafen. Ihre Kate ist mindestens zweihunderttausend Euro wert. Durch den Tod von Mirbeau sind Sie Eigentümer ohne Vorbehalt geworden. Ich werde sie von der Spurensicherung untersuchen lassen. Wir werden auch mit Spürhunden die Umgebung durchkämmen.«

»Sie werden nichts finden. Ich habe kein Gewehr und ich bin unschuldig.«

»Wir werden sehen. Wenn wir noch Fragen haben, kommen wir auf Sie zu.«

»Ja, natürlich.«

»Eine Anmerkung noch, Monsieur Delavigne. Es ist Ihnen doch klar, dass Sie das Eigentum an dem Haus verlieren, wenn Sie des Mordes an Charles Mirbeau überführt und verurteilt werden? Einen schönen Tag noch und danke für den Kaffee.«

Die Polizisten liefen über den Wanderpfad zurück zum Parkplatz. Der Schriftsteller stand reglos auf der Felsnase über dem Meer und blickte ihnen lange nach. Er verspürte tiefe Verzweiflung. Für einen Moment war er versucht, sich die Klippen hinunterzustürzen. Dann überlegte er es sich anders, ging schweren Schrittes in seine Fischerkate und schenkte sich ein Glas Wein ein. Anschließend ließ er sich auf die Bank sinken und starrte nachdenklich auf die herangleitende Flut, die leise grollte.

»Glauben Sie, er ist der Täter?«, fragte Karima.

»Was glauben Sie?«

Die Praktikantin überlegte. »Ich kann ihn mir als Todesschütze nur schwer vorstellen. Er scheint mir ein feinsinniger, sensibler Schöngeist zu sein, der am liebsten über seinen Texten sitzt.«

»Er hat sich als Maulwurf betätigt und seine Freunde bei den Umweltaktivisten verraten. Vergessen Sie das nicht.«

»Ja, das stimmt. Ich hätte es ihm nicht zugetraut. Ob die Spurensicherung die Waffe bei ihm findet?«

»Ich kann mir nicht vorstellen, dass er so dumm ist, das Gewehr hier irgendwo zu verstecken, falls er der Täter ist. Aber warten wir es ab.«

»Sprechen wir jetzt mit der Haushälterin von Beatrice Mirbeau?«

»Ja, mal sehen, ob sie zu Hause ist.«

Karima parkte vor dem Schloss. Als sie die Zufahrt hinaufliefen, entdeckten sie eine Frau. Sie saß in einem Pavillon, der sie vor den starken Sonnenstrahlen schützte, und rupfte Hühner. Lagarde schätzte sie auf ungefähr siebzig Jahre. Sie trug eine Schürze und war in ihre Arbeit vertieft. Erst als die Polizisten freundlich grüßten, blickte sie auf. Lagarde zeigte seinen Ausweis. »Sind Sie Marie, die Haushälterin von Madame Mirbeau?«

»Ja, Monsieur. Die bin ich.«

»Ist sie zu Hause?«

»Nein. Vor einer Stunde ist sie nach Cherbourg gefahren. Sie wollte ein Fachgeschäft für Künstlerbedarf aufsuchen, um Ölfarben und einige Pinsel zu kaufen. Einer ihrer Lieblingspinsel, den sie häufig benutzt, ist aus dem Atelier verschwunden. Ich habe keine Ahnung, wo er sein könnte. Ich würde Madames Malutensilien beim Putzen niemals anrühren.«

Lagarde wusste, wo der Pinsel war, vertiefte das Thema aber nicht. »Ich möchte gerne mit Ihnen sprechen. Es geht um das letzte Wochenende. Haben Sie da gearbeitet?«

Sie blickte ihn mit großen, ängstlichen Augen an. »Sie meinen das Wochenende, an dem Charles ermordet wurde?«

»Ja, genau.«

»Madame hatte mir freigegeben. Von Donnerstag bis Samstag.«

»Gab es dafür einen Grund?«

»Sie hatte eine kreative Phase. Dann will sie in Ruhe malen. Das kommt manchmal vor.«

»War sonst noch jemand im Schloss?«

»Nein. Der Gärtner hatte auch frei.«

»War Madame Mirbeau zu Hause, als Sie am Sonntag Ihre Arbeit wieder aufgenommen haben?«

»Ja, sie saß auf der Terrasse und trank Kaffee. Ich habe ihr erst einmal ein schönes Frühstück zubereitet. So, wie sie es gerne mag.«

»Ging es ihr gut?«

»Ja, sicher. Sie sah nur ziemlich erschöpft aus. Übermüdet. Wahrscheinlich hat sie auch nachts gemalt.«

»Macht sie das öfter?«

»Ja. Sie sagt immer, schöpferische Phasen halten sich an keine Uhrzeiten.«

»Danke schön für Ihre Aussage, Madame Marie, das war es schon.«

Die Haushälterin wirkte erleichtert. Energisch riss sie einem Huhn weitere Federn aus. Lagarde sah ihr zu. »Ihre Chefin ist eine berühmte Malerin. Ich habe einige ihrer Bilder gesehen. Sehr eindrucksvoll.«

»Oh ja. Sie malt wunderschön.« Marie lächelte.

»Und sie ist sehr sportlich. Ich glaube, sie rudert jeden Tag.«

»Das stimmt, Monsieur le Commissaire. Außer es gibt Sturm. Dann wäre es viel zu gefährlich, auf das Meer hinauszufahren.«

»Sicherlich ist sie auch eine brillante Schützin.«

»Das kann man wohl sagen.« Maries Stimme klang jetzt stolz. »Sie schießt Ihnen auf hundert Meter Entfernung einen Fingerhut vom Kopf und Sie spüren nur einen Luftzug.« Sie lachten über den treffenden Vergleich. Lagarde wandte sich zum Gehen, drehte sich jedoch noch einmal um und zeigte auf den alten Steinbrunnen mit dem goldenen Engel. »Ich finde, die Statue wirkt richtig erhaben. So, als wolle sie sich jeden Moment mit einem kräftigen Flügelschlag in den Himmel erheben.« Marie schaute verblüfft auf die imposante Figur. Sie konnte nichts dergleichen erkennen, wollte dem Kommissar jedoch auch nicht widersprechen. Stattdessen erzählte sie: »Madame Beatrice liebt diesen Brunnen. Und vor allem den goldenen Engel. Unter seinen Flügeln hat ihr einst Charles Mirbeau seine Liebe erklärt und ihr einen Heiratsantrag gemacht. Kurz darauf haben sie sich verlobt.«

»Das ist eine sehr romantische Geschichte. Sie gefällt mir. Au revoir, Madame Marie.«

Als sie wieder im Auto saßen, war Karima ganz aufgeregt. »Sie hat gelogen. Beatrice Mirbeau, meine ich. Sie kann schießen. Und zwar offensichtlich sehr gut.«

»Ja. So sieht es aus.«

»Wollen wir sie damit konfrontieren?«

»Das machen wir. Aber zuerst gehen wir mittagessen. Meine Nachbarn haben uns eingeladen. Sie sind sehr nett. Ich konnte ihnen den Wunsch nicht abschlagen.«

»Prima. Ich habe Hunger. Ich muss nur noch meiner Mutter Bescheid sagen.«

»Machen Sie das.«

Während die Praktikantin in gewagtem Tempo über die Schotterpiste rumpelte und das Fahrzeug mit einer Hand lenkte, hielt sie mit der anderen ihr Handy ans Ohr und telefonierte mit Madame Rachida. Lagarde ließ sie gewähren.

Angélique und Richard Martinet, die Nachbarn des Kommissars, lebten in einer wunderschönen normannischen Villa. Sie lag auf den Dünen oberhalb des breiten Sandstrandes von Barfleur. Die Fassade war cremefarben, das Fachwerk mahagonibraun gestrichen. Das Haus war zweistöckig mit einem breiten Erker über der Eingangstür und einem weiteren Anbau zur Meerseite hin. Das Schieferdach wurde von einem roten Backsteinkamin gekrönt. Vor dem Hauptportal erhob sich ein eleganter Portikus mit gedrechselten Säulen und einer spitzen Abdeckung. Dorthin führte die Haupttreppe, die von zwei Seiten über weißlackierte Stiegen erreicht werden konnte. Der Grillplatz lag geschützt neben dem Wintergarten auf einer kleinen gepflasterten Veranda. Eine alte knorrige Libanonzeder spendete Schatten. Das Thermometer zeigte achtundzwanzig Grad an.

Das Ehepaar begrüßte die Gäste mit großer Herzlichkeit. Wie immer, wenn sie Besuch erwarteten, hatten sie sich schick gemacht. Angélique trug ein enganliegendes, ärmelloses, goldenes Kleid, dessen Saum fast bis zum Boden reichte, dazu passende Riemchensandalen mit hohen Absätzen. Die langen blonden Haare wurden von einer Samtschleife zusammengehalten. Ihre Lippen waren bordeauxrot geschminkt, der Lidschatten reichte bis zu den Augenbrauen und glitzerte messingfarben. Richard hatte einen ockerbraunen dreiteiligen Anzug gewählt. Unter der Weste trug er ein weißes gestärktes Hemd. Die Fliege war schokoladenbraun mit beigen Punkten. Die beiden waren über achtzig Jahre alt, lebensfroh, gütig und von Optimismus erfüllt. Sie hatten sich im Algerienkrieg unter dramatischen Umständen kennengelernt und sich unsterblich ineinander verliebt. Seitdem waren sie unzertrennlich. Richard arbeitete noch immer ehrenamtlich bei der Seenotrettung von Barfleur. Er kannte die normannischen Gewässer wie seine Westentasche und hatte bei Havarien schon etliche Menschenleben gerettet. Angélique liebte Kinder und war im örtlichen Kindergarten als Lesepatin unentbehrlich. Jeden Morgen fuhren sie bei Wind und Wetter mit einem kleinen Motorboot auf das Meer hinaus und leerten ihre Reusen.

Sie setzten sich um einen runden Holztisch, den Angélique bereits gedeckt hatte. Sie griff nach Karimas Hand und drückte sie voller Freude. »Es ist schön, dass Sie auch mitgekommen sind. Philippe hat uns schon erzählt, dass sie zusammenarbeiten. Das ist sicherlich sehr spannend.« Lächelnd schenkte sie die Getränke ein. »Das ist selbstgemachte eiskalte Orangenlimonade mit Zitronenmelisse. Genau das Richtige bei dieser Hitze. Natürlich haben wir auch gekühlten Sauternes. Magst du ein Glas, Philippe?«

»Gerne.«

»Es gibt nur ein schlichtes Mittagessen«, informierte Angélique ihre Gäste. »Weiße Krabben, mit Lorbeer und Fenchel zubereitet, Rindersteaks und Putenschnitzel vom Grill mit Gemüse, Käse, und zum Nachtisch Obstsalat.«

Karima und Lagarde waren sich einig, dass sich die Menüzusammenstellung äußerst vielversprechend anhörte. Während Richard am Grill hantierte und seine Frau die Vorspeise aus der Küche holte, beobachteten sie amüsiert die Dorfjugend am Strand. Kinder und Teenager paddelten auf Surfbrettern und fast bis zum Bersten aufgeblasenen Traktorreifen auf dem türkisen Meer. Sie johlten und lachten ausgelassen. Einer der Burschen kletterte die Leiter zu einem hölzernen Pier hoch, der einige Meter in das Meer ragte. Nachdem er sich vergewissert hatte, dass er die volle Aufmerksamkeit der Mädchen genoss, vollführte er einen Salto und tauchte mit einem eleganten Hechtsprung in das Wasser ein. Weiter draußen, wo der Horizont zu einem dunstigen Panorama verschwamm, malten die Segel der Kitesurfer Farbtupfer in den Himmel.

Richard brachte eine Porzellanplatte mit gegrilltem Fleisch, das verführerisch duftete. »Lasst es euch schmecken.«

Während des Mittagessens unterhielten sie sich über Karimas Studium. Richard wollte alles ganz genau wissen. Auch seine Frau war von der ehrgeizigen, charmanten, jungen Frau sehr angetan.

»Haben Sie auch einen Freund?«, wollte sie wissen. »An der Hochschule gibt es doch sicher jede Menge attraktive Männer. Richtige Draufgänger, die Extremsport treiben und schießen können wie John Wayne.«

Karima errötete.

»Sei doch nicht so indiskret«, ermahnte Richard seine Frau. »Jede junge Dame hat ihre Geheimnisse, die uns nichts angehen.«

Rasch wechselte Angélique das Thema. Sie wollte die sympathische Studentin nicht in Verlegenheit bringen. »Ich überlege seit einer Weile, ob ich mein Auto verkaufen soll.« Sie deutete auf einen kleinen, roten, kugelförmigen Peugeot, der vor der Garage abgestellt war und in der Sonne glänzte wie neu. Lagarde bemerkte Karimas sehnsüchtigen Blick.

»Das Fahren in dem chaotischen Straßenverkehr strengt mich mittlerweile immer mehr an. Wenn wir etwas zu erledigen haben, nehmen wir meistens Richards Wagen. Bei weiteren Reisen fahren wir mit dem Zug. Hast du Interesse, Philippe?«

Lagarde schüttelte entschieden den Kopf. »Es ist lieb, dass du an mich denkst. Aber ich mag meine alte zerbeulte Kiste.«

»Wir könnten eine Annonce in die Lokalzeitung setzen«, schlug Richard vor.

Seine Frau nickte. »Das ist eine gute Idee.«

Beim Kaffee erzählte Angélique von ihrem Besuch in der Seniorenresidenz Palmenhain. »Stellt euch vor, heute Morgen wollte ich Octave besuchen.«

Lagarde sah sie erstaunt an. »Du meinst doch nicht etwa Octave Mirbeau?«

»Doch, genau den meine ich. Kennst du ihn?«

»Karima und ich haben ihn im Rahmen unserer Ermittlungen am Mittwoch besucht und mit ihm gesprochen.«

Richard sah ihn mit ernster Miene an. »Es geht um das Verbrechen im Forst von Gonneville. Wir haben natürlich die Berichte in der Zeitung gelesen. Charles Mirbeau war sein Sohn.«

»Ja. Aber ich habe dich unterbrochen, Angélique«, sagte Lagarde. »Entschuldige bitte.«

»Das macht doch nichts. Auf jeden Fall wollte ich ihn besuchen und mit ihm im Bistro Kaffee trinken. Das mache ich öfter. Wir kennen uns von früher. Octave ist im gleichen Dorf wie ich aufgewachsen. Wir mochten uns von Kindesbeinen an. Es war so eine Art Seelenverwandtschaft. Als er nach Le Havre gezogen ist, haben wir uns aus den Augen verloren.« Sie sah betrübt in die Runde. »Octave ist tot. Die nette Schwester an der Rezeption hat mir erzählt, dass er in der Nacht friedlich eingeschlafen ist. Es macht mich so traurig.«

»Als wir bei ihm waren, machte er doch einen stabilen Eindruck«, warf Karima ein. Sie war alarmiert und fühlte, dass Lagarde es auch war.

»Ja, das ist schon richtig«, bestätigte Angélique. »Aber in unserem Alter kann das ganz schnell gehen. So ist das Leben nun einmal. Irgendwann bleibt das Herz stehen. Am Morgen hat eine Stationshilfe ihn tot in seinem Bett gefunden. Die Ärztin der Senioreneinrichtung hat ihn kurz untersucht und dann den Totenschein ausgestellt. Das weiß ich auch von der Krankenschwester.«

»Weißt du, wo sich Octave Mirbeau jetzt befindet?«, wollte Lagarde wissen.

»Ich nehme an, seine sterblichen Überreste sind im Bestattungsinstitut von Saint-Pierre-Église. Er wird eingeäschert. In drei Tagen findet die Beerdigung statt. Wir gehen natürlich hin.«

Lagarde entschuldigte sich und winkte Karima mit sich. Eilig verschwanden sie um die Ecke.

»Was ist denn jetzt los?«, wollte Richard wissen.

»Ich vermute, es geht um den Fall. Sie wollen sich besprechen. In unserem Beisein dürfen sie das nicht.«

»Wahrscheinlich hast du recht.«

Lagarde und Karima hatten sich unter die Fächer einer Pinie zurückgezogen. »Das kann kein Zufall sein«, meinte er. »Octave Mirbeau wirkte doch fit, als wir bei ihm waren.«

Die Praktikantin stimmte ihm zu. »Was machen wir jetzt?«, fragte sie.

»Wir lassen ihn in die Rechtsmedizin zu Delphine bringen«, entschied er. »Sie soll ihn untersuchen. Ich habe meine Zweifel, dass er eingeschlafen ist.« Er griff nach seinem Handy und begann zu telefonieren. Als er die weiteren Schritte in die Wege geleitet hatte, verabschiedeten sie sich bei ihren Gastgebern. »Es tut mir leid, aber wir müssen jetzt los«, entschuldigte Lagarde sich. »Herzlichen Dank für die Einladung.«

Als sie wegfuhren, winkte das Ehepaar ihnen nach. Richard legte den Arm um seine Frau. »Was hat das alles zu bedeuten?« Angélique starrte auf die Staubwolke, die Karima hinterlassen hatte. »Mon Dieu, meinst du, Octave wurde auch ermordet? Das wäre ja entsetzlich.«

Während der Rückfahrt nach Cherbourg hatte Delphine Moreau angerufen und bestätigt, dass Mitarbeiter des Bestattungsunternehmens Octave Mirbeau in das rechtsmedizinische Institut gebracht hatten. Sie hatte vorher die Überführung in die Wege geleitet. Dafür war ein Telefonat mit dem Bestatter erforderlich gewesen. Sie hatte ihn gebeten, vorerst nichts zu unternehmen, da die Angelegenheit vom Staatsanwalt geprüft werde. Nachdem sie ihm von ihrem Verdacht berichtet hatte, stellte er die erforderlichen Papiere aus. Für die Obduktion hatte sie zwei Stunden angesetzt. Danach wollten sie sich im Büro von Ludovic treffen, um die Ergebnisse der Untersuchung zu besprechen.

Deshalb hatten Lagarde und seine Praktikantin beschlossen, zunächst zum Hafen von Cosqueville zu fahren und sich die ausgebrannte Yacht anzusehen. Lagarde wollte wissen, ob es sich bei dem Feuer um einen technischen Defekt oder um Brandstiftung gehandelt hatte. Das war wichtig, um einschätzen zu können, wie weit die Saboteure gehen würden. Schließlich war es möglich, dass die Umweltaktivisten etwas damit zu tun hatten. Und vielleicht gab es tatsächlich einen Zusammenhang mit dem Doppelmord im Forst von Gonneville.

Noch in derselben Nacht, als das Feuer die Monte Fino 70 zum großen Teil zerstört hatte, war sie in den Hafen gezogen worden. So hätte man sie bei einem eventuellen Sinken leichter bergen können. Am Morgen hatte ein Kran das Schiff aus dem Wasser gehoben. Jetzt lag es am Ufer. Man hatte es auf Schiffsböcke gesetzt und eine Plane darüber gespannt. Brandexperten in weißen Overalls untersuchten die verkohlten Überreste.

»Guten Tag«, sagte Lagarde und zeigte seinen Dienstausweis. »Kripo Cherbourg. Wir ermitteln in einem Mordfall. In diesem Zusammenhang interessieren wir uns auch für die ausgebrannte Yacht. Gibt es schon Hinweise auf die Ursache der Explosion?«

»Guten Tag.« Ein älterer Mann trat unter der Plane hervor, nahm den Mundschutz ab und warf einen Blick auf den Ausweis. Er trug Latexhandschuhe und hielt ein Klemmbrett in der Hand. »Wir haben auf den Überresten des verbrannten Decks Glassplitter gefunden, die von einer Flasche stammen könnten. Auf einem Teil einer Palisanderholzbohle befindet sich eine verkohlte Spur, wie von einer Zündschnur. Der Benzintank ist völlig zerfetzt. Meine Kollegen und ich sind uns noch nicht hundertprozentig sicher. Die Untersuchungen werden fortgeführt. Folgendes Szenario ist jedoch durchaus vorstellbar. Jemand hat eine Benzinbombe, also einen Molotowcocktail, auf das Schiffsdeck geworfen. Es ging in Flammen auf. Schließlich erreichte das Feuer den Tank und es kam zu der Explosion.«

»Also kein technischer Defekt.«

»Es sieht nicht so aus. Die Yacht war fast neu und ist vor der Fahrt hierher gründlich gewartet worden.«

Eine junge Frau kam aus dem provisorischen Zelt. Sie zog die Kapuze vom Kopf, wischte sich den Schweiß von der Stirn und schüttelte die roten Locken. »Am Dienstagabend gab es hier schon einmal einen Sabotageakt. Bei zwei Yachten wurden die Taue durchgeschnitten. Unter Wasser. Sie sind abgetrieben und wurden von der Seenotrettung zurückgeholt. Die Eigentümer haben Anzeige erstattet. Die Polizei tut sich jedoch schwer mit den Ermittlungen. Es gibt keine Zeugen. Niemand hat etwas gesehen. Gestern übrigens auch nicht.«

»Danke für die Auskunft. Sie haben uns weitergeholfen. Au revoir.«

Sie liefen über den feuchten Sand auf die Uferstraße. Lagarde sah auf seine Armbanduhr. »Wir haben noch ein wenig Zeit bis zur Besprechung. Ich könnte einen Kaffee vertragen. Wollen wir uns vor das Bistro setzen?«

»Ja, gerne.«

Während sie Kaffee tranken, fragte Karima: »Glauben Sie, die Umweltschützer stecken hinter den Sabotageakten?«

»Ich halte es durchaus für möglich. Was mich stutzig macht ist, dass es keine Zeugen gibt. So als würden sie hier alle unter einer Decke stecken. Jemand muss doch etwas gesehen haben. Hier im Hafenbistro ist immer etwas los. Fischer ankern hier oder sitzen auf der Mole. Einheimische erledigen ihre Geschäfte oder gehen am Kai spazieren.«

»Die Taue wurden unter Wasser durchgeschnitten. Jemand ist getaucht. Ich kann mir nicht vorstellen, dass Frédéric Delavigne dazu in der Lage ist. Luc Duchamps schon eher.«

»Oder es war jemand anderes.« Lagarde hatte eine vage Vermutung.

»Auf der Yacht befanden sich keine Personen. Ob der Saboteur das gewusst hat?«

»Ich weiß es nicht. Vielleicht hat er es überprüft. Wenn es der Person gleichgültig war, wäre sie vermutlich auch fähig, einen Mord zu begehen.«

Lagardes Handy klingelte. Es war Delphine.

»Philippe, hör zu. Mir ist bei der Obduktion von Octave Mirbeau etwas aufgefallen. Ich will sein Blut untersuchen lassen. Auf unterschiedlichste Substanzen. Dafür fehlen uns hier die Möglichkeiten. Ich brauche ein Speziallabor, das in kurzer Zeit ein chemisch-toxikologisches Gutachten erstellen kann. Vor zwei Tagen war ich auf einer Informationsveranstaltung für Rechtsmediziner im Polizeipräsidium von Avranches. Dort wurde ein mobiles Labor mit einer Hightech-Ausstattung vorgestellt. Es ist für den ländlichen Raum vorgesehen. Ich glaube, das Fahrzeug befindet sich noch dort. Es sollte weitere Vorführungen für die Spurensicherung geben und über den Standort entschieden werden. Kannst du dort anrufen?«

»Ja, natürlich. Ich kläre das. Dann melde ich mich wieder.« Einige Telefonate waren erforderlich, bis er schließlich die Zusage hatte, das sich das mobile Labor auf den Weg machen würde. Sein alter Freund, Hauptkommissar Henri Dugardin von der Kripo Avranches, hatte ihm geholfen. Vorher war es nicht möglich gewesen, die Zuständigkeiten zu klären. Henri und er hatten im November letzten Jahres gemeinsam einen komplizierten Kriminalfall gelöst. Ein Student war im Ferienhaus seiner Familie erdolcht worden und der Mörder hatte eine weiße Christrose auf der Leiche hinterlassen.

Lagarde informierte Delphine. »In spätestens zwei Stunden wird das Spezialfahrzeug am Polizeipräsidium eintreffen.«

Da sie keine Vorstellung hatten, wie viel Zeit die Untersuchungen in dem mobilen Labor in Anspruch nehmen würden, verschoben sie die Besprechung auf den nächsten Morgen. Bis dahin würden die Ergebnisse sicherlich vorliegen.

»Wir machen Schluss für heute«, verkündete Lagarde. »Ich fahre Sie jetzt nach Hause. Machen Sie sich einen schönen freien Abend. Die letzten Tage waren anstrengend. Morgen früh werden wir hören, was Delphine herausgefunden hat.«

»In Ordnung. Ich werde aber auf jeden Fall noch meine Notizen durchsehen und die Protokolle tippen. Wer weiß, was morgen alles zu tun ist.«

»Wie Sie meinen.«

Sie machten sich auf den Weg.

Delphine lehnte an der Wand des Obduktionssaals. Sie hatte ein Fenster geöffnet und rauchte. Dabei blickte sie nachdenklich auf den Leichnam von Octave Mirbeau. Sie hatte etwas entdeckt, das ihr keine Ruhe ließ. Hoffentlich traf das mobile Labor bald ein. In spätestens eineinhalb Stunden müsste das Fahrzeug in Cherbourg sein. Im Kellergewölbe herrschte absolute Stille. Alle ihre Mitarbeiter hatten bereits Feierabend gemacht. Es war ja schließlich Wochenende. Sie drückte die Kippe aus und beschloss, in der Zwischenzeit nach Hause zu fahren. Dort würde sie eine lange Dusche nehmen und sich umziehen. Letzte Woche hatte sie in einer Boutique in der Altstadt ein schimmernd weißes Sommerkleid entdeckt und spontan gekauft. Dieses Kleid würde sie anziehen. Professor Doktor Sébastien Lagrange, der bei der Fortbildung in Avranches die labortechnische Ausstattung des Wagens erklärt hatte und jetzt hierher unterwegs war, hatte mit dieser Entscheidung nichts zu tun. Rein gar nichts. Sie brauchte dringend eine Dusche und frische Kleidung, weil diese mörderische, für Juni ungewöhnliche Hitze sogar bis in ihre unterirdischen Räume vorgedrungen war. So war das und nicht anders.

Als sie eineinhalb Stunden später zum Polizeipräsidium zurückkehrte, rollte ein weißer Transporter auf einen Stellplatz. Professor Lagrange und ein Chemiker namens Guillaume Martin, der ihn bei seiner

Arbeit unterstützte, stiegen aus dem Wagen. Sébastien Lagrange war mindestens einen Kopf größer als Delphine. Er war schlank, hatte breite Schultern und machte einen sportlichen Eindruck. Seine kurz geschnittenen Haare waren dunkelblond, die Augen wasserblau, die Nase ein wenig breit. Er hatte einen auffällig schönen Mund. Der Professor war schlicht gekleidet. Er trug Jeans, ein rotes T-Shirt und bequeme Leinenschuhe. Die Haare an seinen Armen glänzten golden im Sonnenlicht. Guillaume Martin war kleiner, rundlich, hatte einen zerzausten schwarzen Bart und freundliche wache Augen.

Delphine begrüßte die Kollegen und erklärte ihnen, worum es ging. Anschließend zeigte sie ihnen einen Stellplatz, wo sie länger parken konnten und niemanden behinderten. Außerdem war eine Außensteckdose, am besten mit Starkstrom, erforderlich, damit sie das Notstromaggregat nicht anwerfen mussten. Nachdem die praktischen Fragen geklärt waren, lief sie in den Keller, um die Röhrchen mit dem Blut zu holen. Sie waren in einem temperierten Schrank aufbewahrt.

Bei dem Fahrzeug mit mobiler Laborausstattung handelte es sich um einen robusten, geländegängigen Renault Master mit Allradantrieb und Hochdach. Er verfügte über ein komplexes Funk- und Stromversorgungssystem, eine einsatzgerecht schaltbare Beleuchtung und eine Überwachung der Systeme. Die

Einrichtung des Allround-Fahrzeuges war auf alle denkbaren Anforderungen ausgerichtet.

Professor Lagrange nahm die Blutproben in Empfang. »Möchten Sie uns bei der Arbeit zuschauen?«

»Sehr gerne. Ihre Untersuchungen sind bestimmt hochinteressant.«

»Kommen Sie.«

Lagrange erklärte ihr die Ausstattung des Fahrzeuges, während der Chemiker sich an die Arbeit machte. Es gab ein Spezialfach für das Notstromaggregat, Klemmhalter für Werkzeug, zahlreiche verschließbare Fächer für die Laborgeräte, einen Waschplatz mit Infrarot-Wasserhahn und einen Arbeitsplatz mit Klapptisch, Klappsitz, Stromversorgung und Beleuchtung. Delphine war von der Funktionalität und der hohen Qualität der Einrichtung beeindruckt. Guillaume Martin hatte inzwischen Laborgeräte auf dem Arbeitstisch aufgebaut und den Computer hochgefahren. Auf der Platte standen Reagenzgläser, Kühler, Schalen, Trichter, Thermometer, Bunsenbrenner und weitere Gerätschaften.

»Was suchen wir?«, fragte er.

»Ich gehe davon aus, dass der Mann, von dem das Blut stammt, getötet wurde. Wir suchen Gift, Medikamente oder auch Drogen«, antwortete Delphine.

»Alles klar. Dann fangen wir an. Es geht um die Analyse und Identifikation unbekannter Stoffe durch Bestimmung von molekularen Strukturen mit Hilfe von

Analysegeräten. Eine Probe wird vorbereitet, zerlegt, anschließend werden mit einem Detektor bestimmte Messwerte erfasst. Das Computerprogramm vergleicht sämtliche Inhaltsstoffe des Blutes mit Proben von verschiedensten chemischen Substanzen, die in sehr großer Anzahl hinterlegt sind. Es geht nach dem Ausschlussprinzip vor und arbeitet schnell und effektiv.«

»Sie haben alle chemischen Substanzen in Ihrem Programm gespeichert, die einem Menschen gefährlich werden könnten?«

Lagrange stellte sich neben sie und zeigte auf die Listen, die über den Bildschirm liefen. »Alle sicher nicht, aber die meisten. Und wir ergänzen die Daten natürlich ständig. Schauen Sie, das sind jetzt die Spalten mit den Giften. Wir haben beispielsweise aus Südamerika stammende, absolut tödliche Pfeilgifte erfasst, oder auch eine Substanz aus Neuguinea, die aus der Gebärmutter von spezifischen Froschweibchen gewonnen wird. Allein der Kontakt damit führt zum sofortigen Herzstillstand.«

Delphine konnte sein Eau de Toilette riechen. Es duftete nach Sandelholz, Leder und Bergamotte.

»Guillaume wird noch eine Weile brauchen. Die Datenmenge ist wirklich enorm groß. Ich gehe mal vor die Tür, eine rauchen.«

»Ich komme mit.«

Vor dem Renault zogen beide eine Schachtel filterlose Gitanes aus der Tasche.

»Die gleiche Sucht, die gleiche Marke«, bemerkte der Professor lachend und gab ihr Feuer.

Nach der Raucherpause holten sie drei Dosen eiskalte Diätcola aus dem Automaten im Eingangsbereich des Präsidiums. Als sie das Fahrzeug erneut bestiegen, rief der Chemiker: »Ich habe den Wirkstoff gefunden.«

Voller Neugierde traten Lagrange und Delphine an seinen Arbeitsplatz. Der Minidrucker spuckte drei DIN-A4-Seiten aus.

»Es handelt sich um Carfentanyl.«

»Ist das nicht ein Betäubungsmittel?«, fragte Delphine.

»Exakt. Carfentanyl ist eine chemische Verbindung, die sich von dem Opioid Fentanyl ableitet. Es wird in der Veterinärmedizin als Betäubungsmittel für große Tiere und Wildtiere verwendet, zum Beispiel für Pferde, Hirsche oder Eisbären. Die Toxizität von Carfentanyl ist verhältnismäßig hoch, deshalb wird es in der Humanmedizin nicht verwendet. Der Einsatz wäre zu risikobehaftet.«

»Wie hoch war die Konzentration im Blut?«, wollte die Rechtsmedizinerin wissen.

»Achtzig Milligramm pro Kilo Körpergewicht. Eine absolut tödliche Dosis. Bei einen Pferd, das zum Beispiel wegen einer Operation betäubt werden soll, verwendet man zwischen siebzehn und vierzig Milligramm pro Kilo.«

»Das bedeutet, Octave Mirbeau wurde ermordet.«

»Definitiv.«

»Ich bin beeindruckt. Das war eine großartige Leistung. Ich danke Ihnen sehr.«

»Es war uns ein Vergnügen«, entgegnete Lagrange mit einem charmanten Lächeln. »Ich freue mich, dass Sie sich für unsere Arbeit interessieren.«

Guillaume räumte die Geräte in die Fächer und verschloss sie sorgfältig. »Wollen wir zusammen essen gehen?«, fragte er. »Es ist schon gleich halb neun. Ich habe Hunger.«

Das war das Stichwort für die Rechtsmedizinerin.

»Messieurs, darf ich Sie zum Abendessen einladen? Ich habe einen Tisch in einem guten Restaurant am Hafen reserviert. Außerdem dachte ich, dass Sie vielleicht in Cherbourg übernachten möchten. Zwei Einzelzimmer in einem Hotel stehen ebenfalls für Sie bereit.«

»Großartig«, meinte der Professor. »Ist es weit zum Hafen?«

»Zehn Minuten zu Fuß.«

»Dann schlage ich vor, wir machen einen kleinen Abendspaziergang.«

Das Restaurant »Le Lion D'Or«, »Der Goldene Löwe«, lag direkt am Yachthafen. Es war berühmt für seine erstklassige Küche und die Spezialitäten aus dem Meer. Der Kellner führte sie auf die Terrasse an den reservierten Tisch. Er war der einzige, der noch frei war, und festlich eingedeckt. Sie setzten sich unter den großen quadratischen Schirm, an dessen Streben dezent weiß strahlende Laternen angebracht waren. Professor Lagrange blickte auf das Wasser, in dem sich Lichter spiegelten. »Schön ist es hier. Und so ruhig. Ganz anders als in Paris. Und wenn ich schon am Meer bin, will ich Meeresfrüchte essen. Das ist doch herrlich.«

Sie bestellten die *Plateau Royal*, die Königsplatte, mit allem, was Neptuns Reich hergab. Dazu einen Weißwein aus der Lage Entre-Deux-Mers bei Bordeaux. Der Kellner servierte eine pokalartige Aluminiumschale, auf der sich ein halber Hummer, Austern, Crevetten, Langusten, ein Krebs, Miesmuschel, Pfahlmuscheln, Jakobsmuscheln und Schnecken türmten. Fast hatten sie Mühe, ihr Gegenüber noch zu sehen. Sie genossen die Meeresfrüchte, unterhielten sich angeregt und lachten viel.

Nach dem Essen schlenderten sie zum Hotel. Vor dem Eingang verabschiedete sich Guillaume von Delphine. »Danke für die Einladung. Wir sehen uns ja morgen früh. Ich wünsche Ihnen einen schönen Abend, Bonne Nuit!«

Lagrange hängte sich bei Delphine ein. »Gehen wir noch ein paar Schritte?« Unter einer Platane blieb er stehen und sah ihr in die Augen. »Darf ich Sie küssen?«

Sie stellte sich auf die Zehenspitzen und legte zärtlich beide Arme um seinen Hals. Der Kuss war erst vorsichtig, zögerlich, dann voller Leidenschaft.

»Besuche mich in Paris«, flüsterte er und streichelte ihre Wange. »Komm doch gleich am nächsten Wochenende. Ich würde mich so freuen.«

Nachdem sie sich verabschiedet hatten, lief Delphine zu ihrem Auto. Mit grimmiger Miene startete sie den Motor und fuhr mit quietschenden Reifen vom Parkplatz. »Bist du wahnsinnig?«, schalt sie sich selbst. »Mit fremden Männern knutschen? Das ist bestimmt genauso ein Idiot wie alle anderen auch.«

Glückselig lächelnd fuhr sie nach Hause.

Karima saß in einem Café im Altstadtviertel von Cherbourg. Sie hatte sich in eine ruhige Ecke zurückgezogen und überarbeitete konzentriert ihre Notizen. Ab und zu nippte sie an einem Eiskaffee. Sie war erst um achtzehn Uhr mit Jean-Baptiste verabredet, da sie nicht damit gerechnet hatte, so früh Feierabend zu haben. Der junge Mann war Student und besuchte, wie sie, die Polizeihochschule. Jetzt war er von Lille nach Cherbourg unterwegs, nur um sie zu sehen. Karima war verliebt in ihn. Bis über beide Ohren verliebt. Ihren Eltern hatte sie bisher nichts von dieser Beziehung erzählt. Jean-Baptiste war Franzose und Christ. Ihre Mutter würde sie vielleicht verstehen. Aber ihr Vater würde völlig ausrasten.

Pünktlich um achtzehn Uhr betrat der Student das Café, begrüßte sie mit einem Wangenkuss und setzte sich neben sie. Sie strahlten sich an. Karima fand ihn wunderschön. Er war von großer Statur, durchtrainiert und gutaussehend. Die blonden Locken musste er an der Uni zusammenbinden. Jetzt fielen sie ihm bis auf die Schultern. Seine blauen Augen leuchteten vor Freude darüber, sie zu sehen.

»Wie lange hast du Zeit?«, fragte er.

»Ich habe meiner Mutter versprochen, um einundzwanzig Uhr daheim zu sein.«

»Dann lass uns doch einen Strandspaziergang machen.«

PALMENHAIN

Sonntag, 9. Juni

Als sich das Ermittlerteam um zehn Uhr im Präsidium zusammensetzte, wunderte sich Lagarde über das Verhalten der Rechtsmedizinerin. Delphine war fünfzehn Minuten früher eingetroffen und hatte in der Personalküche Kaffee gekocht. Außerdem stand ein Korb mit frischen Croissants auf dem Besprechungstisch, die sie beim Bäcker gekauft hatte. So fürsorglich hatte sie sich noch nie benommen. Lagarde und Cleroc wechselten unauffällig einen kurzen Blick. Das Seltsamste aber war, dass sie ständig verklärt lächelte und sich mit ihren Gedanken anscheinend ganz woanders aufhielt. Der Hauptkommissar war richtig erleichtert, als sie nach ihren Vorbereitungen das Fenster öffnete und sich entgegen der Hausordnung eine Gitanes ansteckte. Karima schenkte Kaffee ein und breitete ihre Notizen aus. Als Delphine die Zigarette geraucht hatte, setzte sie sich zu den Kollegen und griff nach ihrer Mappe. Jeder bekam einen Autopsiebericht in Kopie. »Ich fasse die Ergebnisse für euch zusammen«, sagte sie mit liebenswürdiger Stimme. »Heute ist Sonntag. Man hat ja schließlich auch ein Privatleben.«

Jetzt war Cleroc richtig verunsichert. Was war los mit ihr? Seit wann hatte sie ein Privatleben? Delphine fuhr fort: »Das Personal des mobilen Laborwagens hat großartige Arbeit geleistet. Sie haben im Blut von Octave Mirbeau Carfentanyl gefunden. Das ist ein Betäubungsmittel für große Tiere, Pferde zum Beispiel, und Wildtiere. In der Humanmedizin wird es nicht verwendet. Octave Mirbeau ist an einer Überdosis gestorben, die vermutlich sogar einem weißen Nashorn gefährlich geworden wäre. Außerdem war er durch den Oberschenkelhalsbruch und den Herzinfarkt ohnehin geschwächt. Er war innerhalb von Sekunden tot. Der Todeszeitpunkt liegt zwischen einundzwanzig und zweiundzwanzig Uhr.«

Lagarde war beeindruckt. »Wie bist du darauf gekommen, Delphine? Die Ärztin der Senioreneinrichtung hatte bereits den Totenschein ausgestellt.«

»Ich habe einen Einstich gefunden. Im unteren Bauchbereich. Er hat jeden Tag eine Thrombosespritze bekommen. Doch ein Einstich war größer als die anderen. Das hat mich misstrauisch gemacht. Es handelte sich um eine intramuskuläre Injektion, die tödlich war.«

»Großartige Arbeit«, lobte Cleroc sie. »Dank deines Einsatzes haben wir jetzt die Gewissheit, dass Octave Mirbeau ermordet wurde. Jemand ist in sein Appartement eingedrungen, ist in das Schlafzimmer gegangen und hat ihm die tödliche Spritze gesetzt. Die

Tat ereignete sich am Freitagabend. Das Opfer wurde erst am nächsten Morgen von einer Stationshilfe gefunden.«

Lagarde stimmte seinen Ausführungen zu und warf Fragen in den Raum. »Warum Octave Mirbeau? Einen vierundachtzigjährigen kranken Mann? Wer kann einfach in eine Senioreneinrichtung gehen und in eine Wohnung eindringen? Wer hatte ein Motiv, ihn zu töten?«

Karima meldete sich zu Wort. »Ein Motiv kann ich jetzt nicht benennen. Aber sollten wir nicht von einer Polizeistaffel das Gestüt von Caroline Mirbeau durchsuchen lassen? Ich kann mir vorstellen, dass sie Betäubungsmittel für Pferde auf dem Hof aufbewahrt und wahrscheinlich auch benutzt.«

»Guter Hinweis. Das machen wir. Ludovic, kannst du das bitte in die Wege leiten?«

»Das mache ich sofort.« Er griff nach dem Telefon. »Wir brauchen auch einen Durchsuchungsbeschluss für die Wohnung von Octave Mirbeau. Da haben wir Glück, der Staatsanwalt ist im Haus. Ich habe ihn vorhin getroffen. Er wollte für zwei Stunden die Aktenberge in seinem Büro abarbeiten. Anschließend muss er mit seiner Frau in den Segelclub zum Mittagessen.«

»Und wir brauchen auch eine Erlaubnis für die Durchsicht der Videoaufzeichnungen«, ergänzte Lagarde.

Karima machte sich gedanklich eine Notiz. Auf die

Videoüberwachung im Palmenhain hatte sie nicht geachtet.

Lagarde griff nach einem Hörnchen und schenkte sich Kaffee nach. Mit gerunzelter Stirn blickte er in die Runde. »Die entscheidende Frage ist doch, ob der Mord an Octave Mirbeau im Zusammenhang mit dem Verbrechen an Aimée Dupont und Charles Mirbeau steht? Ist derselbe Täter dafür verantwortlich? Wenn ja, warum hat er sechs Tage gewartet? Was ist in der Zwischenzeit passiert? Hatte er es zunächst gar nicht auf ihn abgesehen und plötzlich seine Meinung geändert?«

Cleroc spann den Faden weiter. »Die Alternative wäre, dass die Verbrechen nichts miteinander zu tun haben. Dann existieren zwei Täter.«

»Richtig. Mehr Möglichkeiten sehe ich nicht.«

Cleroc erhob sich. »Ich hole den Beschluss und informiere den Chef der Spurensicherung. Er soll uns ein Team zusammenstellen. Anschließend fahren wir in die Senioreneinrichtung.«

Als die Polizisten die Seniorenresidenz Palmenhain erreichten, war gerade Mittagessenszeit. Die Terrasse vor dem Bistro war gut besucht. Bedienungen in weißen Blusen oder Hemden, schwarzen Hosen und dunkelroten Schürzen waren eilig unterwegs und achteten darauf, dass den Gästen jeder Wunsch so schnell wie möglich erfüllt wurde. Die Uniform von Karima beunruhigte niemanden. Es kam öfter vor, dass Gendarmen aus den umliegenden Polizeistationen in dem gemütlichen Lokal speisten oder eine Kaffeepause einlegten.

Cleroc trat an den Tresen der Rezeption. Er grüßte, wies sich aus und erklärte der Empfangsdame, dass sie die Leitung der Einrichtung sprechen wollten.

»Guten Tag, Monsieur le Commissaire. Wir haben derzeit eine kommissarische Leitung, Carole Aubert. Sie ist die Pflegedienstleitung und hat vorübergehend diese zusätzliche Aufgabe übernommen. Ich rufe kurz an, ob sie im Büro ist. Wenn ja, begleite ich Sie hin.«

Das Arbeitszimmer von Carole Aubert lag im hinteren Trakt der Villa. Die Empfangsdame klopfte und öffnete die Tür. »Carole, das sind die Polizisten von der Kripo Cherbourg.«

Carole Aubert stand auf, ging um ihren Schreibtisch herum und begrüßte die Besucher mit einem kräftigen Handschlag und einem herzlichen Lächeln. Lagarde war erstaunt, dass sie so jung war. Sie musste sehr tüchtig und vertrauenswürdig sein. Er hatte sich als Pflegedienstleitung eine energische ältere Frau vorgestellt. Sie trug auch keine Pflegekleidung, sondern ein luftiges farbenfrohes Sommerkleid und hochhackige Sandalen. Die langen Haare trug sie offen, die Lippen glänzten erdbeerrot. Sie hatte ein hübsches, sympathisches Gesicht.

»Nehmen Sie doch Platz. Was kann ich für Sie tun? Darf ich Ihnen etwas anbieten?«

Sie lehnten höflich ab. Cleroc beschloss, auf den üblichen Smalltalk zu verzichten und gleich den Grund ihres Besuches zu nennen. »Wir kommen wegen Octave Mirbeau.«

»Monsieur Mirbeau ist gestern Nacht verstorben. Das tut mir so leid. Er war ein freundlicher älterer Herr. Nie hörte man ein böses Wort von ihm.«

»Das wissen wir bereits. Wir ermitteln im Mordfall Charles Mirbeau und Aimée Dupont. Davon haben Sie sicherlich gehört.«

»Ja, natürlich. Alle hier sprechen darüber. Schließlich war Charles der Eigentümer des Palmenhains.«

»Sie nennen ihn beim Vornamen. Waren Sie näher mit ihm bekannt?«

»Nein. Alle nannten ihn Charles. Er wollte das so.«

Cleroc nickte.

»Als wir vom Tod seines Vaters erfuhren, haben wir ihn rechtsmedizinisch untersuchen lassen. Es kam uns verdächtig vor, dass beide innerhalb einer Woche verstarben.«

»Sie haben den Leichnam von Octave aus dem Bestattungsinstitut geholt und untersuchen lassen? Ohne mich wenigstens zu informieren? Dürfen Sie das?«

»Ja, das dürfen wir«, antwortete Lagarde. »Unser Verdacht wurde bestätigt. Es handelt sich bei Octaves Tod ebenfalls um einen Mordfall.«

Carole Aubert blickte Cleroc entsetzt an und schwieg. Als sie sich wieder ein wenig gefasst hatte, meinte sie: »Wollen Sie damit sagen, dass in unserer Pflegeeinrichtung ein Verbrechen geschehen ist? Das kann ich nicht glauben.«

»Genau, das will ich damit sagen.«

»Jemand ist in das Haus eingedrungen und hat ihn getötet? Das ist ja schrecklich.«

»Ja. Und es heißt, dass wir mit dem Personal und den Bewohnern reden müssen.«

»Wenn die älteren Herrschaften von dem Verbrechen erfahren, bricht vielleicht Panik aus. Viele haben ein schwaches Herz. Ich kann das nicht verantworten.«

Lagarde verstand ihre Bedenken. Ihm war auch nicht wohl bei dem Vorhaben. Er nickte ihr zu. »Sie haben recht. Wir müssten den Grund unserer Anwesenheit anders kommunizieren. Wir wollen auf keinen Fall, dass die Bewohner sich ängstigen.« Er überlegte kurz. »Ich schlage Folgendes vor. Sie machen eine Durchsage, Madame Aubert. Sie erklären, dass aufgrund des Ablebens von Octave Mirbeau Gerüchte und Spekulationen in der Einrichtung kursieren und Bewohner angeblich etwas gesehen oder gehört hätten. Deshalb haben Sie Polizisten eingeladen, mit denen die Bewohner über ihre Beobachtungen sprechen können. Die Beamten werden sich die Zeit nehmen, auftretende Fragen zu klären und Hinweise zu überprüfen. Dann nennen Sie einen Raum, in dem sich jeder melden kann. Hauptkommissar Cleroc und seine Praktikantin stehen als Gesprächspartner zur Verfügung. Sie erklären, das Ziel der ganzen Aktion sei es, das bestehende Sicherheitskonzept zu optimieren, ganz im Sinne von Charles Mirbeau. Die Bewohner sollen weiterhin ein angenehmes, sicheres Leben im Palmenhain führen können. Dann schließen Sie mit einer positiven Nachricht ab. Haben Sie eine Idee?«

»Ich wollte morgen mit interessierten Bewohnern den Blumenmarkt von Valognes besuchen und anschließend das Cidre- und Calvados-Museum besichtigen.«

»In Ordnung. Trauen Sie sich die Durchsage zu?«

»Klar.«

»Also dann los.«

Sie schaltete die Haussprechanlage ein und griff nach dem Mikrofon. Mit ruhiger, freundlicher Stimme fasste sie die Ausführungen von Lagarde zusammen. Sie machte es wirklich gut.

Nach der Ansprache der Pflegedienstleitung herrschte unter den Senioren allgemeine Zufriedenheit. Sie freuten sich über die Gelegenheit, mit Polizisten direkt vor Ort sprechen zu können. Darüber hinaus fühlten sie sich durch das ausgefeilte Sicherheitskonzept der Residenz geschützt. Vor allem jedoch waren sie angetan von der Aussicht auf einen schönen Ausflug am nächsten Tag mit der beliebten Pflegedienstleitung.

Einige unverbesserliche Zweifler wurden nicht gehört. Die Senioren fühlten sich im Palmenhain sehr gut aufgehoben und betreut. Lagarde war gar nicht wohl bei der Sache, aber er war sich sicher, dass es keinen Täter gab, der weitere Bewohner töten wollte. Hinter diesen Verbrechen steckte etwas ganz anderes. Von daher war es vertretbar, die Bewohner über die Todesursache von Octave Mirbeau im Ungewissen zu lassen. Er würde dennoch veranlassen, dass sich in den nächsten Tagen Polizisten in Zivil in der Anlage aufhielten und für Sicherheit sorgten. Auch die nähere Umgebung sollten sie im Auge behalten.

Carole Aubert führte Cleroc und Karima in ein Zimmer, wo sie ungestört mit den Bewohnern sprechen konnten. Lagarde ging währenddessen in die Suite von Octave Mirbeau, wo Techniker der Spurensicherung bereits aktiv waren.

»Wie ist der Täter in die Wohnung gekommen?«, wollte er wissen.

»Es gibt keine Einbruchspuren. Wenn die Tür geschlossen ist, kann man sie von außen nicht öffnen. Entweder der Täter hat eine Scheckkarte benutzt, oder er hatte einen Schlüssel.«

»Oder Mirbeau hat die Tür geöffnet. Möglicherweise auch jemand anderes.«

»Richtig.«

»Habt ihr etwas gefunden?«

»Abgesehen von Fingerabdrücken und Haaren haben wir vor dem Bett getrocknete abgeblätterte Farbe gefunden, Lack vielleicht. Die Probe muss analysiert werden. Danach wissen wir, worum es sich genau handelt.«

Lagarde griff nach dem Kunststoffbeutel und betrachtete die blauen Farbreste. »Ja, es könnte alles möglich sein. Lack, Malerfarbe, Ölfarbe, Acrylpaste. Warten wir das Ergebnis ab.«

»Schau mal, Philippe«, rief ein Polizist. »Hinter diesem Bild im Ankleidezimmer befindet sich ein Safe.«

»Könnt ihr ihn knacken?«

»Ich denke schon. Es handelt sich um ein veraltetes Modell.« Mit dem Ohr an der Tresortür machte er sich an die Arbeit und drehte behutsam den Knopf nach rechts, nach links und wieder nach rechts. »Na also, es geht doch«, murmelte er zufrieden und öffnete den Safe. »2-4-4-5-5. Kommst du, Philippe? Ich habe den Code geknackt.«

Lagarde zog sich Latexhandschuhe über. »Gute Arbeit, Jules.« Nach und nach holte er die Gegenstände, die sich im Tresor befanden, heraus und breitete sie auf dem Couchtisch aus. Die Schmuckschatulle war mit schwarzem Samt ausgelegt. Wertvolle Uhren von Gucci, Rolex, Charriol und Rado lagen ordentlich aufgereiht darin. Sie waren aus schwerem Gold, Silber sowie Platin gefertigt. Es gab Siegelringe, Krawattennadeln und einen schlichten Ehering. Lagarde las das eingravierte Datum. *24. April 1955.* Er steckte ihn auf seinen kleinen Finger. Das Schmuckstück ließ sich nicht über das Gelenk streifen. Es handelte sich wahrscheinlich um den Ring von Mirbeaus verstorbener Frau. Ein Stapel Fünfzig-Euro-Scheine war mit einer Banderole umwickelt. Mit dem Daumen blätterte er sie rasch durch. Es waren ungefähr fünftausend Euro. Eine Pistole des Fabrikats Heckler & Koch, eine HK 4, wurde ebenfalls im Safe aufbewahrt. Es handelte sich um eines der ersten Modelle. Der Kommissar schätzte das Alter auf mindestens dreißig Jahre. Die Waffe war gut gepflegt, das Magazin komplett mit acht Kugeln bestückt. Lagarde öffnete eine hellbraune Schweinsledermappe und sah die Papiere durch. In einem offenen Umschlag entdeckte er ein Testament, das handschriftlich mit blauer Tinte verfasst, unterschrieben und notariell beglaubigt war. Lagarde überflog den Inhalt und war erstaunt. Octave hatte seiner ersten Schwiegertochter, Beatrice, fünf Millionen Euro vermacht. Rosalie und Caroline gingen leer aus. Sein Pfleger Nico sollte eine halbe Million Euro erben. Außerdem befanden sich neben Aktien und Kopien von Eintragungen im Grundbuchregister einige Kontoauszüge und zwei Schuldscheine in der Mappe. Mirbeau hatte Nico zweimal zwanzigtausend Euro geliehen. Lagarde fragte sich, wofür der junge Mann das viele Geld gebraucht hatte. Laut einer Überweisung auf einem Kontoauszug verdiente er fünftausend Euro monatlich. Auf einem der Schuldscheine war die Adresse von Nico vermerkt. Lagarde notierte sie. Schließlich legte er die Wertsachen in den Safe zurück und verschloss ihn. Während die Spurentechniker im Appartement ihre Arbeit fortsetzten, beschloss er, sich Karima und Ludovic anzuschließen. Vielleicht hatten sie etwas Interessantes in Erfahrung gebracht.

In dem kleinen Raum, der als Büro diente, saßen vier ältere Damen. Sie waren elegant gekleidet, frisch frisiert und trugen teuren auffälligen Schmuck. Und sie redeten alle durcheinander und fielen sich gegenseitig ins Wort. Lagarde kannte seinen Freund Ludovic und wusste, dass er genervt war. Die selbstbewussten Damen waren schwer unter Kontrolle zu bekommen. Karima saß neben dem Hauptkommissar und machte ein ratloses Gesicht. Lagarde beschloss, sich einzumischen. »Mesdames, darf ich einen Moment um Ihre Aufmerksamkeit bitten? Ich schlage vor, dass Sie eine Sprecherin auswählen. So kommen wir nicht weiter.«

Das Damenquartett verstummte verblüfft. Eine so konkrete Ansage waren sie nicht gewohnt. Dann traf eine korpulente Seniorin in den Achtzigern mit blondierten Haaren und einem Kirschmund eine Entscheidung. Sie deutete auf eine der Frauen. »Françoise soll reden. Das kann sie am besten.«

Lagarde lächelte die ausgewählte Sprecherin geduldig an. »Was haben Sie zu berichten, Madame?«

Françoise erwiderte sein Lächeln. Was für ein charmanter gutaussehender Mann. Ob sie bei ihm Chancen hatte? Schließlich sah sie mindestens zwanzig

Jahre jünger aus. Energisch räusperte sie sich. »Am Abend, bevor Octave verstarb, saßen meine Freundinnen und ich auf der Terrasse des Bistros. Dort haben wir uns nett unterhalten und einen Schlummertrunk genommen. Plötzlich bemerkten wir in der Dämmerung zwei Landstreicher, die um das Anwesen schlichen.«

»Befanden sich die Männer auf dem Grundstück der Seniorenresidenz?«

»Nein, Monsieur le Commissaire. Sie strichen außerhalb des Parks an der Mauer entlang.«

»Wie konnten Sie die Männer sehen, wenn sie sich hinter der Mauer befanden?«

Françoise stutzte einen Moment. »Das hintere Ausgangsportal hat Gitterstäbe. Da kann man durchschauen.«

»Und woher wissen Sie, dass es sich bei den Männern um Landstreicher handelte?«

»Na, hören Sie mal. Wer sollte denn sonst mitten in der Nacht um eine Senioreneinrichtung schleichen, in der wohlhabende Menschen wohnen? Das können nur Clochards gewesen sein, die hofften, dass etwas für sie abfällt.«

»Ich verstehe, Madame. Wir werden die beiden Männer finden und ihnen ein Platzverbot aussprechen. Dann ist Ruhe.«

»Danke, Monsieur le Commissaire. Das beruhigt uns außerordentlich. Auf die französische Polizei kann man sich verlassen. Au revoir.« Die Damen erhoben sich und verließen im Gänsemarsch das Zimmer.

»Was haltet ihr davon, wenn wir uns an der Bar eine Bloody Mary genehmigen?«, fragte Françoise ihre Freundinnen.

Cleroc stöhnte erleichtert auf, als die redseligen Damen endlich das Weite gesucht hatten. »Zwei Clochards, die um das Anwesen streichen. Wenn das so weitergeht ...«

»Warten wir es ab«, entgegnete Lagarde.

Schon klopfte es erneut an der Tür. Ein älterer, gutgekleideter Herr trat ein und stellte sich als Pierre Meunier vor. Höflich fragte er, ob er jetzt seine Beobachtungen schildern dürfe.

»Selbstverständlich, Monsieur«, antwortete Lagarde. »Nehmen Sie bitte Platz und dann erzählen Sie uns, was Ihnen aufgefallen ist.«

»Danke.« Umständlich setzte er sich. »Meine Freunde und ich haben am Abend vor Octaves Tod im Bistro Karten gespielt. Dabei haben wir eine Beobachtung gemacht. Sie können mich jetzt leider nicht begleiten. Nach der Mittagsruhe findet jeden Tag die Wassergymnastik für Rheumakranke statt. Es ist ihnen sehr wichtig, regelmäßig daran teilzunehmen. Deshalb habe ich mich bereit erklärt, Sie aufzusuchen.«

»Das ist sehr nett von Ihnen, Monsieur Meunier«, entgegnete Lagarde. »Was haben Sie an diesem Abend beobachtet?«

»Ich weiß nicht, ob es wichtig ist. Auf jeden Fall machten wir während des Kartenspiels eine Rauchpause auf der Terrasse. Im Bistro ist Rauchen verboten. Da bemerkten wir ein Auto, das den Parkplatz verließ.«

»Können Sie sich erinnern, wie spät es war?«

»Ich schätze, es war zwischen halb zehn und zehn Uhr.«

»Können Sie dieses Auto näher beschreiben? Welches Fabrikat war es, konnten Sie das Kennzeichen erkennen, welche Farbe hatte es?«

»Das konnten wir leider nicht sehen, es war zu dunkel. Wir sind uns aber sicher, dass es sich um ein Cabriolet handelte. Ich denke aber, dass es keine helle Farbe hatte. Es war weder weiß noch silbermetallic. Vielleicht blau oder schwarz. Eventuell auch grün oder rot. Mehr konnten wir nicht erkennen. Das Fahrzeug ist uns eigentlich nur aufgefallen, weil niemand vom Personal ein Cabrio fährt. Und von den Bewohnern auch nicht.«

»Gut, Monsieur Meunier. Das ist eine wichtige Beobachtung. Wir kümmern uns darum. Vielen Dank, dass Sie gekommen sind.«

»Keine Ursache. Ich helfe der Polizei immer gerne.« Nachdem er sich verabschiedet hatte, steckte Carole Aubert den Kopf durch die Tür. »Die Security hat inzwischen auf meine Anweisung hin die Videoaufzeichnungen auf den Computer hier überspielt. Sie können sie ansehen.« Sie schaltete den Rechner ein, wartete, bis er hochgefahren war, und klickte die entsprechende Datei an. »Können Sie einen Zeitrahmen festlegen?«, fragte sie.

»Uns interessieren die Aufnahmen vom Freitag, dem 7. Juni, zwischen einundzwanzig und zweiundzwanzig Uhr«, erklärte Cleroc.

»Alles klar, dann mal los.« Sie suchte nach den entsprechenden Aufzeichnungen. Erwartungsvoll blickten sie auf den Bildschirm. Die Aufnahmen waren schwarzweiß, grobkörnig und leicht verschwommen. Unten rechts lief, deutlich zu sehen, die Uhrzeit mit. Von einundzwanzig Uhr bis vierundzwanzig Uhr gingen mehrere Personen durch den Eingangsbereich. Die Pflegedienstleitung konnte sie problemlos identifizieren. Es waren drei Krankenschwestern und ein Altenpfleger mit einem Praktikanten. Außerdem ein Ehepaar, das in der Seniorenresidenz wohnte. Sie hatten Nordic-Walking-Stöcke in der Hand, der Mann trug einen Rucksack auf dem Rücken. Sie kamen von einem späten Abendspaziergang zurück, wofür sie im Haus bekannt waren.

»Ich wundere mich, dass nicht mehr Bewohner unterwegs waren«, bemerkte Karima. »Es war doch noch nicht spät.«

»Dafür gibt es eine Erklärung«, antwortete Carole Aubert. »Wir hatten an dem Abend unsere wöchentliche Filmvorführung. Sie findet im Kino im Untergeschoss statt. Diese Veranstaltungsreihe wird von den Bewohnern sehr gut angenommen. Zurzeit zeigen wir alte Schwarzweißfilme mit dem Komiker Jacques Tati. An dem Abend wurden ›Die Ferien des Monsieur Hulot‹ gespielt. Bei dieser Veranstaltung gibt es immer ein Buffet mit Petits Fours und jeder Bewohner, der möchte, bekommt ein Gläschen Champagner.«

Um einundzwanzig Uhr fünfundzwanzig erschien ein Mann auf dem Bildschirm. Er war groß, schlank und trug die Dienstkleidung der Residenz. Sein Blick war auf den Boden gerichtet, so dass man sein Gesicht nicht sehen konnte. Die Pflegedienstleitung erstarrte. Sie warteten. Das Foyer blieb leer. Um exakt einundzwanzig Uhr einundvierzig kam der Mann aus der entgegengesetzten Richtung und verschwand aus dem Bild. Wieder war sein Kopf gesenkt. Carole Aubert musste sich setzen. »Ich habe keine Ahnung, wer dieser Mann ist. Sein Gesicht war nicht zu sehen, aber auch die Statur und der Gang sagen mir nichts. Ich bin mir sicher, dass er nicht zu unserem Personal gehört. Mon Dieu, glauben Sie, er ist der Täter?«

»Das ist durchaus möglich«, meinte Cleroc. »Kann man die Aufnahme einfrieren und vergrößern?«

»Ja, einen Moment.« Der gesichtslose Mann mit dem Käppi wurde herangezoomt. Dennoch war es unmöglich, ihn zu identifizieren.

»Unter der Mütze schauen Haare hervor«, stellte

Karima fest. »Kurze Haare. Die Farbe ist nicht festzustellen.«

»Es kann auch sein, dass die Person eine Perücke trägt«, warf Cleroc ein.

»Ja, das ist natürlich möglich.«

Lagarde rieb sich grübelnd das Kinn. »Wenn es unser Täter ist, woher wusste er, wo sich die Wohnung von Octave Mirbeau befand? Kannte er sich aus? War er schon einmal hier?« Er wandte sich an die Pflegedienstleitung. »Nahm Octave Mirbeau auch manchmal an Abendveranstaltungen teil? Ich meine, wie konnte der Täter sicher sein, dass er sich in seinem Appartement aufhielt?«

»Octave ging immer um einundzwanzig Uhr ins Bett«, berichtete Carole Aubert. »Abends begann sein Bruch zu schmerzen.«

»Ist der Nachtschwester an der Rezeption etwas aufgefallen?«, wollte Lagarde wissen.

Madame Aubert schüttelte den Kopf. »Leider nicht. Sie führte ein längeres Telefonat mit einem Herrn, der einen Pflegeplatz für seine Mutter sucht. Er wollte alles ganz genau wissen, und sie hat sich sehr bemüht, ihn umfangreich zu informieren.«

»In Ordnung, Madame Aubert. Dann werden wir uns jetzt verabschieden. Die Techniker der Spurensicherung werden das Videomaterial mitnehmen und in ihrem Speziallabor untersuchen. Aber viel Hoffnung mache ich mir nicht. Höchstwahrscheinlich hat die verdächtige Person von der Existenz der Videokamera gewusst und absichtlich auf den Boden geschaut. Ich bedanke mich für Ihre Kooperationsbereitschaft. Und ich hoffe, dass bald wieder Ruhe in Ihr Haus einkehrt.«

»Das hoffe ich auch. Aber wenn ich mir vorstelle, dass hier einfach jemand eindringt und einen Bewohner tötet, beunruhigt mich das außerordentlich.«

»Das kann ich mir vorstellen. Wir werden dafür sorgen, dass sich ab sofort, zumindest für einige Tage, Polizisten in Zivil in Ihrer Einrichtung aufhalten. Durch ihre Präsenz können wir ein hohes Maß an Sicherheit erreichen.«

»Danke, Monsieur le Commissaire. Hundertprozentige Sicherheit wird es wohl nie geben.«

»Leider nein. Das ist schließlich kein Gefängnis hier. Wenn jemand böse Absichten verfolgt, kommt er fast in jedes Gebäude. Denken Sie nur an Schulen oder Krankenhäuser.«

»Da haben Sie recht.«

Auf dem Platz vor dem Hauptportal wartete eine Dame auf die Ermittler. Sie gehörte zu dem Quartett, das Landstreicher gesehen haben wollte. Ihr Name war Nanette de Beauvoir, eine entfernte Verwandte von Simone de Beauvoir, wie sie stolz erwähnte. »Ich habe etwas Wichtiges zu melden. Vorhin bei Ihnen im Zimmer hat mich Françoise ja nicht zu Wort kommen lassen. Ich habe an dem besagten Abend die Terrasse kurz verlassen und den Erfrischungsraum aufgesucht, um mir die Lippen nachzuziehen. Da habe ich einen Mann bemerkt, der durch den Eingangsbereich lief. Er trug die Dienstkleidung des Hauses. Ich habe ihn vorher noch nie hier gesehen. Und ich kenne hier jeden.«

»Können Sie sich an die Uhrzeit erinnern, Madame?«, fragte Lagarde.

»Es war ungefähr zwischen halb zehn und zehn.«

»Wie hat der Mann ausgesehen?«

»Er war groß, schlank, mit kurzen grauen Haaren und glatten Gesichtszügen.«

»Sind Sie sicher?«

»Absolut sicher.«

»Vielen Dank für Ihre Hilfe, Madame.«

Cleroc war nach den Ermittlungen in der Seniorenresidenz nach Cherbourg zurückgefahren. Vorher hatten sie beschlossen, sich am Abend noch zu einer kurzen Besprechung zu treffen. Es gab schließlich zahlreiche neue Informationen. Karima und Lagarde planten, Nico in seiner Wohnung aufzusuchen, um mit ihm zu reden. Aufgrund der Schuldscheine und des Testaments, die von Lagarde im Tresor gefunden worden waren, hatten sich fundierte Verdachtsmomente gegen ihn ergeben. Der junge Mann hatte einiges zu erklären.

Der Pfleger von Octave Mirbeau wohnte in einem Mehrfamilienhaus in Saint-Pierre-Église. Es lag in einer ruhigen Seitenstraße in der Nähe der Markthalle neben einer Pâtisserie. Auf dem Klingelschild klebte ein kleiner Zettel mit vier verschiedenen Namen. Offensichtlich handelte es sich um eine Wohngemeinschaft. Lagarde klingelte. Kurze Zeit darauf ertönte der Türsummer. Sie traten ein und liefen in den zweiten Stock. Im Türrahmen stand eine junge Frau. Sie hatte lange hellblonde Haare, die ein herzförmiges Gesicht umrahmten. Um den schmalen Körper hatte sie einen schilfgrünen Sarong geschlungen. Mandelförmige, rehbraune Augen musterten die Besucher neugierig.

»Bonjour, Madame.« Lagarde zeigte seinen Dienstausweis. »Wir möchten mit Nicolas Ayrault sprechen, ist er da?«

»Nein, tut mir leid. Nico ist unterwegs.«

»Wissen Sie, wo er ist?«

Die junge Frau überlegte. »Wahrscheinlich ist er im Ruderclub. Er trainiert fast jeden Tag.«

»Wo befindet sich dieser Club?«

»Sie fahren in Richtung Cosqueville. Kurz vor dem Ort geht eine Uferstraße rechts ab. Der folgen Sie. Nach einigen hundert Metern endet der Weg an einer Steilklippe. Dort steht das Clubhaus. Sie können es nicht verfehlen.«

»Danke schön. Au revoir.«

Sie folgten der Wegbeschreibung. Die asphaltierte schmale Uferstraße ging in eine Schotterpiste über.

Die Ebbe hatte flach geschliffene, schwarz glänzende Felsen freigegeben, die mit Tang überzogen waren. Dahinter erstreckte sich eine weite Bucht. Auf dem ruhigen kobaltblauen Ozean kreuzten Segelboote. Kitesurfer wurden von ihren straffen bunten Segeln weit hinausgetragen. Dort ließen sie sich vom Wind aus dem Wasser heben und vollführten elegante Kapriolen. Das Clubhaus erhob sich, auf Stelzen gebaut, am Strand. Es war ein massiver großer Holzbau mit einer Veranda zur Meerseite hin. Im unteren Stock wurden die Boote und das Zubehör aufbewahrt. Eine Etage höher befanden sich die Clubräume.

Karima parkte das Auto. Sie liefen zum Ufersaum und sahen sich um. Zwischen dem Blockhaus und der Klippe, auf einem schmalen Strandabschnitt, entdeckten sie Nico. Er stand neben einem alten Ruderboot, das umgedreht auf zwei Böcken lagerte. Mit einem breiten Pinsel strich er es in leuchtend blauer Farbe. Nicht weit von ihm lag ein Rennruderboot aus glasfaserverstärktem Kunststoff. Dieses Material war sehr hart und glatt, so dass das Boot sehr gut und schnell durch das Wasser gleiten konnte. Es handelte sich um einen Einer mit einer Länge von circa acht Metern. Nico bemerkte sie nicht, als sie näher kamen. Er war in seine Arbeit vertieft. Karima stellte fest, dass ihm unaufhörlich Tränen über die gebräunten Wangen liefen. Plötzlich sah er auf und entdeckte sie. Er ließ den Pinsel fallen, rannte zu seinem Hightech-Boot und schob es blitzschnell ins Wasser. Er sprang hinein, griff nach den Rudern und zog sie kräftig durch. Als Lagarde das Ufer erreichte, war er schon einige Meter davon entfernt.

»Bleiben Sie hier, Nico«, rief er. »Wir müssen reden.« Gleichzeitig rannte er durch die Brandung, ohne darauf zu achten, dass seine Kleidung dabei nass wurde. Der Abstand zwischen Boot und Strand vergrößerte sich rasch.

»Kommen Sie sofort zurück!«

Der junge Mann reagierte nicht. Es hatte keinen Sinn, ihm hinterherzuschwimmen. Er konnte ihn nicht einholen. Etwa vierzig Meter weiter schaukelte ein Highspeed-Katamaran-Rennboot mit zwei riesigen Außenbordern auf den Wellen. Am Steuer stand ein braungebrannter muskulöser Mann in einer knappen Badehose. Die Goldkettchen, die er um seinen Hals trug, glitzerten in der Sonne.

»Kommen Sie mit, Karima«, rief Lagarde und rannte los. Seine Praktikantin folgte ihm. Der Skipper hatte ihn gehört und drehte sich um. Erstaunt blickte er auf den Mann und die Polizistin, die vor seinem Boot stehenblieben. Lagarde zeigte seinen Ausweis. »Polizei. Wir kommen an Bord, folgen Sie bitte dem Rennruderboot.«

Der Skipper grinste begeistert. »Willkommen an Bord. Setzen Sie sich und schnallen Sie sich bitte an.«

Lagarde half Karima an Deck, während der Motor

des Bootes aufheulte. Der Mann gab Gas und der Katamaran schoss auf das Meer hinaus. Der Bug bäumte sich auf. Karima klammerte sich am Sitz fest.

»Mein Schiff beschleunigt innerhalb von wenigen Sekunden von null auf hundertzwanzig Stundenkilometer«, schrie der Mann gegen den Wind. »Diese Maronenschale haben wir gleich.«

Während der Motor dröhnte, Gischt spritzte und der Bug sich im gleichen Rhythmus immer wieder hob und auf die Wellen klatschte, näherten sie sich dem Ruderboot von Nico in atemberaubender Geschwindigkeit. Karimas Zopf flatterte im Fahrtwind und sie verspürte eine leichte Übelkeit.

»Drosseln Sie das Tempo und stoppen Sie das Boot«, forderte Lagarde den Skipper auf.

»Aye, aye, Sir.«

Der Mann nahm das Gas weg und näherte sich seitlich dem Ruderboot. Schließlich blockierte er ihm den Weg. Nico sah kurz über die Schulter, stellte die Ruderbewegungen ein und gab auf. Sein Boot glitt auf den Katamaran zu. Ängstlich sah er hoch zu Lagarde. Er brachte kein Wort heraus.

»Rudern Sie zurück zum Ufer«, wies der Kommissar ihn an. »Dann reden wir.« An den Skipper gewandt fuhr er fort: »Bringen Sie uns bitte zum Strand zurück.« Als Karima und er die Leiter des Katamarans hinuntergeklettert waren, winkte Lagarde dem Mann zu. »Rasante Fahrt. Danke für Ihre Hilfe.«

»Es war mir ein Vergnügen«, rief er. »Darf ich fragen, was das eben für eine Nummer war?«

»Wir wollen nur einen Zeugen befragen.«

Der Freizeitkapitän hob die Hand zum Gruß, drehte bei und gab Gas. Die sprühenden Tropfen der Heckwelle trafen sie wie eine Dusche. Sie warteten, bis Nico das Ufer erreicht hatte.

»Was sollte diese Aktion gerade? Wir hätten Sie doch ohnehin erwischt. Ich habe nur einige Fragen an Sie. Wir gehen jetzt einen Kaffee trinken und reden«, bestimmte der Kommissar.

Auf der Veranda des Clubhauses suchten sie sich eine ruhige Ecke und bestellten beim Kellner Kaffee.

»Warum sind Sie geflüchtet, Nico?«, fragte Lagarde.

»Octave ist tot«, schluchzte er. »Heute Morgen habe ich es erfahren, als ich meinen Dienst beginnen wollte. Niemand konnte mir Näheres über die Umstände erzählen. Als ich Sie sah, bin ich in Panik geraten. Ich befürchtete, Sie denken, dass ich mit seinem Tod etwas zu tun habe.«

»Wie kommen Sie denn darauf?«

»Ich hatte Schulden bei ihm. Vierzigtausend Euro. Aber ich habe ihm nichts getan. Ich habe ihn geliebt wie einen Großvater.«

»Sie haben doch gut verdient. Wie konnte eine solche Summe zustande kommen?«

Nico wurde rot. »Wettschulden«, murmelte er. »Ich setzte beim Pferderennen und hatte eine Pechsträhne. Aber ich wollte Octave das Geld zurückzahlen. Das hat er auch gewusst. Deshalb trainiere ich so hart für die Ruderregatta. Die Siegerprämie beträgt zwanzigtausend Euro. Den Rest wollte ich abstottern.«

»Wo waren Sie am Freitagabend, dem 7. Juni, zwischen einundzwanzig und zweiundzwanzig Uhr?«

Nico erschrak. »Warum wollen Sie das wissen?«

»Beantworten Sie einfach meine Frage.«

Der junge Mann musste nicht lange überlegen. »Wir haben hier im Ruderclub eine Strandparty gefeiert.«

»Gibt es Personen, die bezeugen können, dass Sie daran teilgenommen haben?«

»Ich war die meiste Zeit mit meinen Kumpels zusammen.«

»Aber nicht die ganze Zeit?«

»Nein. Irgendwann war mir der Trubel zu viel. Ich bin ein Stück hinausgerudert. Alleine.«

»Okay. Wir werden das überprüfen. Warum haben Sie am Strand das alte Ruderboot lackiert?«

»Wir wollen im Club ein kleines Rudermuseum einrichten. In anderen Museen werden die Boote so ausgestellt, wie sie sind. Aus morschem ausgeblichenem Holz. Wir haben beschlossen, sie in fröhlichen Farben zu streichen. Als eine Art Alleinstellungsmerkmal. Diese Idee hat uns gefallen.«

»Eine letzte Frage noch. Sie haben doch mit Octave Mirbeau häufig Ausflüge unternommen?«

Nico lächelte traurig. »Ja, das stimmt. Wir hatten immer einen Riesenspaß zusammen. Octave hatte viel Humor. Ich habe auf meinem Smartphone eine Datei angelegt und alle Unternehmungen dokumentiert. Nur so für mich, als Gedächtnisstütze. Ich wollte mir immer neue Highlights für ihn ausdenken. Damit es nicht langweilig wird. Wollen Sie die Liste mal sehen?« Jetzt wirkte er eifrig, wie ein kleiner Junge.

»Mich interessiert hauptsächlich Samstag, der 1. Juni. Haben Sie da etwas gemeinsam mit Octave Mirbeau unternommen?«

»Moment, Monsieur le Commissaire, ich schaue nach.«

Er brauchte nur kurze Zeit, um die Datei aufzurufen und zu öffnen. »Jetzt habe ich den betreffenden Tag. Also, wir haben zeitig zusammen gefrühstückt. Anschließend hatte Octave Lust zu angeln. Wir fuhren nach Cosqueville. Die Mole ist ein guter Angelplatz. Dort gibt es reichlich Barsche und Makrelen. Am späten Vormittag gingen wir Austern essen. Durch den Wein wurde Octave ein wenig schläfrig und bat mich, ihn nach Hause zu fahren. Doch plötzlich änderte er seine Pläne. Er wollte noch auf einen Kaffee bei Beatrice vorbeischauen. Sie wohnt ja ganz in der Nähe.«

»Hat Octave Mirbeau sie häufiger besucht?«

»Ja, ab und zu. Sie war seine Lieblingsschwiegertochter. Die beiden mochten sich sehr gerne. Oft kam er ohne Anmeldung auf einen Sprung bei ihr vorbei. Sie tranken Kaffee und plauderten ein Weilchen. Ich wartete im Auto und hörte Musik. Eigentlich war bei seinen Besuchen immer alles ganz entspannt.«

»Warum betonen Sie das jetzt?«

»Weil es bei seinem letzten Besuch offensichtlich nicht so harmonisch zuging.«

»Wie meinen Sie das?«

»Octave war nach dem Besuch anders als sonst. Er wirkte bedrückt, sorgenvoll. So, als würden ihn schwere Gedanken quälen. Er sah sehr blass aus.«

»Hat er Ihnen gesagt, warum sich seine Stimmung so verändert hat?«

»Nein. Ich habe ihn gefragt, aber er ist mir ausgewichen. Er hat gesagt, er sei nur müde und ich solle ihn bitte nach Hause fahren, damit er ein Nickerchen halten kann.«

»Haben Sie eine Vermutung, was während des Besuchs bei Beatrice Mirbeau vorgefallen sein könnte?«

»Leider nein, Monsieur le Commissaire, ich habe keine Ahnung.«

Karima startete den Motor. »Was machen wir jetzt?«

»Wir fahren zu Beatrice Mirbeau. Sie wohnt ja gleich um die Ecke. Ich will wissen, was passiert ist, als Octave sie besucht hat. Davon hat sie kein Wort erwähnt.«

»In Ordnung.« Die Praktikantin fuhr über den Uferweg zurück auf die Landstraße. Die gleißenden Strahlen der Abendsonne blendeten sie. Sie klappte die Schutzblende herunter und setzte ihre Sonnenbrille auf.

»Halten Sie Nico für verdächtig?«

»Wir haben ihn und Octave Mirbeau zusammen erlebt. Das Verhältnis schien mir herzlich und offen zu sein. Ich kann mir eigentlich nicht vorstellen, dass Nico ihn getötet hat. So eine grausame kaltblütige Tat traue ich ihm nicht wirklich zu.«

»Ich auch nicht. Er machte auf mich den Eindruck, dass der Tod von Mirbeau ihn sehr getroffen hat. Und er hat von sich aus erwähnt, dass er sich Geld von ihm geliehen hatte. Außerdem erschien die Person auf dem Video schlanker, zarter, nicht so kräftig wie der Pfleger.«

»Diesen Eindruck hatte ich auch.«

Nach zwei Kilometern erreichten sie die Abzweigung. Wieder folgten sie der Schotterpiste, die durch den dichten Laubwald zum Kap führte. Die untergehende Sonne schwebte über dem dunstigen Horizont und tauchte das Château in goldenes Licht. Die Silberzedern warfen bereits lange Schatten. Als auf ihr Klopfen am Hauptportal niemand reagierte, beschlossen sie, einen Rundgang über das Anwesen zu machen. Sie liefen am Rosengarten vorbei zum Kliffgelände. Unten in der kleinen Privatbucht entdeckten sie Beatrice Mirbeau. Sie saß im Schneidersitz am Strand, hielt einen Skizzenblock in der Hand und zeichnete. Ab und zu warf sie einen Blick auf die schöne Kulisse. Offensichtlich versuchte sie die Abendstimmung einzufangen. Sie schien völlig in ihr Tun vertieft. Die Polizisten liefen über die steile Felstreppe hinunter in die Bucht. Beatrice drehte den Kopf in ihre Richtung und blinzelte unter ihrem großen Sonnenhut. Sie erhob sich und klopfte sich den Sand von den Shorts.

»Guten Tag.« Sie lächelte freundlich.

»Guten Tag, Madame Mirbeau. Wir wollen Sie gerne sprechen«, sagte Lagarde.

»Gehen wir doch auf die Terrasse. Ich werde Marie bitten, uns Getränke zu bringen.«

Als die Haushälterin Mokka, Wasser und süßes Blätterteiggebäck serviert hatte und im Haus verschwunden war, blickte Lagarde die Gastgeberin mit ernster Miene an. Er musste sie über den Tod des alten Herrn aufklären. Bisher hatten sie diese Information aus ermittlungstechnischen Gründen zurückgehalten.

»Octave Mirbeau ist am Freitagabend verstorben. Es tut mir sehr leid.«

»Was sagen Sie da? Das kann doch nicht sein. Er war fit für sein Alter. Es ging ihm gut. Was ist denn passiert? Wieder sein Herz?«

»Er wurde getötet, Madame Mirbeau.«

Sie wurde kreidebleich. Ihre Gesichtszüge wirkten versteinert. Die Hände zitterten so sehr, dass sie ihr Glas abstellen musste.

»Das ist ja entsetzlich. Ich kann es gar nicht fassen. Genau wie Charles. Was ist denn da los, Herr Kommissar? Gibt es Verdächtige? Haben Sie eine heiße Spur?«

»Leider nein. Aber unsere Ermittlungen laufen auf Hochtouren. Wir tun, was wir können.«

»Ja, natürlich. Wo ist Octave jetzt?«

»In der Rechtsmedizin. Er ist noch nicht freigegeben.«

»Wie wurde er getötet? Wurde er auch erschossen?«

»Darüber darf ich Ihnen keine Auskunft geben.«

Sie schlug die Hände vor ihr Gesicht und schüttelte verzweifelt den Kopf. »Mon Dieu. Das Grauen nimmt kein Ende. Der arme Octave. Er hatte so viel Lebensmut.«

Der Kommissar trank einen Schluck Wasser und war sich unschlüssig, wie er diese Reaktion einschätzen sollte. War sie echt? Oder war die Malerin auch eine gute Schauspielerin? Wusste sie von den fünf Millionen, die sie erben würde? Er beschloss, zunächst weiter seine Fragen zu stellen.

»Wir haben erfahren, dass Octave Mirbeau Sie an dem Samstag, an dem sein Sohn Charles erschossen wurde, gegen Mittag besucht hat. Ist das richtig?«

Sie wägte kurz ab. »Ja, das stimmt. Er kam auf einen Kaffee vorbei. Das macht er manchmal.« Sie stockte und fuhr mit belegter Stimme fort. »Ich meine, das machte er manchmal. Mich haben seine Besuche immer sehr gefreut. Wir mochten uns.«

»Gab es einen bestimmten Anlass?«

»Nein. Er schaute nur vorbei und wir plauderten ein wenig.«

»Ist irgendetwas vorgefallen, was ihn belastet oder beunruhigt haben könnte?«

»Aber nein. Die Stimmung war heiter und entspannt, wie immer.«

»Gut. Noch eine andere Sache. Aus zuverlässiger Quelle wissen wir inzwischen, dass Sie sehr wohl schießen können, sehr gut sogar. Ist das richtig?«

»Ich habe keine Ahnung, wer Ihnen das erzählt hat. Aber ja, zugegeben, ich konnte früher gut schießen. Als ich mit Charles verheiratet war, hat er es mir beigebracht. Er war der Meinung, ich hätte großes Talent. Aber es hat mich nicht wirklich interessiert. Ich habe damals schon lieber gemalt.«

»Und ein Jagdgewehr besitzen Sie auch nicht?«

»Nein. Das hatte ich Ihnen bereits gesagt.«

Lagarde nickte. »Ja, da haben Sie recht. Danke für das Gespräch und die erfrischende Bewirtung. Ich wünsche Ihnen einen angenehmen Abend.«

»Warten Sie. Ich begleite Sie noch bis zum Tor.«

Auf dem Weg dorthin kamen sie am steinernen Brunnen vorbei. Lagarde fiel der versonnene Blick auf, mit dem Beatrice Mirbeau den goldenen Engel im flammenden Abendrot betrachtete. Diesen Blick konnte er nicht zuordnen. Karima war er auch aufgefallen.

Gegen neunzehn Uhr betraten Lagarde und seine Praktikantin das Büro von Cleroc. Die Fenster waren weit geöffnet und eine sanfte Abendbrise brachte ein wenig Abkühlung. Sie setzen sich um den Besprechungstisch. Cleroc hatte kaltes Mineralwasser und Gläser organisiert. »Fangen wir an.«

Lagarde ergriff das Wort. »Es gibt neue Erkenntnisse aus dem Labor. Ich habe bei den Befragungen der drei Frauen von Charles Mirbeau ihre Fingerabdrücke ohne ihr Wissen besorgt. Ich wollte nicht, dass sie misstrauisch werden. Die Abdrücke von Beatrice befinden sich auf einem Pinsel aus ihrem Atelier, die von Rosalie auf einem Flyer der Galerie und die von Caroline auf einer Postkarte, die den Reiterhof zeigt. Wir haben einen Treffer gelandet. Die Fingerabdrücke auf dem Malachit, der in der Nähe des Tatortes gefunden wurde, stammen von Rosalie.«

Clerocs Augen leuchteten auf. »Das könnte endlich eine konkrete Spur sein.«

»Rosalie ist Steinbock«, erklärte Karima, die rasch in ihren Notizen geblättert hatte. »Der Malachit ist der Glücksstein dieses Sternzeichens.«

»Wie lange lag der Stein im Wald?«, wollte Cleroc wissen.

»Das Labor meint, noch nicht so lange«, antwortete Lagarde. »Vielleicht ein, zwei Wochen. Es ist sehr schwer zu sagen, weil es von den Witterungsverhältnissen abhängt. Wenn er längere Zeit dort gelegen hätte, wäre er mit feuchtem Moos und weiteren Ablagerungen überzogen gewesen. Andererseits schützte ihn ein Pilzgeflecht.« Er blätterte in seiner Mappe. »Die Spurensicherung hat die Fingerabdrücke der drei Frauen in der Jagdhütte von Charles Mirbeau sichergestellt. Wie ihr wisst, ist das Alter dieser Spuren nicht feststellbar. Die Frauen waren da. Aber wann, wissen wir nicht. Ebenso wenig wissen wir, ob sie sich zusammen oder einzeln und unabhängig voneinander dort aufgehalten haben.«

Nach seinen Ausführungen berichtete Karima weiter. »Beatrice Mirbeau hat uns angelogen. Sie kann schießen, sehr gut sogar. Sie hat uns auch verschwiegen, dass Octave Mirbeau am Todestag seines Sohnes und dessen Verlobter bei ihr war. Damit konfrontiert, behauptete sie, der Besuch wäre harmonisch und unspektakulär verlaufen, wie immer. Nicolas Ayrault berichtet etwas anderes. Der alte Herr vererbt ihr fünf Millionen Euro. Das ist ein starkes Motiv. Fraglich ist, ob sie davon wusste.«

Cleroc hatte ebenfalls Neuigkeiten. »Das Gestüt von Caroline Mirbeau wurde, wie besprochen, durchsucht. Dabei fand man das Betäubungsmittel Carfentanyl. Sie hat sich bisher noch nicht dazu geäußert. Die Kollegen von der Ballistik haben festgestellt, dass aus dem Jagdgewehr des Fabrikates Blaser, das Philippe auf dem Gestüt entdeckt und beschlagnahmt hat, nicht geschossen wurde. Was die Registrierung von Jagdgewehren hier in der Gegend betrifft, sind wir noch keinen Schritt weitergekommen.

Es kann auch sein, dass die Waffe im Ausland oder auf dem Schwarzmarkt gekauft wurde und nirgendwo registriert ist.«

Karima berichtete von dem Gespräch mit Nicolas Ayrault. »Zur fraglichen Zeit, als Octave Mirbeau getötet wurde, besuchte er nach seinen Angaben eine Feier des Ruderclubs. Das Alibi muss noch überprüft werden. Er selbst räumt aber ein, dass er sich für einige Zeit von dem Fest entfernt hat. Grundsätzlich hätte er von der Strandparty zur Seniorenresidenz und wieder zurück fahren können. Dafür hätte er nicht viel Zeit gebraucht. Der Weg ist nicht weit. Es sind nur ein paar Kilometer. Philippe hat herausgefunden, dass er von Octave Mirbeau eine halbe Million Euro erbt. Das ist ein überzeugendes Motiv, falls er davon wusste. So wäre es für ihn kein Problem gewesen, seine Wettschulden zu bezahlen. Wie er selbst zugegeben hat, hält er sich häufig auf Rennbahnen auf, um Pferdewetten abzuschließen. Vielleicht gelang es ihm dort, in den Besitz des Betäubungsmittels Carfentanyl zu kommen. Er könnte es in einem günstigen Augenblick gestohlen haben.«

Cleroc schenkte sich Wasser nach und fuhr fort. »Spurentechniker haben die Kate von Frédéric Delavigne unter die Lupe genommen. Außerdem wurde die weitläufige Umgebung des Hauses auf dem Hochplateau von Polizisten mit Spürhunden abgesucht. Sie haben nichts Auffälliges gefunden.«

»Das war zu erwarten«, bemerkte Lagarde. »Ich wollte Delavigne mit dieser Androhung unter Druck setzen, damit er redet.«

Der Hauptkommissar berichtete von einem weiteren Untersuchungsergebnis. »Die Farbspuren, die auf dem Teppichboden vor Octave Mirbeaus Bett gefunden wurden, sind analysiert worden. Es handelt sich nicht um gewöhnlichen Lack, den man beispielsweise für das Streichen von Fensterläden verwendet. Es ist Ölfarbe, wie Künstler sie für Gemälde benutzen.«

»Beatrice Mirbeau ist Malerin, und sie fährt ein rotes Cabriolet«, merkte Karima an.

»Viele Menschen fahren ein Cabrio«, erwiderte Lagarde. »Wir müssen alle Halter solcher Fahrzeuge in einem bestimmten Radius überprüfen.« Er lehnte sich zurück, verschränkte die Arme und sah in die Runde. Schließlich zog er ein Resümee.

»Wer ist der verkleidete Pfleger, der Octave Mirbeau getötet hat?« Der Kommissar hatte eine ziemlich konkrete Vorstellung, wer die Person war. Das Motiv jedoch erschloss sich ihm noch nicht.

»Wir haben die Tatwaffe noch immer nicht gefunden. Wo wurde sie versteckt? Caroline Mirbeau ist die Haupterbin. Nach wie vor ist kein Testament aufgetaucht. Ich gehe davon aus, dass sich eine Anwaltskanzlei oder ein Notariat inzwischen gemeldet hätten. Nach der Scheidung hätte sie diesen Status verloren. Sie hat das stärkste Motiv.

Rosalie Mirbeau hielt sich kürzlich im Forst von Gonneville auf. Was wollte sie dort?«

»Und wenn jemand ihr Schmuckstück dort hingelegt hätte?«, warf Karima ein. »Um den Verdacht auf sie zu lenken?«

»Das wäre auch denkbar«, erwiderte Lagarde und führte seine Darlegungen weiter aus. »Beatrice Mirbeau hat gelogen. Sie ist nur scheinbar kooperativ und gibt nur zu, was wir ohnehin herausgefunden haben. Eine entscheidende Frage ist: Wo befanden sich die drei Frauen zur Tatzeit? Caroline und Rosalie waren anscheinend nicht zu Hause. Beatrice Mirbeau hat ihrem Personal freigegeben. Warum? Haben sich die Frauen in ihrem Schloss getroffen? Aus welchem Grund? Das machen sie sonst nie. Ist Octave Mirbeau bei seinem Besuch auf seine Schwiegertöchter gestoßen? War er deshalb so verstört? Was ist bei dieser Begegnung vorgefallen? Ist dieser Vorfall das Bindeglied zwischen den Verbrechen?« Er schwieg und sah Clecoc an.

»Wir laden sie vor«, entschied der Hauptkommissar. »Alle drei. Gleich morgen. Wir befragen sie zusammen.«

Lagarde nickte. »Gute Idee. Das machen wir.«

»In Ordnung. Morgen um vierzehn Uhr.«

Über den Garten des Restaurants »Mirabelle« hatte sich die Dunkelheit gesenkt. Die gelbe Mondsichel war in einen dunstigen anthrazitgrauen Hof gebettet und stand reglos am Nachthimmel. In den Walnussbäumen leuchteten weiße und flaschengrüne Lampions. Große helle Lichtkugeln, die zwischen Pflanzen platziert waren, verbreiteten einen sanften Schein. Aus Lautsprechern ertönte leise klassische Musik. Fast alle Tische auf der Terrasse waren besetzt. Die Gäste dinierten, unterhielten sich, lachten und genossen den milden Sommerabend.

Lagarde saß an einem Zweiertisch vor einem Spalier, um das sich Kastanienwein rankte, streckte die Beine aus und war froh um ein bisschen Ruhe. Er musste nachdenken. Die Vorladung der drei Frauen für den morgigen Tag ging ihm nicht aus dem Kopf. Nach wenigen Minuten erschien Odette und stellte ein Tablett auf den Tisch. »Hier ist dein Bier, mein Schatz. Ich trinke ein kleines Glas Weißwein. Auf dein Wohl.« Sie lächelte ihn an. »Es ist schön, dass du noch kommen konntest. Du siehst erschöpft aus.«

»Es war ein langer Tag.«

»Hast du Hunger?«

»Und wie. Ich habe seit heute Morgen nichts mehr gegessen. Nur ein wenig Gebäck.«

»Das geht nicht. Ich bringe dir etwas Feines. Was hältst du von einem rosa gebratenen T-Bone-Steak, Kartoffelgratin und Speckbohnen?«

»Das hört sich himmlisch an.«

»Ich bin gleich wieder da. Entspann dich.«

Lagarde genoss das kalte Bier und hing seinen Gedanken nach. Hatten die drei Frauen etwas zu verbergen? Irgendetwas stimmte nicht. Ihre Aussagen waren nicht schlüssig. Würden sie überhaupt erscheinen? Der Termin war sehr kurzfristig angesetzt. Nach zwanzig Minuten kam Odette zurück. Während er sein Abendessen verzehrte, leistete sie ihm Gesellschaft. Der Restaurantgarten leerte sich langsam, inzwischen war es spät geworden.

»Weißt du was, Philippe, wir ziehen uns zurück. Um die restlichen Gäste kann Gérard sich kümmern.«

Sie hatten es sich in Odettes französischem Bett bequem gemacht und tranken ihren Lieblingschampagner, Veuve Clicquot. Sie kuschelte sich an ihn. »Wenn du es nicht mehr geschafft hättest, würde ich jetzt einen Spielfilm im Fernsehen anschauen. Meinen Lieblingsfilm mit Romy Schneider, ›César und Rosalie‹. Kennst du die Geschichte?«

Lagarde dachte an Rosalie Mirbeau, die sie morgen vorgeladen hatten. Rasch schüttelte er den Gedanken ab. »Meinst du den Film mit Yves Montand?«

»Ja, genau. Romy Schneider und er spielen ein Liebespaar. Er ist älter als sie und erfolgreicher Schrotthändler. Eines Tages trifft sie ihre Jugendliebe David wieder. Sie ist hin- und hergerissen zwischen den beiden Männern. Schließlich entscheidet sie sich für David und geht mit ihm weg. César unternimmt alles, um den jungen Rivalen auszustechen und sie zurückzuholen. Er sucht sie und schenkt ihr ein Sommerhaus am Meer, in dem sie als Kind ihre Ferien verbracht hat und das sie sehr liebt.« Sie sah ihn mit großen dunklen Augen an. »Würdest du mich auch zurückholen, wenn ich mit einem Liebhaber durchgebrannt wäre?«

Er grinste sie an. »Nein, ich würde mir eine neue Freundin suchen. Sie muss aber kochen können.«

Sie boxte ihn in die Seite. »Blödmann.«

Er drückte sie sanft auf das Kissen und sah sie an. »Ich würde dich gar nicht gehen lassen. Notfalls würde ich dich mit Polizeigewalt hierbehalten.« Zärtlich küsste er sie.

DER GOLDENE ENGEL

Montag, 10. Juni
Am nächsten Morgen fuhr Lagarde nach Cherbourg, um Karima von zu Hause abzuholen. Sie wollten zusammen in einem Café frühstücken und die Strategie für die bevorstehende Befragung noch einmal durchgehen. Sie hatten sie gestern bereits in groben Zügen mit Cleroc festgelegt. Die Praktikantin war aufgeregt. Sie fragte sich, wie dieses Gespräch wohl verlaufen und ausgehen würde.

Den Mittelpunkt der Caféterrasse bildete ein kleiner Springbrunnen, den eine verwitterte Statue aus Stein krönte. Es war ein draller Amor mit Pfeil und Bogen. Lagarde trank von seinem Milchkaffee und betrachtete das Gebilde nachdenklich. »Natürlich«, sagte er unvermittelt. »Der Brunnen.«

Karima verstand nicht, was er meinte. Da er den Kellner nirgends entdecken konnte, legte er zwanzig Euro auf den Tisch. »Wir gehen.«

Karima übernahm, wie gewöhnlich, das Steuer. Als sie den Motor startete, fragte sie: »Wo wollen Sie hin, Philippe? Die Befragung findet doch erst in gut drei Stunden statt.«

»Wir fahren zum Schloss von Beatrice Mirbeau.«

Kurz bevor sie das Kap erreichten, kam ihnen Marie, die Haushälterin, in einem kleinen Renault entgegen. Wahrscheinlich wollte sie Einkäufe erledigen. Vor der Schlossmauer parkte der rote Porsche von Beatrice Mirbeau. Die Fahrertür stand offen. »So, wie es aussieht, wird sie gleich wegfahren«, stellte Lagarde fest. »Das warten wir ab.« Er bat seine Praktikantin, einige hundert Meter zurückzufahren und in einen Forstweg einzubiegen. Auf seine Anweisung hin wendete sie das Fahrzeug auf einem kleinen Wanderparkplatz und fuhr ein Stück zurück. So hatten sie die Verbindungsstraße gut im Blick. Geschützt von Buchen, Gebüsch und Dornengestrüpp warteten sie.

»Sie wird gleich kommen«, verkündete er. Schweigend saßen sie im Wagen und beobachteten die Schotterpiste, die vom Schloss auf die Hauptstraße führte. Und tatsächlich, wenige Minuten später passierte Beatrice Mirbeau mit ihrem roten Porsche Cayenne Cabriolet die Forsteinfahrt. »Jetzt los«, sagte Lagarde. »Zum Schloss bitte.« Nach wenigen Minuten erreichten sie das Anwesen und parkten vor der Umgrenzungsmauer. Gemeinsam liefen sie zum steinernen Brunnen. Im Morgenlicht glänzten die Flügel des Engels messingfarben. Lagarde sah sich um. Das Gelände wirkte verlassen. Er konnte den Gärtner nirgendwo entdecken. »Ich glaube, dass sich die Tatwaffe im

Brunnen befindet. Sie wurde dort versteckt. Höchstwahrscheinlich von Beatrice Mirbeau.«

Karima sah ihn verblüfft an. »Wie kommen Sie denn darauf?«

»Der Brunnen mit dem goldenen Engel ist ihr sehr wichtig. Charles Mirbeau hat dort um ihre Hand angehalten. Ich glaube, sie liebt ihn noch immer. Haben Sie gestern den Blick bemerkt, mit dem sie die Statue betrachtet hat? Dabei hat sie einen nervösen, wenn nicht gar ängstlichen Eindruck gemacht.«

»Ja, das ist mir aufgefallen. Sie scheint eine wichtige Rolle in ihrem Leben zu spielen.«

Lagarde sah auf seine Armbanduhr. »Wir haben nicht mehr viel Zeit. Um vierzehn Uhr ist der Termin. Ich steige in den Brunnen. Sie warten hier. Sollte etwas Unvorhergesehenes passieren, rufen Sie Ludovic oder die Zentrale an.«

»Moment, Philippe. Was Sie vorhaben, ist sehr gefährlich. Solche Süßwasserbrunnen auf den Klippen können Dutzende von Metern tief sein. Sie können da nicht alleine hinein. Wir müssen Hilfe holen.«

»Dafür bleibt keine Zeit mehr.« Entschlossen sprang er auf den breiten Rand des Brunnens und studierte kurz dessen Konstruktion. Die ornamentierten Wasserspeier bildeten ein Halbrund. Auf einer dicken halbkreisförmigen Steinplatte saß ein Podest, auf dem der Engel thronte. Die übrige Höhlung war mit Brettern bedeckt, die ein quadratisches Loch frei ließen.

Eine Seite betrug circa fünfzig Zentimeter. Dieser Teil des Brunnens war so belassen worden, wie er ursprünglich gebaut worden war. Durch diese Öffnung hatte man früher den Schöpfeimer in das Felsgestein hinabgelassen. Lagarde steckte eine kleine Taschenlampe in den Mund und glitt hindurch. In Sekundenschnelle hatte ihn der Brunnen verschluckt. Karima verfolgte seine Aktion mit schreckgeweiteten Augen. Im Schacht entdeckte Lagarde einen Querbalken eineinhalb Meter unter ihm, auf dem er Halt fand. Mit dem Strahl seiner Taschenlampe leuchtete er die untere Seite der Holzbedeckung und der Betonplatte aus. Er konnte außer schwarz verklebten, erstaunlich dicken Spinnweben, schlammbraunem, übel riechendem Moder und giftgrünen Moospolstern nichts entdecken. Hatte er sich getäuscht? Im Holz war ein rostiger Flaschenzug verschraubt. Zwei Ketten verliefen über breite Rollen und führten in die Tiefe. Er packte die beiden Gliederreihen einer Kette, klammerte sich daran fest und rutschte langsam nach unten. Seine Füße fanden Halt auf verrosteten Brunneneisen, die früher als Steighilfen gedient hatten. Nach circa zwei Metern entdeckte er eine ovale Höhlung in der feuchten Mauer. Ohne zu zögern griff er mit einer Hand hinein. Mit der anderen Hand umklammerte er die erodierenden Kettenglieder. Einen Fuß stützte er auf einen Tritt. Er ertastete zunächst kalte Plastikfolie. Sie verhüllte einen Gegenstand, der länglich war, schwer und sich fest anfühlte. Mühelos ließ er sich aus dem Loch ziehen. Lagarde nahm seinen Fuß vom Steigeisen und klemmte das verhüllte Teil zwischen die Beine. Plötzlich glitt seine Hand von der zweiten Kette ab und er rauschte in die Tiefe. Das schrille metallene Getöse drang bis zum Brunnenrand. Entsetzt schrie Karima auf. »Philippe.« Sie sprang auf die Umrandung und starrte panisch in das schwarze Loch, das auf den felsigen Grund führte. Tief unten konnte sie den Schein einer Lampe ausmachen. »Philippe.« Sie war völlig verzweifelt und wusste nicht, was sie tun sollte. Tränen schossen in ihre Augen.

Lagarde schaffte es irgendwie, die zweite Kette zu greifen, und stoppte damit seine Abwärtsfahrt. Mit einem Ruck kam er zum Stehen und schwebte über dem Abgrund. Er begann nach oben zu klettern. Gerade als Karima mit zitternden Fingern ihr Handy aus der Hosentasche holte, um Hilfe zu rufen, tauchte sein Kopf in der Öffnung auf. Er zog sich hoch und kletterte auf das Holzplateau. Karima griff nach seiner Hand und half ihm. Sie würde ihn nicht loslassen, bis er in Sicherheit war. »Es ist alles in Ordnung, Karima. Ich habe etwas gefunden.« Er stand auf, sprang über den Rand auf den Boden und hielt den länglichen Plastiksack hoch. Er war fest verschnürt. »Wir fahren jetzt ins Präsidium«, sagte er. »Es ist allerhöchste Zeit. Ich öffne das Paket im Auto. Dort habe ich im Handschuhfach ein Taschenmesser. Beeilen wir uns.«

Während Karima über die Schotterpiste bretterte, schnitt er die Schnüre durch und entfernte die Kunststoffverpackung von seinem Fundstück. Zufrieden betrachtete er das Jagdgewehr. »Sieh mal an. Eine Verney-Carron, Kaliber sieben Millimeter. Eine großkalibrige Schusswaffe.«

»Ist das die Tatwaffe?«, fragte Karima.

»Sie muss natürlich noch ballistisch untersucht werden. Aber ich gehe davon aus, ja. Vor der Befragung bringen wir das Gewehr noch rasch ins Labor. Ich will wissen, ob sich Fingerabdrücke darauf befinden.«

»Meinen Sie, die Waffe gehört Beatrice Mirbeau?«

»Davon bin ich überzeugt. Aber wir müssen es beweisen.«

Als sie die Nationalstraße erreicht hatten, gab Karima Gas. Es war bereits dreizehn Uhr zehn und Lagarde musste sich nach der Brunnenaktion dringend säubern, bevor er den Damen gegenübertrat.

Cleroc hatte sich entschieden, die Befragung im Besprechungszimmer im ersten Stock des Polizeipräsidiums durchzuführen. Es war ein heller freundlicher Raum. Ein kahles Verhörabteil im Keller schien ihm zum jetzigen Stand der Ermittlungen unangemessen. Sie hatten lediglich Indizienbeweise, keine Zeugen. Gegen niemanden gab es einen dringenden Tatverdacht, keiner war verhaftet worden und in das Untersuchungsgefängnis gekommen. Er betrachtete den

Termin als eine Art Sondierungsgespräch. Sie steckten fest. Es war ihm wichtig, die drei Frauen an einen Tisch zu bekommen. Er hoffte, dass sich daraus neue Aspekte ergeben würden.

Eine Hilfskraft aus der Kantine hatte Getränke und Gebäck auf dem großen Besprechungstisch angerichtet. Drei Minuten vor vierzehn Uhr trafen Lagarde und Karima ein.

»Wir haben das Gewehr gefunden«, informierte der Kommissar seinen Kollegen. »Es ist jetzt im Labor. Wir werden telefonisch informiert, wenn die Waffe auf Fingerabdrücke untersucht worden ist. Die Kollegen aus der Ballistik haben sich bereit erklärt, die Testschüsse so bald wie möglich abzufeuern. Dann wissen wir mehr.«

»Das ist ja großartig«, freute sich Cleroc. »Und ihr kommt genau zum richtigen Zeitpunkt. Wo habt ihr es gefunden?«

»Im Schlossbrunnen von Beatrice Mirbeau.«

»Unglaublich.«

Bevor er weiter fragen konnte, klopfte es energisch an der Tür. Es war exakt vierzehn Uhr. Ein Mann trat mit energischen Schritten ein, die drei vorgeladenen Frauen folgten ihm. Cleroc begrüßte die Damen, bedankte sich für ihr Kommen und bat sie Platz zu nehmen. Ihren Begleiter sah er fragend an. »Wer sind Sie, bitte?«

Der Mann stellte seine Aktentasche auf den Tisch

und blickte mit einem höchst verärgerten Gesichtsausdruck in die Runde. »Mein Name ist Arthur Fabius. Von Fabius & Partner, eine Anwaltssozietät in Paris. Strafrecht ist mein Fachgebiet. Die Damen Mirbeau haben unsere Kanzlei um Unterstützung gebeten. Sie fühlen sich massiv von der Polizei unter Druck gesetzt. Ich habe das Mandat übernommen.« Sein Teint färbte sich rot vor Empörung, dann polterte er los. »Eine Vorladung hat schriftlich zu erfolgen. Weiter ist bei der Terminsetzung ein angemessener Zeitrahmen einzuhalten. Meine Mandantinnen mussten alles stehen und liegen lassen, um rechtzeitig hier zu sein. Ich hatte sogar vorgeschlagen, den Termin platzen zu lassen. Aber das wollten die Damen nicht. Wir befinden uns in Frankreich und nicht in einem rechtsfreien Staatsgebiet. Ich werde mich bei Frank Lanoux, dem Polizeipräsidenten, über Sie beschweren. Danach können Sie Knöllchen an Falschparker verteilen. Verlassen Sie sich darauf.«

»Wir ermitteln in drei Mordfällen«, gab Cleroc mit eisiger Stimme zurück. »Deshalb haben wir mit Kooperationsbereitschaft gerechnet. Wir haben einige Fragen an Ihre Mandantinnen.«

»Ich werde jede Frage genau prüfen. Sie können hier nicht machen, was Sie wollen. Wenn ich mit Ihrer Vorgehensweise nicht einverstanden bin, breche ich das Gespräch ab.«

Der Anwalt wirkte auf Karima wie ein aufgeplusterter Pfau. Seine Präsenz war allgegenwärtig. Seine Ausstrahlung arrogant und überheblich. Er war von kleiner Statur, übergewichtig und hatte wasserblaue stechende Augen. Die mausbraunen Haare waren kurz geschnitten. Sein grauer Maßanzug saß tadellos. Aus der Brusttasche spitzte ein seidenes Einstecktuch. Die polierten Lackschuhe glänzten.

»In Ordnung«, antwortete Lagarde. »Ich schlage vor, wir fangen an.« Sein Blick richtete sich auf Rosalie Mirbeau. Sie war blass und machte einen sehr nervösen Eindruck.

»Madame Mirbeau. Vermissen Sie ein Schmuckstück?«

Irritiert schüttelte sie kaum merklich den Kopf.

»Wir haben in der Nähe des Hochsitzes, auf dem Charles Mirbeau und Aimée Dupont erschossen wurden, einen Schmuckstein gefunden. Einen Malachit. Sie wissen, was das ist, nicht wahr?«

Sie wurde noch bleicher. Ihr linkes Augenlid zuckte unkontrolliert.

»Auf dem Stein, Madame Mirbeau, befinden sich Ihre Fingerabdrücke. Deshalb gehen wir davon aus, dass er Ihnen gehört.«

»Wo haben Sie die Vergleichsabdrücke her?«, donnerte der Anwalt.

»Das ist irrelevant. Jetzt werden meine Fragen beantwortet. Ihre Mandantin war am Tatort. Sie steht unter Verdacht, an einem Verbrechen beteiligt gewesen zu sein.« Lagarde fixierte Rosalie. »Was haben Sie im Wald von Gonneville gemacht?«

»Was ist denn das für eine Frage?« Fabius war empört.

»Sie behindern eine Mordermittlung«, gab Lagarde scharf zurück. »Ich verlange jetzt eine Antwort. Was haben Sie dort gemacht? Haben Sie die beiden Opfer erschossen?«

Ihre Unterlippe begann zu zittern. »Ich, ich war da nicht. Schon viele Jahre nicht mehr. Vielleicht habe ich den Stein damals verloren, als ich noch mit Charles unterwegs war, und er liegt schon ewig dort.«

»Der Malachit wies keine Zeichen auf, dass er über längere Zeit Witterungsverhältnissen ausgesetzt war. Er kann da noch nicht so lange gelegen haben.«

Der Anwalt fiel ihm ins Wort. »Das Alter von Fingerabdrücken kann man nicht bestimmen, das wissen Sie so gut wie ich. Also hören Sie auf mit diesen unsinnigen Behauptungen.«

Cleroc sah ihn scharf an, dann stellte er die nächste Frage. »In der Jagdhütte fanden wir Fingerabdrücke von Ihnen. Sie waren alle drei in dem Haus. Aus welchem Grund? Was wollten Sie dort? Haben Sie sich getroffen? Haben Sie dort die Morde geplant?«

Beatrice deutete ein kleines höfliches Lächeln an. Sie hatte sich voll im Griff und ließ sich keinerlei Beunruhigung anmerken. »Ich habe Vorräte für Charles in die Hütte gebracht, das wissen Sie doch.«

»Ich war seit Jahren nicht mehr im Jagdhaus«, behauptete Caroline, starrte Lagarde böse an und warf die rote Mähne mit einer selbstbewussten Kopfbewegung über die Schulter.

»Ich auch nicht«, stammelte Rosalie. Die Befragung schien ihr sehr zuzusetzen.

»Wollen wir uns jetzt erneut über die Bestimmung des Alters von Fingerabdrücken unterhalten?«, fragte Fabius mit triefender Ironie in der Stimme. Lagarde winkte ab und richtete den Blick auf Caroline. »Auf Ihrem Reiterhof wurde das Betäubungsmittel Carfentanyl gefunden. Mit diesem Wirkstoff wurde Octave Mirbeau getötet. Äußern Sie sich bitte zu diesem Sachverhalt.«

»Jeder Reiterhof ist im Besitz dieser Substanz.« Ihre Stimme klang hart. Sie machte einen total genervten Eindruck. »Es wird zum Beispiel für kleinere Operationen verwendet. Das ist ganz normal. Alle machen das.«

»Nach dem Tod von Charles und Octave Mirbeau sind Sie die Alleinerbin eines gewaltigen Vermögens. War das Ihr Motiv?«

Caroline verschlug es die Sprache.

»Vorsicht, Lagarde«, fauchte Fabius. »Das ist eine infame Unterstellung, die Sie nicht beweisen können.«

Lagarde verschränkte die Arme und musterte die drei Frauen. »Wir haben mit dem Betreuer von Octave gesprochen. Ich bin mir sicher, dass die Verbrechen an den drei Opfern zusammenhängen.« Er ließ seine Worte wirken, schließlich feuerte er eine Salve von Fragen auf sie ab. »Warum haben Sie sich im Schloss getroffen? Weshalb haben Sie Ihre Gewohnheiten geändert und sich zusammengetan? Was haben Sie dort geplant? Was ist im Forst von Gonneville passiert? Warum musste Octave Mirbeau sterben?«

»Sie müssen diese Fragen nicht beantworten«, tönte Arthur Fabius. »Die Polizei tappt im Dunkeln. Wir werden uns diese lächerlichen Spekulationen nicht mehr länger anhören. Meine Damen, ich schlage vor, wir gehen jetzt. Schließlich haben wir alle unsere Zeit nicht gestohlen.« Er erhob sich schwerfällig, aber entschlossen.

Gleichzeitig klingelte Clerocs Handy. Er hörte mit unbeweglicher Miene aufmerksam zu und bedankte sich schließlich. Lagarde und er wechselten einen kurzen Blick. Cleroc nickte ihm zu und ergriff das Wort. »Wir haben im Schlossbrunnen von Beatrice Mirbeau ein Jagdgewehr gefunden.« Er machte eine Pause und betrachtete der Reihe nach die drei Frauen und ihren Anwalt. Niemand reagierte. Fabius versuchte, sich die Überraschung nicht anmerken zu lassen. Die Damen wirkten versteinert und sahen ihren Anwalt hilfesuchend an.

Cleroc berichtete weiter. »Die Schüsse auf Charles Mirbeau und seine Verlobte wurden zweifellos aus dieser Waffe abgefeuert. Es befinden sich Fingerabdrücke darauf. Von Caroline und Beatrice Mirbeau. Das Gewehr des Fabrikates Verney-Carron ist auf Beatrice Mirbeau registriert.«

Man hätte im Raum eine Stecknadel fallen hören können. Karima stellte fest, dass Beatrice die ersten Anzeichen von Verunsicherung und Nervosität zeigte. Ihre Gelassenheit war von einer Sekunde auf die andere verflogen.

Cleroc insistierte. »Meine Damen, was sagen Sie dazu?«

»Ich habe sie nicht erschossen«, erklärte Beatrice mit bemüht fester Stimme.

»Ich auch nicht«, beteuerte Caroline.

»Wie erklären Sie es sich dann, dass sich Ihre Fingerabdrücke auf dem Gewehr befinden?«

Beatrice übernahm das Wort. »Die Jagdbüchse gehört mir, das gebe ich zu.« Fabius funkelte seine Mandantin an, sie fuhr jedoch unbeirrt fort. »Jemand muss die Waffe gestohlen und die beiden erschossen haben.«

»Und diejenige Person hat das Jagdgewehr anschließend in Ihrem Brunnen versteckt?«, hakte Lagarde nach. »Der große Unbekannte? Glauben Sie wirklich, dass ein Strafrichter Ihnen diese Geschichte abnehmen wird?«

Fabius wollte etwas sagen. Er schien nicht mehr ganz so selbstsicher und überzeugt. Beatrice gab ihm ein Zeichen. »Ich kann das alles erklären.«

Lagarde lehnte sich zurück. »Ich bin gespannt, Madame Mirbeau.«

Selbstbewusst sah sie in die Runde. »Wie Sie selbst richtig gesagt haben, hatten wir drei Frauen keinerlei Kontakt. Nur Rosalie und ich sahen uns gelegentlich. Ich fand das eigentlich schade und beschloss, Caroline und Rosalie auf mein Schloss einzuladen. Charles hatte Caroline wegen Aimée verlassen, so saßen wir drei nun im gleichen Boot. Eine solche Erfahrung verbindet.«

»Wann sind die beiden angereist?«

»Am Freitag, dem 31. Mai, gegen Mittag.«

»Und wann sind sie abgereist?«

»Am Samstag, dem 1. Juni, so um vierzehn Uhr.«

»Das bedeutet, dass Octave Mirbeau sie alle drei bei seinem spontanen Besuch angetroffen hat.«

»Ja.«

»Und was ist da vorgefallen?«

»Nichts. Wir haben gemeinsam Kaffee getrunken und uns nett unterhalten.«

»Gut. Erzählen Sie bitte weiter.«

»Am Freitagnachmittag haben wir einen langen Spaziergang gemacht. Abends haben wir im Schloss diniert. Marie hatte ein vorzügliches Menü gezaubert. Da es ein wunderbarer Abend war, beschlossen wir, nach dem Essen in die Bucht zu gehen. Wir entzündeten Fackeln, machten es uns am Strand auf Decken und Kissen bequem und tranken Champagner.« Sie zögerte einen Moment. »Was jetzt kommt, ist mir ein bisschen peinlich. Aber so war es nun mal.«

Ihr Anwalt fixierte sie, bereit zum Sprung, um sie zu retten. Beatrice beachtete ihn nicht. Sie war in ihre Erzählung vertieft. »Wir tranken ein wenig zu viel Champagner. Die Stimmung wurde ausgelassen und lustig. Fast schon albern. Plötzlich entstand die Idee, ein bisschen herumzuballern. Ich holte eine meiner Jagdflinten. Die Verney-Carron, meine Lieblingsbüchse. Caroline und ich schossen auf Äpfel, die wir in die Luft warfen. Wir fanden das komisch. Als Rosalie mit uns schimpfte, hörten wir auf. Sie verabscheut Schusswaffen. In bester Laune tranken wir noch eine Flasche Champagner. Danach zogen wir uns in unsere Schlafzimmer zurück und gingen ins Bett. Es war schon sehr spät.«

»Und wo ist das Jagdgewehr geblieben?«, fragte Lagarde.

»Als ich am nächsten Morgen aufwachte, konnte ich mich an die Einzelheiten des vorangegangenen Abends nicht mehr so genau erinnern. Ich stellte fest, dass ich vergessen hatte, das Hauptportal zu verriegeln. Außerdem war der Waffenschrank unverschlossen. Da hatte ich wohl nicht dran gedacht.«

»War das Jagdgewehr an seinem Platz?«

»Ja, es war da und ich sperrte den Schrank zu.«

»Um wie viel Uhr war das?«

»Gegen neun Uhr. Es ist mir klar, dass es leichtfertig

von mir war, die Flinte nicht einzuschließen, aber ich habe es einfach vergessen.«

»So ein Missgeschick kann jedem passieren«, bemerkte Fabius. »Da kann Ihnen niemand einen Strick draus drehen.«

»Auch nicht, wenn das Gewehr gestohlen wurde und zwei Menschen durch dessen Kugeln sterben mussten?«, fragte Lagarde nach.

»Darauf lassen wir es ankommen. Schließlich ist diese unbekannte Person unbefugt in das Schloss eingedrungen.«

Lagarde sah Beatrice an. »Wie ist das Jagdgewehr in den Brunnen gekommen?«

»Ich gebe zu, Herr Kommissar, ich habe überreagiert. Als ich die Nachricht von Charles' Tod hörte, beschloss ich, die Büchse zu verstecken, bis Gras über die Sache gewachsen ist. Dieses Verhalten war irrational und dumm, das räume ich ein.«

»Machen Sie sich keine Sorgen, Madame Mirbeau«, beruhigte ihr Anwalt sie. »Das ist eine Bagatelle.«

»Ich glaube nicht, dass Sie in der Lage waren, das Gewehr ohne Hilfe im Brunnen zu verstecken.« Cleroc musterte sie abwartend.

»Mein Gärtner hat mir geholfen.«

Fabius ergriff das Wort. »Wir werden diese Vorladung jetzt beenden. Meine Mandantinnen haben ihre Fragen nach bestem Wissen und Gewissen beantwortet. Zu mehr sind sie nicht verpflichtet.«

»Ich werde einen Haftbefehl gegen Caroline und Beatrice Mirbeau erwirken«, erklärte Cleroc.

Fabius sah ihn mit spöttischem Lächeln an. »Tun Sie, was Sie nicht lassen können. Ich werde ihn aufheben lassen. Sie haben mit Ihren Indizienbeweisen keine Chance vor Gericht. Sie wissen selbst, dass sie unterschiedlich interpretiert werden können. Deshalb werden sie für eine Verurteilung nicht ausreichen. Einen Zeugen haben Sie nicht. Außerdem darf ich darauf hinweisen, dass ich bisher jeden Indizienprozess gewonnen habe.«

Fabius und die drei Damen verabschiedeten sich kühl und verließen den Raum. Rosalie machte den Eindruck, als stünde sie kurz vor einem Zusammenbruch. Anscheinend hatte ihr die Befragung am meisten zugesetzt.

Lagarde schenkte sich einen Kaffee ein. »Das war eine schöne Geschichte, die Beatrice Mirbeau erzählt hat. Sie hat improvisiert. Und zwar nicht schlecht. Für ihren Anwalt war sie auch neu.«

»Sie hat unverfroren gelogen«, meinte Karima. »Ich kann mir nicht vorstellen, dass diese Damen in angeheitertem Zustand auf Äpfel schießen. Das ist doch absurd.«

»Sie hat die Geschichte erfunden«, bestätigte Lagarde. »Unsere Beweise sind jedoch nicht wasserdicht, da hat Fabius leider recht. Wir sollten dennoch Haftbefehl beantragen. Lassen wir es darauf ankommen.«

»Sie meinen, die beiden Damen könnten straffrei ausgehen?«, fragte Karima entsetzt.

»Das wäre durchaus möglich.«

Das Bistro am alten Fischereihafen von Cherbourg war bei den Einheimischen sehr beliebt. Touristen verirrten sich nur selten dorthin. Die Einrichtung war schlicht, zweckmäßig und behaglich, das Essen schnörkellos und gut. Einfache trockene Landweine aus den sonnigen Lagen der Loire rundeten das Angebot ab.

Die Polizisten hatten nach der Befragung beschlossen, ein spätes Mittagessen einzunehmen. Sie brauchten frische Seeluft und eine Stärkung. Karima schloss sich den Männern an, sie wollte bei der Nachbesprechung unbedingt dabei sein. Unter der grün-weiß gestreiften Markise des Lokals fanden sie einen freien Tisch.

Unter dem hohen azurblauen Himmel schaukelten die Boote auf dem Wasser. Die Sonne brannte. Am Horizont jedoch ballten sich dunkle Wolken und kündigten einen Wetterumschwung an. Die herannahende Flut brachte hohe ungestüme Wellen mit sich, die von zwei Seiten schräg in die weite Bucht rollten und mit Getöse gegen die Kaimauer klatschten. Die Brandung grollte und Gischtfontänen ergossen sich auf die Promenade.

Sie bestellten das Tagesgericht. Crevetten mit

Knoblauch-Zitronen-Mayonnaise und Moules Frites, im Weinsud gedämpfte Muscheln mit Pommes Frites. Als die Kellnerin die Vorspeise und einen Korb mit aufgeschnittenem knusprigem Baguette serviert hatte, ließen sie es sich schmecken. Karima pulte gerade zartes Crevettenfleisch aus den rosa Schalen, als temperamentvolle arabische Musik ertönte. Sie wischte sich mit der Serviette die Hände ab, murmelte eine Entschuldigung und zog ihr Handy aus der Hemdtasche.

Sie war erstaunt, als Mariella sich meldete. Sie war dem Mädchen noch nie begegnet, wusste jedoch von Lagarde, wer sie war. Mit einem Anruf von ihr hatte sie nicht gerechnet. Konzentriert hörte sie zu. Das Mädchen klang verunsichert, suchte nach Worten und brachte schließlich sein Anliegen vor. Aus einem Bauchgefühl heraus willigte Karima ein. »In einer Stunde, Mariella. Bei dir zu Hause?« Sie lauschte. »In Ordnung. Im Garten beim Schuppen. Dann bis gleich. Ich komme, du kannst dich darauf verlassen.« Sie beendete das Telefonat und sah ihre Chefs an. »Mariella will mich sprechen. Sie sagt, es sei dringend. Sie will nur mit mir reden.«

»Sie kennt Sie doch gar nicht«, wunderte sich Lagarde. »Ludovic und ich haben sie vor einigen Tagen im Wald getroffen. Dann bin ich ihr noch einmal in der »Roten Ziege« begegnet und habe sie nach Hause begleitet.«

»Sie hat uns zusammen gesehen, als wir nach dem Einsatz mit dem Geigenkastenmann aus dem Bistro gekommen sind. Daraufhin hat sie sich meine Handynummer vom Wirt geben lassen.«

»Das Mädchen hat uns beobachtet«, stellte Lagarde fest. »Und sich Ihre Nummer besorgt. Das heißt, sie hat am Freitag bereits ein Gespräch mit der Polizei in Erwägung gezogen. Das ist interessant. Hat sie gesagt, worüber sie reden möchte?«

»Nein. Ich habe keine Ahnung. Aber ich habe zugesagt, weil ich dachte, es sei vielleicht wichtig. Hätte ich das nicht machen dürfen? Ich meine, als Praktikantin?«

»Sie haben richtig gehandelt«, beruhigte Lagarde sie. »Wenn das Mädchen es so will, sollten wir das akzeptieren. Wir wollen sie nicht verschrecken. Sie hat irgendetwas auf dem Herzen und hat sich für Sie entschieden. Warum auch immer. Aber so, wie ich sie einschätze, weiß sie genau, was sie tut.«

»Wie wollen wir jetzt vorgehen?«

»Nach dem Essen fahren wir beide nach Brillevast. Ich trinke in der ›Roten Ziege‹ einen Kaffee und Sie laufen zu ihrem Haus und reden mit ihr. Sollte etwas Unvorhergesehenes geschehen, bin ich ganz in der Nähe. Dann sehen wir weiter. Bist du einverstanden, Ludovic?«

»Ja, macht das so. Ich bin Mariella bisher nur einmal begegnet. Dabei hatte ich den Eindruck, dass sie ein ernsthaftes, intelligentes Mädchen ist. Wenn sie die Polizei anruft, hat sie einen triftigen Grund, davon bin ich überzeugt.«

Als sie die Crème Caramel genossen und einen starken schwarzen Mokka getrunken hatten, machten sie sich auf den Weg zum Weiler Brillevast. Dort parkten sie vor dem Bistro und stiegen aus. »Denken Sie daran, Karima, ich bin ganz in der Nähe. Wenn ich kommen soll, rufen Sie mich an. Dann bin ich in zwei Minuten bei Ihnen. Hören Sie sich einfach in Ruhe an, was das Mädchen zu sagen hat. Sie machen das schon.«

Sie nickte mit ernster Miene. »Alles klar. Bis später.« Langsam folgte sie dem Sträßchen, das zu dem Haus führte, in dem Mariella wohnte. Lagarde hatte ihr den Weg beschrieben.

Sie kam am Dorfweiher und an einer bunt blühenden Bauernwiese vorbei. Außer ihr war kein Mensch unterwegs. Schließlich ließ sie den Ort hinter sich und näherte sich dem kleinen Granitsteinhaus am Rand des Waldes. Die Laubkronen rauschten im aufkommenden Wind, die dunklen Wolkengebirge rückten näher, das Licht veränderte sich.

Karima lief am Ziegenpferch vorbei durch den Gemüsegarten und fand Mariella im Schuppen bei ihrem Pferd. Sie bürstete behutsam seine weiße Mähne. Das Tier stand reglos und genoss die Zuwendung. Als Mariella die Polizistin erblickte, lächelte sie schüchtern und reichte ihr die Hand.

»Hallo, Mariella«, sagte Karima. »Ist das dein Pferd?«

»Ja. Ich habe Apollo geschenkt bekommen. Von einem Mädchen aus der Nachbarschaft. Sie ist sehr krank geworden und konnte ihn nicht mehr versorgen. Jetzt ist sie tot und liegt auf dem Friedhof hinter der Kirche. Ganz in der Nähe meiner Mutter. Ich besuche die Gräber oft und bringe selbstgepflückte Blumen hin.«

»Es tut mir sehr leid, dass deine Mutter tot ist.«

Das Mädchen musterte sie unverhohlen. »Sie stammte aus Marokko. So wie Sie auch, nicht wahr?«

»Ja, meine Eltern stammen von dort.«

»Und ich bin Halbmarokkanerin.«

Daran hatte Karima nicht den geringsten Zweifel. Der Teint des Mädchens war olivfarben, die Haare dick und rabenschwarz wie ihre eigenen. Sie strahlte eine unbezähmbare Wildheit aus. Die veilchenblauen Augen hatte sie sicher von ihrem Vater geerbt.

»Ich wollte erst gar nicht mit der Polizei sprechen«, begann Mariella zögerlich. »Erst als ich Sie gesehen habe, dachte ich, ich sollte es vielleicht doch tun.«

Karima hörte ihr zu. Sie wollte den Redefluss nicht unterbrechen.

»Charles Mirbeau hat meinem Vater mit Enteignung gedroht, um dieses schreckliche Seeräuberparadies zu verwirklichen. Wir hätten alles verloren. Mein Vater hat sich darüber so aufgeregt und gegrämt, dass er sehr krank geworden ist. Ich hatte solche Angst, dass ich ihn auch noch verliere. Charles war daran schuld. Deshalb war ich froh, als er tot war. Ich dachte, jetzt können wir unser Leben unbehelligt weiterführen. Das war der Grund, warum ich bisher geschwiegen habe. Aber zu Ihnen habe ich Vertrauen. Wir stammen aus demselben Land, wir haben die gleichen Wurzeln. Ich bewundere Sie und möchte auch Polizistin werden.«

Karima lächelte sie an. »Du hast recht. Wir haben die gleichen Wurzeln. Und du kannst auch Polizistin werden. Ich helfe dir dabei, wenn du willst.«

Mariella strahlte sie an. Gleich darauf wurde sie wieder ernst. »Ich möchte Ihnen etwas zeigen. Am Morgen, als Charles und seine neue Freundin erschossen wurden, war ich im Wald. Mit Apollo. Ich habe es gesehen. Es war so entsetzlich. Jede Nacht habe ich deswegen Albträume.«

»Was hast du gesehen?«

»Ich zeige es Ihnen.«

Sie holte ihr Smartphone aus der Hosentasche und bearbeitete das Display mit dem Daumen. »Ich habe mit meinem Handy gefilmt, was ich gesehen habe. Schauen Sie.«

Sie steckten die Köpfe zusammen und sahen sich die Videoaufnahme an. Zunächst war die Kameraführung unruhig. Bäume tauchten auf und verschwanden wieder. Nasse grüne Blätter zitterten im Wind. Die Aufnahmen waren unterbelichtet. Am unteren Bildrand erschien eine digitale Zeitanzeige. Es war exakt sechs Uhr und zwei Minuten. Dann machte die Kamera einen Schwenk. Auf einer Anhöhe vor einer Fichtenschonung standen drei Frauen. Caroline und Rosalie waren leger mit Jeans, Pullover und Regenjacke bekleidet. Beatrice trug einen lodengrünen Jagdanzug und einen Hut mit Zierfeder. Jetzt rückte der Hochsitz in den Mittelpunkt. Charles Mirbeau und Aimée Dupont hatten sich dicht nebeneinander darauf niedergelassen. In einer neuen Einstellung reichte Beatrice Caroline ein Jagdgewehr. Ohne zu zögern legte sie an und schoss, ohne zu treffen. Der kapitale Rehbock flüchtete. Beatrice riss ihr die Waffe aus der Hand, ging in Position und feuerte kurz hintereinander zwei Schüsse ab. Dumpf drangen die bedrohlichen Geräusche aus dem Lautsprecher des Handys. Das erste Projektil traf Charles. Ein Schrei zerriss die darauffolgende Stille. Die zweite Kugel tötete seine Verlobte. Der Unternehmer kippte nach vorne und wurde durch das Geländer aufgefangen. Aimée saß aufrecht mit weiten starren Augen auf dem Sitz. Rosalie taumelte und begann zu schluchzen. Caroline packte sie und hielt sie fest, bis sie verstummte. Dann verschwanden die drei Frauen zwischen den Bäumen. Die letzte Einstellung zeigte noch einmal den Hochsitz. Eine vorwitzige pechschwarze Krähe flatterte heran, ließ sich auf dem Geländer nieder und betrachtete mit geneigtem Kopf die beiden Toten. Die Leuchtziffern der Uhr zeigten sechs Uhr und fünf Minuten. Es waren gerade einmal drei Minuten vergangen. Das Video war zu Ende.

Karima war so erschüttert, dass es ihr die Sprache verschlug. Mariella weinte. Apollo trabte aus seiner Behausung und knuffte sie sanft. Langsam lösten sie sich aus ihrer Erstarrung. »Ich muss meinen Chef informieren«, sagte Karima. Mariella nickte. Die Praktikantin rief Lagarde an und bat ihn zu kommen. Zwei Minuten später war er zur Stelle. Diesmal sahen sie sich das Video zu dritt an. Lagarde war nicht wirklich überrascht, rang aber ob der Kaltblütigkeit und Grausamkeit des Verbrechens um Fassung.

»Wir brauchen die Aufzeichnung, Mariella«, erklärte er. »Wenn wir sie überspielt haben, bekommst du dein Handy wieder.«

»Komme ich jetzt ins Gefängnis, weil ich Ihnen das Video nicht sofort gezeigt habe?«

»Nein, Mariella. Du kommst nicht ins Gefängnis, mach dir keine Sorgen. Du hast uns sehr geholfen.«

Er überlegte, ob er sie jetzt alleine lassen konnte. »Ist dein Vater zu Hause?«

»Ja, er hat sich hingelegt, aber es geht ihm schon viel besser. Ich habe ihm versprochen, zum Abendessen eine Gemüsesuppe zu kochen.«

»Gut, bleib heute Abend bei deinem Vater und pass gut auf dich auf. Du kannst uns jederzeit anrufen.«

»Mache ich.«

»Ich bringe dein Handy persönlich vorbei«, versprach Karima ihr. »Dann reden wir.«

Mariellas dunkelblaue Augen begannen zu leuchten. Sie nickte.

Lagarde und seine Praktikantin waren ins Polizeipräsidium zurückgefahren und hatten sich gemeinsam mit Cleroc die Videoaufnahme angesehen. Dem Hauptkommissar war das Entsetzen ins Gesicht geschrieben. Zwei Stunden später lag der Haftbefehl gegen Beatrice Mirbeau vor.

Gegen zwanzig Uhr machten sie sich auf den Weg zum Schloss. Als sie das Kap erreichten, leuchteten die Wolken am Horizont feuerrot. Über den Himmel zogen sich rosa, orangene, gelbe und blaue Streifen. Schließlich versank die Sonne im Meer und die Dämmerung brach herein. Der Wind frischte erneut auf und jagte Böen über die See und die Küste. Es begann leicht zu nieseln. Das unruhige Wasser hatte sich weit zurückgezogen. Ein fernes Brausen war zu vernehmen. Seeschwalben kreischten im Flug.

Als sie sich dem Brunnen näherten, fegte ein Schwarm Wasserfledermäuse über ihn hinweg. Der goldene Engel mit den weiten Flügeln schien auf sie herabzublicken. Hohe Nadelbäume verschluckten den letzten Rest vom Tageslicht. Über den Erdboden krochen Nebelschwaden. Der Platz wirkte düster und verlassen. Plötzlich peitschte ein Schuss durch die Luft. Lagarde spürte den Hauch der Kugel an seiner Wange. Er stürzte sich auf Karima und riss sie mit sich. Sie suchten Deckung und kauerten sich hinter die Brunneneinfassung. Cleroc duckte sich neben sie. »Was war das?«

Bevor Lagarde antworten konnte, ertönte eine schrille Stimme, die irgendwo von oben kam. »Keinen Schritt weiter! Verschwinden Sie! Sonst knalle ich Sie ab.« Es war Beatrice Mirbeau. Der Kommissar spähte über den Brunnenrand. Erneut wurden mehrere Schüsse abgefeuert. Schnell zog er den Kopf ein. »Hier ist Philippe Lagarde. Seien Sie vernünftig, Madame Mirbeau! Es ist vorbei. Sie machen alles nur noch schlimmer.«

Die Stimme überschlug sich. »Es kann nicht mehr schlimmer werden. Gehen Sie weg. Ich lasse mir mein Leben von Ihnen nicht zerstören.«

»Sie ist im ersten Stock«, flüsterte Lagarde. »Am dritten Fenster von links. Karima, Sie bleiben hier in Deckung und rühren sich nicht von der Stelle. Keine Alleingänge diesmal! Ludovic, du lenkst Madame Mirbeau ab. Rede mit ihr. Ich versuche, ins Haus zu gelangen.«

»In Ordnung.«

Er robbte zu einer alten Zeder und duckte sich hinter den Stamm. Von dort aus rannte er in einem Bogen zum Schloss und nahm die Treppe zum Hauptportal mit einem Satz. Das Tor war verschlossen.

Halbhohe Ziergitter schützten die Fenster im Erdgeschoss.

»Wir wollen mit Ihnen sprechen, Madame Mirbeau«, hörte er Clerocs Stimme. »Bitte beruhigen Sie sich und machen Sie die Tür auf.«

Als Antwort feuerte sie einen weiteren gezielten Schuss zum Brunnen ab. Pfeifend schlug die Kugel als Querschläger hinter ihnen ein. Lagarde rannte um das Gebäude auf die Terrasse. Inzwischen schüttete es wie aus Kübeln, der aufkommende Sturm toste über die Klippen, Donnergrollen näherte sich rasch. Ein gelber Blitz zuckte über den grauschwarzen Himmel. Die Hintertür war unverschlossen. Vorsichtig drückte er die Klinke nach unten und öffnete leise die Tür. Jedes Geräusch vermeidend, gelangte er durch den Salon in die dunkle Eingangshalle und orientierte sich. Vom Entrée aus führte eine breite Marmortreppe in den ersten Stock. Er nahm zwei Stufen auf einmal. Alle Türen auf dem langen Flur waren geschlossen. Er vermutete, dass sich die Künstlerin im ersten Zimmer befand. Langsam machte er die Tür auf und spähte hinein. Sie stand am offenen Fenster, das Jagdgewehr angelegt, aufrecht und starr. Lagarde zögerte keine Sekunde. Bevor sie reagieren konnte, stürzte er sich auf sie, riss ihr die Waffe aus der Hand und nahm sie fest am Arm. »Schluss jetzt, Madame Mirbeau.« Er spürte, wie ihr Körper erschlaffte. Alle Energie schien aus ihr herauszufließen. »Wir gehen jetzt in den Salon und reden.«

Er führte die Frau nach unten, entriegelte das Hauptportal und rief: »Ihr könnt hereinkommen.«

Im Salon schaltete er eine Stehlampe ein und drückte Madame Mirbeau in einen Sessel. Im sanften Schein des Lichtes betrachtete er die Malerin und erschrak. Ihr sonst so schönes Gesicht war leichenblass und wirkte eingefroren. Die Pupillen waren riesengroß, die Augen glänzten wie im Fieber. Der blau angelaufene Mund war verzerrt, die Haare standen wirr vom Kopf ab.

»Möchten Sie ein Glas Wasser, Madame Mirbeau?«

»Ein doppelter Armagnac wäre mir lieber.«

»Karima, sind Sie bitte so nett?«

Die Praktikantin sah sich um und entdeckte neben dem Kamin einen antiken Kirschholztisch, der als Bar diente. Sie füllte ein Kristallglas fingerbreit und brachte es Madame Mirbeau. Sie bedankte sich und nahm einen ordentlichen Schluck. Karima setzte sich vor den Kamin und holte Notizblock und Stift aus ihrer Tasche.

»Madame Mirbeau«, sagte Lagarde, »wir wollen jetzt hören, was passiert ist.«

Sie nickte. »Ich werde Ihnen alles erzählen.« Ihre Stimme hatte sich wieder ein wenig gefestigt. »Vor zwei Wochen wollte Caroline Charles anrufen. Das Dach der Reithalle war undicht geworden und sie wollte mit ihm über die bevorstehende Reparatur und die Finanzierung sprechen. Der Reiterhof gehörte ihm, aber das wissen Sie ja bereits. Ebenso wie das Schloss hier und die Galerie und das Penthaus in Paris, das er Rosalie zur Verfügung gestellt hat. Er wollte nach den jeweiligen Trennungen, dass wir unseren Lebensstandard halten können. Es sollte uns gutgehen, weil er uns einmal sehr geliebt hat. Sie erreichte ihn jedoch nicht. Stattdessen war Aimée am Apparat. Caroline hatte den Eindruck, dass sie etwas zu tief ins Glas geschaut hatte. Sie war sehr unfreundlich und schnippisch. Und dann rückte sie mit der Sprache heraus. Sie teilte Caroline mit, dass sie nach der Hochzeit mit Charles dafür sorgen werde, dass er uns sämtliche Vergünstigungen streicht. Sie wollte, dass er uns alles wegnimmt. Nicht nur die Immobilien, sondern auch die monatliche Zuwendung von zwanzigtausend Euro. Natürlich hätten wir den gesetzlich festgelegten Unterhalt bekommen, aber das wäre lange nicht so viel gewesen. Wir haben auch ein eigenes Einkommen, aber es hätte niemals ausgereicht, unser Leben so weiterzuführen wie bisher.«

Sie trank einen Schluck Armagnac. Draußen tobte ein Gewitter, das die Fensterläden klappern ließ.

»Einen Tag nach diesem Telefonat trafen wir uns in der Jagdhütte. Das war kein Problem, ich habe den Schlüssel. Dort berieten wir uns. Uns war völlig klar, dass wir rasch handeln mussten. Solange Caroline noch mit ihm verheiratet war, war sie die Haupterbin. Nach der Scheidung wäre alles zu spät gewesen. So beschlossen wir, ihn und seine neue Geliebte zu töten. Und wir schlossen einen Pakt. Nach dem Tod von Charles würde Caroline Rosalie und mir das Eigentum an den Immobilien übertragen, die monatlichen Zahlungen für unseren Unterhalt einfach weiterlaufen lassen und sie schließlich vertraglich regeln. Das hat sie uns auf ihr Ehrenwort versprochen. Sie hatte an dem Unternehmen und an unseren Nutzungsrechten kein Interesse. Sie wollte nur das Gestüt behalten. Das ist ihr Leben.

Am Freitag, dem 31. Mai reisten sie an. Am Samstag in aller Frühe gingen wir in den Forst von Gonneville. Ich kannte Charles' Gewohnheiten und wusste, dass ich ihn und seine Verlobte auf dem Hochsitz finden würde.«

Sie schwieg einen Moment und sammelte sich. Der Sturm heulte um das Schloss. »Caroline wollte unbedingt schießen. Sie empfand einen unbändigen Zorn auf Charles, weil er sie wegen Aimée verlassen hatte. Doch sie zitterte so sehr, dass sie danebenschoss. Ich nahm ihr das Gewehr aus der Hand und erschoss erst Charles und dann seine Geliebte. Es machte mir nichts aus. Charles war meine große Liebe. Ich habe es niemals verwunden, dass er mich wegen Rosalie verlassen hat. Er hat mich hintergangen und verraten. Er hat mich unglücklich gemacht. Dafür habe ich ihn gehasst. Es hat mich auch keine Überwindung gekostet, diese Aimée zu töten. Als ich sie am Freitagabend vom

Waldrand aus zusammen mit Charles im Whirlpool beobachtet habe, verspürte ich glühende Eifersucht.«

Sie schluckte und seufzte tief. Äste schlugen gegen die Außenmauer, Zweige schabten wie Fingernägel eines Riesen über den Putz. »Rosalie war die Einzige, der die Trennung nicht viel ausgemacht hat. Sie hatten keinerlei Gemeinsamkeiten. Charles war ihr nicht feinsinnig genug. Sie fand ihn derb. Außerdem glaube ich, dass sie Frauen lieber mag.«

»Warum haben Sie Octave Mirbeau getötet?«, fragte Lagarde. »Das verstehe ich nicht.«

»Das wollte ich auch nicht. Aber es gab keinen anderen Weg. Er hat mich am Samstag besucht, wie Sie wissen. Als er uns drei Frauen zusammen sah, war er sehr erstaunt. Er wusste, dass wir uns bisher nie zu dritt getroffen hatten. Wir haben versucht, diese Zusammenkunft mit einer harmlosen Erklärung zu begründen. Aber er merkte, dass etwas nicht stimmte. Wir waren nach den schrecklichen Geschehnissen im Wald ziemlich verstört. Vor allem Rosalie. Die Stimmung war irgendwie unheilvoll. Das hat er gespürt. Er wurde misstrauisch. Nachdem er vom Tod seines Sohnes erfahren hatte, rief er mich an und bohrte weiter. Er wollte wissen, ob wir etwas mit dem Verbrechen zu tun haben. Natürlich habe ich versucht, ihn zu beschwichtigen. Aber nachdem Sie, Monsieur le Commissaire, bei ihm waren, wurde sein Misstrauen erneut entfacht. Er drohte mir damit, Ihnen von unserem Treffen zu erzählen. Dadurch hätte sich der Fokus Ihrer Nachforschungen auf uns konzentriert. Das konnten wir nicht zulassen. Diese Beharrlichkeit und dieses überbordende Misstrauen waren sein Todesurteil.«

Der Gewittersturm hatte das Kap erreicht. Ein gewaltiger Donner ließ die Erde beben. Beatrice sah Lagarde mit Tränen in den Augen an. »Diese Tat ist mir sehr schwergefallen, das können Sie mir glauben. Ich habe Octave geliebt. Aber ich hatte keine Wahl. Caroline und Rosalie waren nicht in der Lage dazu. Caroline hat mir das Betäubungsmittel gegeben. Auf einem Reiterhof ist man mit derartigen chemischen Substanzen gut ausgerüstet. Ich habe mich als Altenpfleger verkleidet und bin in die Seniorenresidenz gegangen. Das war kein Problem, ich habe Octave häufig besucht und kannte mich aus. Die Kleidung habe ich einen Tag vorher aus der Wäschekammer gestohlen. Für die Tür seines Appartements hatte ich einen Zweitschlüssel, den Octave mir selbst gegeben hatte. Es hat mich große Überwindung gekostet, ihm die Spritze zu setzen.«

Sie verstummte und starrte ins Nichts. Blitze zuckten grell vor der Fensterfront. Lagarde sah sie fragend an.

»Haben Sie wirklich geglaubt, dass Ihr Exmann sich auf die Forderungen von Aimée eingelassen hätte? Er kannte sie doch erst einige Wochen. Sie hätten mit ihm reden können.«

Sie lächelte ihn erschöpft an. »Wenn Charles frisch verliebt war, hat er immer alles gemacht, was man wollte. Einfach alles. Sie hätte sich durchgesetzt. Diese verdammte Bonny Sue.«

»Ich muss Sie jetzt festnehmen«, sagte Cleroc. »Ich denke, auf die Handschellen können wir verzichten. Kommen Sie bitte mit.«

Beatrice Mirbeau erhob sich, trank den Rest ihres Schnapses und sah sich noch einmal sehnsüchtig um. »Ich werde mein Märchenschloss vermissen, mein Atelier, meinen Rosengarten und meine Bucht. Adieu.« Dann verkündete sie mit fester Stimme: »Gehen wir.«

KARIMA

Mittwoch, 12. Juni

Die Sonne war endgültig hinter dem Horizont verschwunden und über Cherbourg breitete sich die Dämmerung. Der Hinterhof, mitten in der Altstadt gelegen, wurde von Lampions, Petroleumlampen und Kerzen erleuchtet. Eine rote Backsteinmauer, überwachsen von Weinlaub, umgrenzte ihn. In der Mitte des Hofes, unter einer alten Linde, war eine lange Festtafel aufgebaut. Auf weißen Tischdecken saßen bunte Serviettenschwäne zwischen gekräuselten Luftschlangen, Tischfeuerwerken und Dromedaren aus Ton, in denen Räucherstäbchen glühten. Der Duft von Ambra lag in der Luft. Eine Girlande aus farbig glänzenden Buchstaben spannte sich zwischen zwei Ästen. Die Lettern formten »Bon Anniversaire«.

Karima hatte Geburtstag. Sie wurde zweiundzwanzig Jahre alt. Wie jedes Jahr wollte sie im Kreise ihrer Familie feiern. Die Nachbarn, die in den beiden angrenzenden Reihenhäusern wohnten, hatte sie ebenfalls eingeladen. Ebenso eine Cousine ihrer Mutter, die mit ihrer Familie in Saint-Germain lebte. Dieses Jahr gab es auch Ehrengäste. Die Praktikantin hatte sich entschieden, ihre beiden Chefs, Odette, Angélique und Richard ebenfalls einzuladen. Alle Gäste hatten ihr Kommen gerne zugesichert.

Über dem Grill der Familie Azmi briet ein Lamm am Spieß, den ihr algerischer Nachbar Khaled geduldig drehte. Immer wieder strich er das zarte Fleisch mit Kräuteröl ein. Seine Frau Hana hatte den Knoblauchjoghurt, bestreut mit frischer Minze, zubereitet, der als Beilage zum Lamm unverzichtbar war. Auf dem Buffet häuften sich arabische Köstlichkeiten. Rinderhackbällchen, Geflügelspieße, Salate, Couscous in verschiedensten Variationen, gedünstetes Gemüse, Schafskäsecreme, Auberginenmousse sowie Kichererbsenpaste lockten den verwöhnten Gaumen. Den Mittelpunkt der Desserts, Kuchen und Fruchtspieße bildete ein Schokoladenbrunnen. Allein für das Baklava hatten Madame Rachida und ihre Nachbarin stundenlang hauchdünne Teigplatten ausgerollt.

Karima trug an diesem Abend ein traditionelles marokkanisches Kleid, das weit geschnitten war und ihr bis zu den Knöcheln reichte. Es war malvenfarben, kunstvoll bestickt und von goldenen Borten gesäumt. Die schweren dunklen Haare waren geflochten, hochgesteckt und von glänzenden schmalen Bändern durchzogen. Die großen Kohleaugen und der Mund waren auffällig geschminkt. Saana hatte sich große Mühe gegeben. Ihre Schwester sah wunderschön aus. Sahib Azmi, der Familienpatriarch, konnte an der Geburtstagsfeier nicht teilnehmen, da er dienstlich verhindert war. Wahrscheinlich war das der Grund, dass die Stimmung ein klein wenig ausgelassener und entspannter war.

Karima begrüßte ihre Gäste, die nach und nach eintrafen, mit großer Herzlichkeit. Als sich alle im Hof versammelt hatten, stießen sie mit Champagner auf das Geburtstagskind an. Karima strahlte vor Freude und genoss den ersten prickelnden Schluck. Ihr Bruder Ramsi drückte sich an ihr vorbei und raunte in ihr Ohr: »Ich sage Papa, dass du Alkohol trinkst.«

Wütend zischte sie zurück: »Dann sage ich ihm, was du so alles in deinem Handyladen verschacherst.«

Beschwichtigend hob er die Hand. »Okay, okay, Schwesterherz. War nicht so gemeint.«

Ganz besonders freute sich Karima, dass Jean-Baptiste, ihr heimlicher Freund, an ihrer Geburtstagsfeier teilnehmen konnte. Sie hatte einige Male mit Angélique telefoniert und ihr ihr Herz ausgeschüttet. Daraufhin war die resolute Dame auf die Idee gekommen, Jean-Baptiste auf die Feier mitzunehmen und ihn als ihren Urenkel vorzustellen. Sie hatte kurzerhand erklärt, dass er bei ihr zu Besuch war und sie ihn schließlich nicht alleine zu Hause lassen konnte.

Bevor die Gäste sich um die festliche Tafel versammelten, bat Richard mit kräftiger Stimme um ihre Aufmerksamkeit und gab das Wort an seine Frau weiter. »Ich möchte Karima jetzt unser Geburtstagsgeschenk übergeben. Dafür müssen wir vor das Haus gehen. Wenn ich bitten darf?«

Alle Gäste schlossen sich an. In einer Parkbucht vor dem Reihenhaus stand ein kleiner, roter, kugelförmiger Peugeot, der im Licht der Straßenlaterne glänzte. Umwickelt war er mit einem breiten silbernen Band, das auf dem Dach zu einer Schleife gebunden war. Karima starrte ihn ungläubig an. Angélique nahm sie in den Arm und deutete auf das Fahrzeug. »Ein kleiner Flitzer für eine bezaubernde junge Frau.«

»Und für eine tolle Praktikantin«, ergänzte Cleroc.

Lagarde war für den praktischen Teil zuständig. »Das Auto verfügt über ein Navigationsgerät, eine Halterung für das Handy, einen CD-Player und einen Satz Winterreifen. Es hat zwei Jahre TÜV. Ich wünsche Ihnen viel Spaß mit Ihrem fahrbaren Untersatz.«

Karima konnte es nicht fassen. »Der Peugeot ist für mich?«

»Aber ja«, erklärte Richard. »Für wen denn sonst?«

»Das kann ich nicht annehmen.«

Der alte Mann drückte sie und lächelte verschmitzt. »Das geht nicht. Der Wagen ist schon auf Sie zugelassen.«

»Unter einer Bedingung«, meldete sich seine Frau zu Wort. »Wir machen demnächst eine Spritztour.«

»Den Picknickkorb dafür fülle ich«, versprach Odette.

Karima stieß einen Jubelschrei aus und fiel Angélique, Richard, den beiden Kommissaren und Odette der Reihe nach um den Hals. Madame Rachida hatte vor Freude und Stolz auf ihre Tochter Tränen in den Augen.

Nachdem die große Überraschung gelungen war, kehrten sie alle in den Hinterhof zurück. Einige nahmen an der Festtafel Platz, andere bedienten sich am Buffet oder ließen sich von Khaled rosa Lammfleischscheiben auf den Teller legen. Schließlich widmeten sich alle dem Festmenü, lachten, feierten und tanzten zu den Klängen orientalischer Musik.

»Wo ist eigentlich Delphine?«, fragte Lagarde. »Wollte sie nicht auch kommen?«

Cleroc grinste. »Sie ist nach Paris gefahren.«

In dem allgemeinen Trubel hatten sich Karima und Jean-Baptiste davongeschlichen. Auf dem verlassenen Nachbargrundstück schenkte er ihr zum Geburtstag einen Silberring mit einem ovalen großen Türkis und küsste sie. Plötzlich tauchte aus einem Ginsterbusch der Kopf von Pascha auf. Erschrocken fuhr das Paar auseinander. Jean-Baptiste steckte ihm zwanzig Euro zu. »Verschwinde und halte bloß den Mund.«

Der Kleine trollte sich.

ZWEI WOCHEN SPÄTER

Im Hafen von Cosqueville ankerten wieder viele Boote, darunter auch Luxusyachten. Niemand fühlte sich mehr durch Saboteure bedroht. Die Besitzer liebten die wilde Schönheit und die unberührte Landschaft dieser Küste. Und die Einheimischen schätzten die Besucher als potentielle Kunden, so wie früher. Niemand glaubte mehr an die Realisierung des Seeräuberparadieses.

Der Boss des bolivianischen Drogenkartells, Diego Taylor Escobar, erfuhr aus einer Zeitung die Umstände, unter denen Charles Mirbeau zu Tode gekommen war. Wutentbrannt setzte er eine Million Dollar auf den Kopf des betrügerischen Killers Ramon aus. Die Zielperson befand sich zur gleichen Zeit zur Behandlung in einer exklusiven privaten Schönheitsklinik in Montana. Der ambitionierte Chirurg erschuf ein völlig neues Gesicht, so dass selbst seine Mutter Ramon nicht mehr erkannt hätte. Die neue Identität in Form von Pässen, Zeugnissen usw. lag schon im Tresor. Es fehlten nur noch die Passbilder. Dann war Ramon brasilianischer Staatsbürger.

Beatrice Mirbeau, Caroline Mirbeau und Rosalie Mirbeau befanden sich in Untersuchungshaft und warteten auf ihre Gerichtsverhandlungen. Haftverschonung gegen eine Kaution war vom zuständigen Haftrichter wegen Flucht- und Verdunklungsgefahr abgelehnt worden. Wegen Suizidgefährdung wurden ihre Zellen ständig überprüft.

Man ging davon aus, dass Beatrice Mirbeau zu einer lebenslangen Haftstrafe verurteilt werden würde. Das zu erwartende Strafmaß für Rosalie und Caroline Mirbeau war schwer einschätzbar. Letztendlich würde ein Gericht darüber entscheiden.

Der Staranwalt aus Paris, Arthur Fabius, hatte sein Mandat niedergelegt. Er warf den drei Damen eklatanten Vertrauensbruch vor.

Suzanne durfte die Klinik verlassen. Es ging ihr viel besser. Eine Ärztin hatte ihr mitgeteilt, dass sie Zwillinge auf die Welt bringen würde. Ein Mädchen und einen Jungen. Suzanne und Ludovic waren außer sich vor Freude. Odette und Philippe sollten Paten werden.

Karima fuhr bei strahlendem Sonnenschein auf der malerischen Küstenstraße bis Honfleur und folgte dann dem blauen Band der Seine bis Rouen. Der kleine rote Peugeot schnurrte zuverlässig über den Asphalt.

Mit von der Partie waren auch Richard, Jean-Baptiste und Mariella. Das Mädchen und Karima hatten sich angefreundet.

Angélique hatte sich als Ziel für die Spritztour Rouen gewünscht. Sie wollte die Kathedrale im Herzen der Stadt besichtigen, die als eine der schönsten Kirchen Frankreichs galt. Außerdem plante sie, dem alten Markt einen Besuch abzustatten. Dort war am 30. Mai 1431 Jeanne d'Arc auf dem Scheiterhaufen verbrannt worden. Am Nachmittag war eine Seine-Rundfahrt vorgesehen. Den Höhepunkt der Reise bildete eine Opernaufführung auf der Seebühne im Park von Montville.